HAMUO
ハム男
ILLUST 藻 MO
JN086188
4
HELLMODE
ヘルモード
HELLMODE
～やり込み好きのゲーマーは
廃設定の異世界で無双する～

CONTENTS

第一話　ローゼンヘイムへ

「ローゼンヘイムに行こう」

魔王軍の侵攻を受けるローゼンヘイムの救援として、アレンたちは出動の要請を受ける。

学長から、ローゼンヘイムは既に王都が陥落し、国家存続の危機に瀕しているという話を聞いたアレンは、ローゼンヘイムへ行くことを了承した。

「皆、ここはローゼンヘイムに行くべきだ」

「アレン様……、ありがとうございます」

その言葉にソフィーが涙して喜ぶ。

現在、ソフィーの母であるエルフの女王の安否が分からない状況になっている。

「ちょっと、アレン。中央大陸はどうするのよ」

セシルがアレンの決断に疑問を投げかける。それもそのはず、２００万の軍勢が攻めてこようとしている中、中央大陸は今まさに回復役を担っていたエルフの部隊がいなくなるかもしれない状況だ。

「……中央大陸には勇者もいる」

学長は心配するセシルに対して、中央大陸は勇者ヘルミオスに任せたらよいと言う。

「ぜ、前線がどれだけ広いと思っているのよ！」

セシルが叫びたくなるのも無理はない。中央大陸を東西に横断する前線はかなりの距離がある。魔王軍の侵攻に備え造られた、10万人は収容できる主要の要塞だけで、その数は優に50を超えるのだ。勇者ヘルミオスの力に限界があるからこそ、セシルは兄であるミハイを失ってしまった。勇者がいる要塞を守れたとしても、ほかの全てが陥落すれば、帝国も中央大陸も終わりなのだ。

「しかし、我らには……ローゼンヘイムには、その勇者がいないのだ!!」

学長が思わず語気を強める。その表情は憔悴（しょうすい）しきっていた。もしかしたら学長自身も、母国ローゼンヘイムに戻りたいのかもしれない。

「あ、アレン。本当にローゼンヘイムに行くの？」

セシルがアレンに対し、決断の真意も含めて確認する。

（えっと、もう少し情報がほしいけど……）

「この状況なら、ローゼンヘイムを救うの一択かな」

「ほ、本当か!!　行ってくれるか。では明日にでも出発できるよう、さっそく高速魔導船の準備を……」

学長はアレンの決断が変わらないうちに、魔導船の手配をしようとしている。

（ああ、大陸間や他国の首都に移動するための「高速魔導船」があるんだっけ？）

魔導船には通常の速度と高速の2種類がある。今回は火急の派遣ということもあるためか、魔石を通常便の何倍も使う高速船を使い移動する予定のようだ。アレンたちは大陸の北部から中央付近にあるギアムート帝国の南方にあるラターシュ王国の学園都市に居る。そこから隣の大陸のローゼンヘイムまで移動させると言う。

「ところで学長……もう少し詳しい戦況を聞かせていただけませんか？」

「も、もちろんだ。何でも聞いてくれ」

「現在魔王軍は、３００万がローゼンヘイムに、２００万が中央大陸最前線まで10日程度の距離にいるということでしたね。バウキス帝国はどのような状況ですか？」

魔王軍は１０００万体いるというのに話には５００万しか出てきていない。アレンは現状の把握に努める。

学長はうなずいて、魔王軍の兵力について説明をしてくれた。バウキス帝国軍はまだ接敵しておらず、大陸から少し離れた海上に陣を構えているという。


【魔王軍の配備状況】
・ローゼンヘイムに３００万体
・中央大陸（盟主国／ギアムート帝国）に２００万体
・バウキス帝国に１００万体
・予備軍４００万体

「バウキス帝国に向けて１００万体……」

ずっと不安そうにしていたバウキス帝国出身のドワーフであるメルルが呟く。メルルの父は下級士官で非戦闘員だという。今でも、軍艦に乗って働いている。

「バウキス帝国への魔王軍の侵攻は例年の2倍程度ですね」

（中央大陸やローゼンヘイムと違って、バウキス帝国とは海上戦だからな）


【バウキス帝国の状況】
・バウキス帝国は、大陸を1万体のゴーレムが守っているので魔王軍は上陸できない
・魔王軍は物量戦に出て、海上でバウキス帝国軍と開戦予定（そこにはメルルの父もいる）
・物量戦は魔王軍にとっても消耗が激しいが、それでも例年の2倍の兵力で戦いに臨む魔王軍の本気ぶりが窺(うかが)える
・バウキス帝国としても援軍がほしい

「それでな。メルル君」

「は、はい」

「君にはバウキス帝国への帰還命令が出ている」

「そ、そんな！」

メルルもアレンたちと一緒にローゼンヘイムに行くつもりだったようだが、王国が出した勅書に書かれていたのは、アレンを筆頭に、クレナ、セシル、ドゴラ、キールの名前だった。バウキス帝国出身のメルルや、ローゼンヘイムの王族ソフィーの名前はない。

学長はアレンが気分を害さないように要請という言葉を使っていたが、実際王からの命令を受けていることに変わりはない。正直、国王などどうでもいいが、貴族のセシルの立場を考えれば、無

理に断る理由もないだろう。

（まあ、勅書がある限り断れないんだろうけど）

現国王が王太子のころから、アレンは国王に目をつけられている。戦場に行く義務は貴族にしかないはずだが、わざわざ勅書を作成し、アレンに対して今にも滅びそうなローゼンヘイムへ赴くよう命令してきた。

（俺がそんなに嫌かね？）

国王は、アレンが彼の地で死んでも一向に構わないのだろう。戦争から生きて帰ったら、皮肉を込めて挨拶でもしに行こうと思う。

やれやれと思いながら、アレンは学長に質問した。

「帰還命令は……メルルに限らず、バウキス帝国出身のドワーフ全員に出ているのですか？」

「そうだ。それにローゼンヘイムも全てのエルフに対しての帰還命令を出している」

帝国など王国以外の国に転入しているエルフやドワーフについても、各学園の学長を通じて同様の帰還命令が伝えられているらしい。５大陸同盟により作られた1国1学園制度があるため、中央大陸の各国に、学園が１つある。今にも滅びそうなローゼンヘイムなら、各国の学園から帰還したエルフの学生をすぐに戦場に送り出すことも考えられる。

（ふむ、侵攻を受けた各国の状況は分かってきたな）

「それで、肝心の魔王軍の狙いは何ですか？」

「狙い？」

（おい、狙いがないわけないだろう。こんだけ兵数や攻めるタイミングに偏りがあるのに）

学長がぽかんとしているので、ツッコミを入れそうになるが我慢する。

「アレンには、魔王の狙いが分かるの？」

こういった戦略の話になると、いつもセシルが話を合わせてくれるので助かる。

「多分だけど、攻める順番に優先順位があるんじゃないかな」

「魔王軍がいかに多勢と言えど、その数は有限だ。魔王軍の総数は不明だが、勇者が現れて5年以上の年月をかけて準備した兵数は1000万。今回の作戦が失敗すればそれだけの時間と労力をいたずらに浪費したことになる。なるべく無駄にはできない」

「有効に使いたいってことね」

「そういうことだ。魔王軍の1000万体は多いようでも、3大陸を攻め滅ぼすには十分な数ではないのだろうな。その上で、ローゼンヘイムを最優先して狙ったのは、ローゼンヘイムはエルフ部隊を派遣して中央大陸を支援しているから、回復役のエルフの部隊がごまんといる中央大陸を攻め滅ぼすことは難しいと判断したからじゃないのかな」

アレンは数だけに圧倒されないように事実を踏まえて説明をする。単純な力だけの話なら才能有りの兵の方が魔王軍の大半を占めるBランクの魔獣より強い。たしか、ローゼンヘイムには200万人ほどの才能有りの兵がいたと聞いている。

Aランクの魔獣ともなると、星1つの一般兵士が相手取るのは難しくなるだろう。しかし、その数は魔王軍全体を構成する魔獣の1パーセント程度でしかない。

「なるほど、世界を滅ぼすには十分な数ではないってわけね」

そこで、ローゼンヘイムを窮地に立たせることで中央大陸のエルフを帰還させ、彼らを滅ぼした後にゆっくり中央大陸に攻め入る作戦だったのだろう。事実、すでにエルフの引き揚げは達成されている。

　これにより引き起こされるのは5大陸同盟の解散だ。国家存亡の危機に置かれたローゼンヘイムは独断でエルフを帰還させてしまった。これは5大陸同盟を自ら抜けると言っているようなもので、たとえ今回の戦いを凌いでも国家間の関係に大きな歪みが生まれることは必至だ。今後の戦争でも他の大陸は協力してくれなくなるだろう。

　5大陸同盟の崩壊後は、中央大陸の盟主国であるギアムート帝国を攻め滅ぼすことだろう。エルフの部隊はギアムートからも撤退を始めている。お陰で今まで以上に攻め滅ぼしやすくなったはずだ。そして最後は守りが堅牢で攻めにくいバウキス帝国だ。バウキス帝国は支援の関係でゴーレム兵の一部を中央大陸の戦線に送っているが、今も大半は自大陸の防衛用に配備している。ここに最後の兵力を全てぶつけて、総力戦に持ち込むのではないか。

「じゃあ、予備兵400万体は、遊撃的に追加で攻めてくるってことかしら？」

　話についていけないクレナたちをよそに、学園で戦術や戦略系の授業を受けていたセシルが、アレンの説明に反応する。

「そうなるね。もし、ローゼンヘイムも中央大陸も今の兵力で事足りるなら、400万の予備兵は全てバウキス帝国に向けられることになる」

「となると、予備兵合わせて600万の軍勢がギアムート帝国にやってくるってことになるの？」

「もちろん、そうなる」

　予備兵は常に優先順位の高い作戦に配備されるだろう。このままローゼンヘイムが滅びるのを、指をくわえて見ていれば、次は大軍が中央大陸に押し寄せることになる。

だから、ローゼンヘイムへ行こうとアレンは言ったのだった。まずローゼンヘイムを救うことが、中央大陸、ひいては世界を救う第一歩となるはずだ。

「だが、回復役がいないのに200万の軍勢を相手するなんて無理なんじゃないか？」

ここまで黙っていたキールが口を出す。ローゼンヘイムに行くことに反対ではないが、このままだと中央大陸には回復役がいなくなり、きっと多くの兵が死ぬことになるだろう。崩壊寸前のローゼンヘイムを救って戻ってきたら、ギアムート帝国は崩壊していました……なんてことにもなりかねない。

「ああ、それについても考えがある」

アレンには、この状況を打開できる作戦があった。

「中央大陸には加勢に行けないが、代わりに何かしておくってことか？」

ドゴラがアレンに奥の手があることを察したようだ。

「そうだ。完璧な策とは言えないが、中央大陸北部の前線で戦う兵士たちのために、回復薬を送ろうと思う」

そう言ってアレンは、草Eの召喚獣を使って作っておいた命の葉を皆に見せる。

「これで、前線を持ちこたえさせるってことね」

「回復薬か。回復薬なら、前線にもあるのだが」

学長はアレンに手渡された命の葉をしげしげと見ている。

「これ1枚で、学園の練習場1つ分の範囲にいる兵士全員の体力を1000回復することができます」

「１０００だと！　しかもそんなに広い範囲をか!!」

学長がアレンの言葉に驚愕したことには理由がある。僧侶の回復魔法はレベルが上がるほど、まとめて回復できる範囲が広くなっていく。しかし、僧侶の回復魔法の効果範囲はレベル６でも25メートルプール１面程度でしかない。それが、アレンの命の葉はプールの数倍ある練習場全体を回復することができるというのだ。なお、回復量は知力に依存するので、レベル60に達した僧侶の方が、命の葉より体力をたくさん回復することができる。

「60万枚ほどありますので、これを前線に運べば、ある程度の期間、前線が持つかと思います」

アレンは在庫65万枚の大半を中央大陸に提供すると言う。

「60万枚だと!?　あ、アレンよ、それは本当なのか」

アレンは１年半ほどかけて65万枚の命の葉を生成した。一時期、魔石が多くなって生成が追い付かなくなっていたこともあったが、高速召喚によって大部分を命の葉に変えることができた。そうして作ったうち60万枚を、エルフの部隊がいなくなった中央大陸の前線に送ることを提案する。

「はい、後ほど全てお渡しします」

「わ、分かった。広い場所を用意しよう」

回復薬を置くのに必要な場所を提供してくれるようだ。

「ありがとうございます。一カ所で使用するよりも効果的にするには……。地図を見てください。主要な砦は50を超えます。しかし、今回の戦いを凌ぐだけなら、回復薬を多く必要とする要塞は、勇者がいるところを除いて９つ程度。確か、ここから最前線まで魔導船を使えば８日程度で着くかと」

魔王軍が攻めてくるまで最低10日掛かるのであれば、その前に回復薬を最前線に届けることができる。アレンはさらに説明を続ける。

アレンは今回の戦いを、魔王軍が何年もかけて準備してきた総力戦と睨んでいる。魔王軍が確実にギアムートの帝都を落としたいなら侵攻ルートは限られ、戦いになる砦は多くても約10カ所。

そして、魔力回復リングのある勇者が範囲回復魔法を使うなら、回復薬が必要な砦はさらに減るだろう。あくまで概算だが、1回の回復範囲を考えると、合計60万枚の命の葉をそれぞれの砦に配分すれば1日の消費量はざっと1万枚と計算する。

「だが、それでは2カ月しか持たないぞ」

学長はアレンが言いたいことを理解したようだ。

「そうです。だから2カ月以内に、ローゼンヘイムの戦況を変えなくてはいけません」

崩壊寸前のローゼンヘイムと、予断を許さないギアムート帝国。バウキス帝国も余裕があるわけではない。ギアムート帝国に提供した回復薬の量を考えても、ローゼンヘイムでの戦いは短期決戦にしないといけない。魔王軍の最優先事項がローゼンヘイム攻略なら、そこで戦況を変えれば中央大陸の侵攻作戦も変更せざるを得ないはずだ。

(まあ、この辺は相手がいることだからな。実は中央大陸を攻めるのが本命で、今回ローゼンヘイムの件はたまたまスムーズに侵攻できただけっていうことも考えられるけど……。あと気になるのはギアムート帝国の動きか。帝国もみすみす滅ぼされることはないだろうが)

これは戦争で相手がいる。相手の作戦を完全に予想することは難しい。

「帝国は非常事態宣言を発令しているのですか？」

アレンは学長に尋ねる。

「うむ、ギアムート皇帝は既に非常事態宣言を発令している」

各国の国家元首である国王や皇帝は、非常事態宣言の発令権を持っていた。これが発動されると、貴族だけが対象だった徴兵の義務が平民や農奴(のうど)まで課せられる。平民からの不満が爆発すれば国家転覆にもつながりかねないため、この宣言は今回のような国家存亡の危機が起きたときだけに発令される。いわば切り札だ。

帝国は予備兵、退役兵、志願兵、徴用兵など、あらゆる兵を投入して増強を急いでいるという。予備兵や退役兵など訓練なしに戦える者については、1カ月ほどで戦地に配備されるそうだ。

(さすが通信の魔導具のある世界、すでに帝国全土で非常事態宣言が行き渡っているんだ。つまり、あと1カ月もあれば前線の戦力が増えるってことか)

「しかし、60万もの回復薬を1人で作るとは……。これも召喚士の力なのか」

学長がアレンに問いかける。この話が本当なら、召喚士が1人いれば戦況をひっくり返すことができるのは想像に難くない。

「いえ、これは召喚士の力ではありません」

「は!?　おい、アレン、何言ってんだ？」

アレンの話をほとんど理解できずぼんやり聞いていたドゴラが、唐突に大きな声を上げる。

ドゴラも、ほかのみんなも、この命の葉は、紛れもなくアレンが作った回復薬だと知っている。

ダンジョン攻略の休憩時間にも、収納から土を出して命の葉を作っていたのをしょっちゅう見ていた。何ならそれをパーティー全員で分け合って、各々が一定量を道具袋に入れて持っている。当然今も、ドゴラの道具袋には命の葉がたんまり入っている。

「これは、ローゼンヘイムのエルフが作った霊薬です。本来よりも効果がかなり弱いですが、量産化に成功した薬ですね」

「……エルフの霊薬か。これが？」

アレンは勇者ヘルミオスと戦ったときに、ヘルミオスが草Bの特技「大地の恵み」をエルフの回復薬と誤認したことを覚えている。要は召喚士の能力は誰にも知られておらず、どうとでもごまかせるというわけだ。

(勇者の反応が本当なら、エルフの霊薬は欠損も治るみたいだからな)

しかし、エルフの王族にして学長のテオドシールは「本物の」エルフの霊薬を知っている様子だ。

彼がアレンに「何を言っているんだ」と言おうとしたそのとき。

「アレン様の仰る通りです。これは間違いなくエルフの霊薬ですわ」

ソフィーが絶妙のタイミングでアレンに調子を合わせる。

「ソフィアローネ様？」

「ローゼンヘイムがエルフの部隊を撤退させる代わりに、このエルフの霊薬を中央大陸の前線に送るということですわね。アレン様」

ソフィーが先生に答え合わせをするように、上目遣いでアレンを見つめる。

「そのとおり。ローゼンヘイムは同盟の価値を忘れたわけじゃないからな」

魔王軍はエルフたちの本国への帰還を見越して、5大陸同盟の崩壊までも狙っている。同盟が破綻すれば他の大陸への侵攻も容易くなっていくからだ。ところが今回の回復薬を「エルフの霊薬」と称してローゼンヘイムからの支援とすれば、ギアムート帝国側の心証も大きく変わる。

（まあ魔王がいる限り、同盟は維持していた方がいいだろうからな）

魔王がいなくなれば5大陸同盟は形を変え、覇権主義の大国のいいなりになる小国家という図式になるだろう。アレンはそう考えているが、今は別の話だ。

「素晴らしいですわ！　ローゼンヘイムを救い、ギアムート帝国も援助し、同盟まで維持できるなんて」

ソフィーが感嘆の声をあげる。

「いや、これはあくまで、今聞いた話から事態を予想した場合の対応策だ。実際は相手次第で戦況は変わってくるだろう」

最初は同盟国にとって有利に戦況が進むだろう。なぜなら、エルフの回復部隊がいない前提で中央大陸に攻めてくる魔王軍に対して、こちらは回復薬が60万個だ。しかしそれに気付けば相手の出方も変わるかもしれない。アレンたちが出向いてローゼンヘイムが持ち直せば、中央大陸を攻めるよう方針を変更することだって考えられる。

きっと全てがうまくいくわけではないだろう。

（だからこそ、保険をかけておかないとな）

アレンは自分でできるさらなる手を考える。

「ありがとう、回復薬の件は本当に助かる」

学長はアレンとソフィーの話を全て理解した上で、アレンにお礼を言ってくる。

「いえ。くれぐれも『エルフの霊薬』ということでお願いしますね。それから、メルル」

「う、うん」

バウキス帝国への帰還を命じられ、さっきから元気のないメルルに話しかける。

「4月からみんなでバウキス帝国に行く。この約束は変わらないからな」

「え？」

「速攻で魔王軍を滅ぼして、4月には皆でバウキス帝国のS級ダンジョンに行くから」

「う、うん」

「メルルも戦場に駆りだされると思うから、『エルフの霊薬』を渡しておくよ」

メルルにはミスリル級のゴーレムを動かすことのできる魔岩将という才能がある。1000万人に1人が授かる天与の才であり、この才能を持ったメルルは、学徒兵として駆り出される可能性が高い。そこでアレンは、彼女が常備している分とは別に、追加の命の葉を手渡した。その際にも、周囲にはローゼンヘイムから譲り受けたエルフの霊薬ということにするよう、改めて言い含める。

「あ、ありがと……」

（そうだ。魔力回復薬も渡しておくか。魔力の種が1000個もあれば、戦況を変えられるだろう）

中央大陸北部の兵士たちに必要なものは体力回復薬だ。それに対して、魔力で動くゴーレムを操るメルルたちバウキス帝国のドワーフに必要なものは魔力回復薬である。

アレンが魔力の種をぎっしり詰め込んだ袋を渡すと、メルルは半泣きになりながらしきりにお礼を言った。ダンジョンで目立った活躍ができなかったことに加え、ここで一旦パーティーを離脱することに負い目を感じているようだ。

「俺はニーナに、しっかり事情を説明しておきたいぞ」

キールが再度口を開く。

「そうだな。拠点で別れの挨拶をしておかないと」

拠点にいるキールの妹、ニーナ。そして家族同然の使用人たちにも、一言告げてから戦場に行きたい。

＊　＊　＊

それからアレンたちは、ローゼンヘイムに行くための準備を進め、丸1日が過ぎた。食料など、必要物資は既に用意していると学長に言われたが、アレンが必要とするものは他にある。

2年弱過ごしたこの街にもう戻って来られないかもしれない。そう思うと、何か感慨深いものを感じた。戦争に絶対はないと思うし、必ず勝てる保証もない。この街の住民のほとんどは魔王のことなど知らず、変わらない日々を送っている。

自らの行動で、知らないままでいられるようにしようと決意する。

キールは、妹のニーナや使用人に事情を話した。ニーナはかなりショックを受けていたが、戻ってきてくださいと涙ながらにやっとの思いで口にする。キールの出動を受けて、ニーナと使用人たちは、予定よりも1年ほど早いが、ハミルトン伯爵家の世話になることが決まった。

アレンは短期決戦を想定しているが、必ずしも思惑通りに事が運ぶとは限らない。学長室から出たあと、同じ教室で学校生活を送った、ハミルトン伯爵家のリフォルに事情を話し、ニーナたちをいち早くハミルトン家に引き取ってもらうことを了承してもらった。

「僕とアレン君の仲だからね。全く問題ないよ」

と言われ、借りを作ってしまった。この借りはこの戦争が終わったらおいおい返すことにしよう。

＊　＊　＊

学園都市の郊外に赴いたアレンは、魔導書を開いてBランクの召喚獣のステータスや特技、覚醒スキルの確認を行っている。召喚レベルが7になり召喚が可能になったことで、新たにBランクを召喚できるようになったのだ。

・形状はグリフォンの鳥Bのステータス
【種　類】　鳥
【ランク】　B
【名　前】　グリフ
【体　力】　2000
【魔　力】　1000
【攻撃力】　2000
【耐久力】　2300
【素早さ】　3000
【知　力】　3000
【幸　運】　2400
【加　護】　素早さ100、知力100
【特　技】　飛翔
【覚　醒】　天駆

・形状は蟻の虫Bのステータス
【種　類】　虫
【ランク】　B
【名　前】　アリポン
【体　力】　2600
【魔　力】　1000
【攻撃力】　2400
【耐久力】　3000
【素早さ】　3000
【知　力】　2000
【幸　運】　1800
【加　護】　耐久力100、素早さ100
【特　技】　ギ酸
【覚　醒】　産卵

・形状は桃の草Bのステータス
【種　類】　草
【ランク】　B
【名　前】　モモコ
【体　力】　100
【魔　力】　3000
【攻撃力】　100
【耐久力】　100
【素早さ】　100
【知　力】　100
【幸　運】　3000
【加　護】　魔力100、幸運100
【特　技】　大地の恵み
【覚　醒】　天の恵み

・形状はケルベロスの獣Bのステータス
【種　類】　獣
【ランク】　B
【名　前】　ケロリン
【体　力】　3000
【魔　力】　1000
【攻撃力】　3000
【耐久力】　2700
【素早さ】　2800
【知　力】　2000
【幸　運】　1400
【加　護】　体力100、攻撃力100
【特　技】　3連噛みつき
【覚　醒】　9連噛み砕き

・形状は女性霊の霊Bのステータス
【種　類】 霊
【ランク】 B
【名　前】 エリー
【体　力】 2600
【魔　力】 3000
【攻撃力】 2600
【耐久力】 3000
【素早さ】 2600
【知　力】 3000
【幸　運】 1800
【加　護】 耐久力100、知力100、物理耐性強
【特　技】 グラビティ
【覚　醒】 ブラックホール

・形状はミスリル製フルプレートの石Bのステータス
【種　類】 石
【ランク】 B
【名　前】 ミラー
【体　力】 3000
【魔　力】 1000
【攻撃力】 2800
【耐久力】 3000
【素早さ】 2300
【知　力】 2000
【幸　運】 2500
【加　護】 体力100、耐久100
【特　技】 反射
【覚　醒】 全反射

・形状はドラゴンの竜Bのステータス
【種　類】 竜
【ランク】 B
【名　前】 ドラドラ
【体　力】 2800
【魔　力】 1000
【攻撃力】 3000
【耐久力】 2900
【素早さ】 3000
【知　力】 1800
【幸　運】 1600
【加　護】 攻撃力100、素早さ100、ブレス耐性強
【特　技】 火を吐く
【覚　醒】 怒りの業火

・形状は亀の海竜アーケロンの魚Bのステータス
【種　類】 魚
【ランク】 B
【名　前】 ゲンブ
【体　力】 2900
【魔　力】 3000
【攻撃力】 2000
【耐久力】 2900
【素早さ】 1000
【知　力】 3000
【幸　運】 2600
【加　護】 魔力100、知力100
【特　技】 タートルシールド
【覚　醒】 タートルバリア

『それで、私たちは魔王軍と呼ばれる魔獣たちをぶっ殺せばいいのデスね？』

アレンの傍らで、金髪の女の子が話しかけてくる。霊Bの召喚獣だ。見た目は10代前半くらい。その体は少し透け、ふわふわと宙に浮いている。言葉はあくまで丁寧だが、その内容はなかなか物騒だ。

「そう、あくまでも対象は魔獣だ。かなりの数の人間の兵士がいると思うが、彼らには絶対に手を出さないでくれ。たとえ襲われてもだ」

『承りましたデスわ』

200万体に上る魔王軍に対して、召喚獣がどこまで活躍できるかはわからない。それでも兵力はちょっとでも多い方がいいだろう。そんな思いから、アレンは中央大陸北部の最前線に向けて送り出すための召喚獣を、黙々と召喚していた。召喚獣を送れば視界を共有することで実際の戦況を知ることもできる。

もしギアムート帝国が敗れようものなら、中央大陸における次の標的は、十中八九アレンたちの故郷、ラターシュ王国だ。北部の戦況が分かれば、その後の対応も早くなる。今回のように、話を聞いた翌日にローゼンヘイムへ赴くような準備不足はもう避けたい。

召喚獣の召喚を連続して維持できるのは1カ月。これまでの召喚獣の任務は、ダンジョン内に留まったり、連絡役としてグランヴェルの街に行ったり、ロダン村の開拓を手伝ったりと、1カ月あれば十分こなせることばかりだった。しかし今回は、広大な帝国を南から最北まで移動しないといけない。派遣できるのは空を飛べて、かつ移動速度がある程度見込める召喚獣に限られる。

【大陸北部に送り込む召喚獣】
・鳥Ｅの召喚獣２体
・鳥Ｄの召喚獣２体
・霊Ｂの召喚獣５体
・竜Ｂの召喚獣５体

（索敵に、戦闘、情報収集を含めてこんなものか。それに、回復薬も持たせて……と）

アレンは召喚獣たちに、もう一つ命令を付け加えた。

「ああ、魔神や魔族が出てきたら、なるべく情報を送ってくれ」

（一応調べたけど、ほとんど情報なかったしな。せめてどの程度の強さかだけでも知りたいぞ）

『あい分かった。情報が得られるように立ち回るとしよう』

竜Ｂの召喚獣が代表して答える。

あくまで学長や担任から得た情報だが、魔王軍側にも序列があり、大将となる敵がいるらしい。

「じゃあ、頼む。戦場の様子が分かったら応援を送るかもしれないが、あまり期待はしないでくれ」

『ぶっ殺してきますデスわ』

『おう、焼き尽くしてくれるわ』

人間の言葉が話せる霊Ｂと竜Ｂの召喚獣が返事をする。そしてアレンと視界を共有したまま、一塊になって飛行し中央大陸の北部を目指して飛び立っていった。

＊　＊　＊

「おまたせ」

「アレン、もういいの？」

「ああ、クレナ。行ってもらった」

アレンは100メートル超級の高速魔導船の前でパーティーと合流した。船に同乗する数百人のエルフの学生たちは、突然の帰還命令に不安をあらわにし、一カ所に固まっていた。ソフィーが「不安はない、私たちにはアレン様がいる」と、一人ひとりに根拠のない励ましの声を掛けて回っている。

ニーナや使用人と最後のお別れをしていたキールは、一番年長の使用人と何か揉めているようだった。どうやらダンジョンで稼いだ結構な額のお金を使用人に託そうとしたところ、「受け取れ」「受け取れません」の応酬が始まってしまったようだ。昨晩もやっていたなと思って見ていたら、とうとう使用人が折れて「ニーナ様のために使わせていただきます」と言ってお金を受け取った。

アレンはドゴラに話しかける。

「いいのか？」

勅書が出ているか、敢えてドゴラに問う。アレンは、今回の勅書があっても、戦争に参加したかどうかなぞどうとでもなると考えている。特に平民のドゴラならなおさらだ。

「あ？　何がだよ」

今回の戦いでは、一番危険なのはドゴラだと思っている。物理職でAランク以上の魔獣とも、接近戦で戦わないといけない。このあたりは耐久力は低い後方で召喚獣に守られたセシルやキールとも違うし、ステータスがかなり上がったクレナとも違う。

(Aランク以上の敵が出たら守り切れないからな)

ドゴラは全身にアダマンタイトの武器と防具を纏っている。だから、そうそう負けることも死ぬこともないと考えてはいるが、今回の戦いには学園のダンジョンでは苦戦したドラゴン以上の敵が控えていると思われる。万が一の事態が、アレンの頭をよぎった。

「このまま、俺に付き合わなくてもいいんだぞ?」

「何言ってやがる。国王陛下の勅書には俺の名前もしっかり書いてあるんだ。戦場で活躍してしっかり褒美を貰わねえとな」

ドゴラはにやりと笑い、いかにもアレンが言いそうなことを言った。

「ああ、そうだな。クレナと一緒に、最前線にやるからな」

(どんな形で戦闘に参加するか分からないけど)

「当たり前だろ、リーダー。任せておけ」

ドゴラは肩に担いだ、巨大な斧を強く握りしめた。

(最初の行き先は、ネストの街か)

これから乗る高速魔導船の行き先は、4日ほど行ったところにあるローゼンヘイム最南端、ネストという大きな港街だそうだ。

「もう乗っていいみたいだな。じゃあ、皆行くぞ」

アレンの言葉によって、パーティー一行は戦場に向け魔導船に乗り込むのであった。

第二話　ラターシュ王国王城での情報収集

絢爛豪華なグランヴェル城の一角、窓際の木から横に伸びた枝に1羽の小鳥が止まって部屋の様子を窺っている。奥の扉が開いて、入ってきたのは貴族と騎士と執事の3人。騎士が小鳥に気付いて窓を開けると、小鳥はスルリと中に入った。

『グランヴェル子爵、失礼いたします』

小鳥が中にいる貴族に頭を垂れる。アレンの鳥Gの召喚獣だ。

「うむ、随分待たせてしまったな。申し訳ない。謁見に時間がかかってしまった」

『いえいえ。何か分かりましたか？』

アレンは、学長から話を受けたその日のうちに、館に待機させている召喚獣を介してグランヴェル子爵に事情を報告した。子爵はアレンたちが突如戦場に赴くことになったことを知ると、すぐさま王都に向かい説明を求めた。しかしその日は「忙しい」の一点張りで、国王への謁見が叶わなかったそうだ。ところが日が経って、「アレンたちが魔導船に乗り込んだらしいが、その理由について詳しく聞かせてほしい」と話すと、一転してお目通りが叶ったのだった。

（そうして、ようやく謁見できたというわけか）

「うむ。まずは戦争の状況から話そう。魔王軍がローゼンヘイムに進軍したのは1カ月ほど前の話だったようだ」

アレンは子爵に、今回の戦争について色々確認をしてもらえるよう頼んでおいた。謁見で待たされている間に、将軍など軍の要職につく貴族たちが調べてくれたようだ。グランヴェル家の変以降、いくつもの派閥と協力関係にあるので、貴族たちはグランヴェル子爵にとても協力的なようだ。

——1カ月前、300万の軍勢によりローゼンヘイムの北部を防衛している要塞が落とされた。元来エルフは補助と回復、それに弓を得意とするため、城壁で防衛戦の守りに特化している種族だ。このようにあっさりとローゼンヘイムの要塞が陥落するのは、考えにくい事態だった。

しかし、皆が信じられないと首をかしげている間にも、魔王軍は攻勢の手を緩めなかった。ローゼンヘイムの北部にある、何十年も守りを固めてきた巨大な砦も、数日のうちに落とされた。こうなると、魔王軍がローゼンヘイムの侵攻に注力していることは間違いない。

これまでも魔王軍は、中央大陸、バウキス帝国、ローゼンヘイムの3つの国全てを攻めてきたが、バウキス帝国にはゴーレムによる軍隊がいて、ローゼンヘイムには精霊王の加護があった。そのため過去に魔王軍は、もっとも攻めやすい中央大陸を、長いこと執拗に侵攻し続けた。だから他の大陸と違って中央大陸には魔王軍が支配する領土がある。

しかし中央大陸に勇者が現れたことで事情が変わり、3国の強弱の順位に変化が訪れた。精霊王の加護があるとはいえ、ローゼンヘイムは他の2大陸に比べてずっと兵の数が少ない。エルフは長命である反面、子供が生まれづらいことに加え、他の種族がローゼンヘイムに来ることを嫌っていた。排他的な国家運営が災いし、いつしか最弱はローゼンヘイムに変わっていたのだ。

5大陸同盟を通じて王国に緊急要請を出すころには、すでに首都近くまで攻められていたという。

そして王国が返信を送ったときには、すでに首都が陥落していた。

ローゼンヘイムの首都への連絡がつかなかったため、王国は急遽、同国の要所の一つ、南部に位置するネストの街に「アレンとその仲間を王命により派兵し、要請に応える」と回答した。

「現状のローゼンヘイムだが、かなり厳しいぞ。南部にあるいくつかの要所で、今も遅滞戦術をとっているようだ」

ローゼンヘイムの首都を陥落するのに魔王軍は相応の日数を要しており、その間にエルフたちの避難が進んだ。また、南部の複数の要所に人を集めることもできたそうだ。どこまで魔王軍が侵攻しているのか分からないが、南部の要塞でエルフたちは今も戦っていると思われる。

『色々調べていただき、ありがとうございます』

「構わぬ。それで、国王だがな……」

先ほどの謁見の話をしてくれる。国王が子爵に話した内容はこうだ。

「今は未曾有の国家存亡の危機である。我が国も5大陸同盟に協力をしなくてはならない。我が国としては、貴重な戦力で大変惜しいが、アレンにはローゼンヘイムの救援を命ずる」

そして、アレンがその実力を遺憾なく発揮できるようにと、子爵の娘であるセシルを含むパーティーの同行を命令に加えたそうだ。謁見の間で国王は、子爵がいろいろ尋ねてみても一切聞く耳を持たなかった。

（ふむ、もっともらしいことを言っているが、俺を仲間もろとも300万の軍勢の餌食にしてやろうという魂胆か）

『それは、申し訳ありませんでした。あのとき……国王に悪い印象を与えすぎました』

学園武術大会後のセレモニーでの、王太子とのやり取りを思い出す。

結果としてグランヴェル子爵の娘、セシルも巻き込んでしまった。

「……いや、大丈夫だ」

子爵は一瞬言葉に詰まりながらも気丈に振る舞う。そして、1つの願いをアレンに託した。

「だが頼む。どうかセシルが無事に国へ帰れるようにしてほしい」

「それはお約束します」

アレンは自信をもって子爵に約束した。

＊＊＊

魔導船の中。アレンたちは同じ個室に集まっている。

「それで、どういうことなんだ？」

アレンが子爵から聞いた話を皆に伝えると、ドゴラがよく分からなかったといった様子で聞き返した。

「……」

一方でソフィーは、首都陥落までの経緯を聞いてかなり落ち込んでいる。

「まだエルフたちは諦めず戦っている。彼らが諦めていないなら、俺らだって諦めるわけにはいかないな」

「……アレン様」

アレンの言葉が、ソフィーの目にわずかながら輝きを取り戻させた。

「だけど、今回の件は俺の落ち度だ。国王がここまで露骨なことをしてくるとはな」

（元々、最も危険な場所にキールとクレナを送るって話は最初の夕食会でしていたし。標的が俺に変わったけど）

「あ、なんだ？　反省すんなよ。これも仲間のためだろ」

「そうよ。これまでもうまくいっているわ。アレンはしたいようにすればいいのよ」

「そうだな。これで俺も貴族になるのが早まりそうだ」

クレナがドゴラに同調し、キールは戦果を上げれば早く貴族になれることから、アレンの行動に問題はなかったと主張する。

「分かった、アレン？　皆、覚悟はあるわ」

皆の気持ちを代弁するかのように、セシルが代表してこう言った。魔王軍との戦いで兄のミハイを失ってから、ずっとセシルには覚悟がある。来年の春だったはずの参戦が、ちょっと早まっただけだと思っている。

（戦場にはSランク級の魔獣も出てくるっていうから、装備だけでもオリハルコン級にして戦争に臨みたかったけど……。いや、今そんなこと考えていても仕方ないか）

皆、戦争への参加には前向きだ。アレンも当然問題ない。唯一悔やまれることがあるとすれば、カンスト後のレベルキャップ開放について、一切情報が得られなかったことだろう。これに関しては勇者ヘルミオスや剣聖ドベルグがノーマルモードのままであることからも、ほぼ絶望的かもしれない。バウキス帝国のS級ダンジョンで装備だけでも揃えたかったが、これ以上何も言うまい。できることをやるしかないのだ。

「ところでアレン。ネストに着いたらどうするつもりなの？」

　セシルが状況について確認をする。魔導船に乗って丸３日。これまで編成などの話はしてきたが、肝心のアレンの狙いを聞いていない。

「渡航先のネストって街はローゼンヘイムのほぼ南端にあるらしいから、そこから北上して魔王軍を一掃しようと思っている」

　アレンは魔王軍を掃討する気マンマンなのだ。ついさっき「迷惑かけた」と言ったのは何だったのか。仲間たちは呆れた様子を隠さない。

「ちょっと、それは張り切り過ぎじゃない？」

　セシルが思わずツッコミを入れる。

「ま……魔王軍３００万体を滅ぼすということですか。アレン様」

うろたえながら、ソフィーがアレンの発言の意図を確認した。

「いや、できれば予備兵の４００万も合わせて７００万滅ぼしたいかな」

　アレンは、戦況が変われば動き出すと思われる予備兵４００万体についても言及した。予備兵はおそらく、中央大陸北部の海上に待機している。

「そ、それは本当に可能なのでしょうか……」

　言葉も出ないというのはこのことだが、ソフィーが何とかアレンに問いかける。

「まあ、今回は要請を受けてそれに応えた形だから……。実際はどういう形で戦争に参加するのか分からないけどな。ソフィー、何とかできないか？」

今のところ、現地で何をするかも聞いていない。助けてと言われただけだ。どこかの部隊に組み込まれるのか、遊撃隊か、何をするのか分からない。アレンにも聞いた情報から使える作戦がいくつか思いつくが、それも自由があってこそだ。

「それなら問題はありませんわ」

「本当か？」

「王女の名に懸けて、自由に戦えるようにしますわ。ですわね、フォルマール」

「は、はい。ソフィアローネ様」

ソフィーは、アレンの戦い方が従来の型にはまらず、エルフ部隊に組み込んでも意味がないものであることを心得ていた。自らに与えられた次期女王の地位は、今このとき、アレンを自由に戦わせるためにあったのだと、早合点して使命感に燃えている。

各々がこれからの戦いに思いを馳せる中、アレンたちはネストの街への到着を翌日に控えるのであった。

＊＊＊

翌日の夕方。ついにローゼンヘイムの南端らしき陸地が見えてきた。

「陸地が見えてきたわ。ローゼンヘイムにようやく到着ね」

「ああ、予定通りだな」

セシルの声にアレンが返事をする。

（良かった。ネストの街には、まだ火の手が上がっていないぞ）

これから向かうネストの街はローゼンヘイムの最南端にある。ここで既に火の手が上がり、煙が濛々と立ち上っていたら、ローゼンヘイムが完全に魔王軍の手に落ちていることになる。

ソフィーは心配そうに、窓からローゼンヘイムの南端を見つめている。王城で確認した限り、今もエルフの女王の安否は分かっていない。

魔導船はほどなくして、ネストの街に設けられた発着場に着陸し、アレンたちは数百人のエルフたちと共にネストの街に下り立った。

ローゼンヘイムの国土は中央大陸の3分の1ほどに相当するが、そこに住むエルフの人口は、小国のラターシュ王国と変わらない2000万人程度という。国土の大きさだと、ラターシュ王国はローゼンヘイムの数分の1だ。

（すごい数の積み荷だな）

ふと見れば木箱に入った積み荷が発着地に所狭しと置かれている。ローゼンヘイム全土から全ての荷物を集めたかと思うほどの量だ。よく見れば、一部が焼け焦げた木箱もある。戦火を逃れて運ばれたのだろう。エルフ軍の指揮官と思われる者が積み荷の整理の指示をしている。

エルフの生徒たちは周りを見渡しながら、走り始める。家族の安否がよほど気になったのだろう。

発着地に両親が来ていないか探しているようだ。しかし、雑多な状況の中で、両親が見当たらない生徒も多い。

ふいに馬車が近づいてくる。馬車が停止すると1人のエルフが降り立ち、アレンたちに近づいてうやうやしくお辞儀をした。

「ソフィアローネ様、よくぞお戻りになられました。長老会がお呼びになってございます。どうぞこちらへ」

「……アレン様、参りましょう」

ソフィーは長老という言葉に一瞬眉をひそめたが、一行を馬車へと促す。

「生徒たちはどうするんだ？」

馬車はゆっくりと進む中、一緒にやって来たエルフの生徒を置いていくので、アレンは問う。

「問題ありませんわ。集合場所については前もって指示がいっているはずです」

発着地を抜けたところで皆が息を飲む。馬車の窓から街の風景を見たからだ。

「……ひ、ひどい」

セシルが絶句した。

エルフたちが、血だらけのエルフたちを必死に回復している。泣き叫ぶ子供たちの声がいくつも木霊(こだま)する。その様子は野戦病院さながらだった。

（この風景はどこまで続くんだ。街を抜けても負傷者と避難民で溢(あふ)れている……。避難民だけで100万人以上いるぞ）

アレンは発着地に到着以降、既に10体の鳥Eの召喚獣を使って、上空からネストの街全体を確認し始めている。

街の全容を把握したら、引き続き前線まで地続きで状況を確認する予定だ。

大きな湾を擁した南の要所とあって、ネストの街はかなり大きい。アレンの「鷹の目」が街の様子を捉える。そこかしこに怪我人(けがにん)と避難民が溢れ、建物に入ることすらできずに道端で治療を受けている者、手足が欠損した者などもいた。

（もう回復できないと見たのか、重傷者を回復させている余裕や魔力はないということか）

回復魔法に長けた者が多いとされるローゼンヘイムにおいて、これほど多くの重傷者、負傷者が見られること自体が、前線の状況の壮絶さを物語っている。

あまりに生々しい戦場の様子に、仲間たちはショックを受けている。

そんな中、アレンは回復薬の在庫と戦況の確認を必死に分析する。

「アレン、助けなきゃ！」

感情を抑えきれずに、クレナが声を上げる。

「いや、今は時間が惜しい。回復薬も無限にはないし」

たしかに放ってはおけない状況であるが、国が陥落したら元も子もない。どれだけの被害があって、どれだけの回復薬が必要かも分からないこの状況に構っていれば、手遅れになるかもしれない。だから、アレンは先に進もうと主張した。

「だって、ほっとけないよ！」

顔を真っ赤にして訴えるクレナに、折れる気配は一切なかった。

「じゃあ、こうしよう」

アレンとクレナの間に、キールが割って入る。

キールの提案は、クレナ、ドゴラ、キールの３人が回復薬とキールの回復魔法を駆使して１人でも多くの人を救うというものだった。彼らはダンジョン攻略に必要な回復薬を、道具袋にいつもある程度常備している。

「その間に、長老との話を済ませておいてくれ。リーダー」

「分かった。次の行動が決まったら、すぐに回収するからな」

そう言って、アレンは勇者ヘルミオスから貰った魔力回復リングをキールに渡した。

「じゃあ、ぐずぐずしてらんねえな。行くぜ!!」

話がまとまったことを確認したドゴラが、ひらりと馬車から飛び降りる。

「行こう！」

「ちょ!?　クレナ!!」

クレナは慌てふためくキールを抱え上げ、ドゴラに続いた。

「まあ……あの3人なら問題ないでしょう」

「そうだな」

馬車の後ろの窓から、早くもキールの回復魔法の光が広がる。

いきなり2手に分かれる形になったが、仲間の意思を尊重することにする。

しばらく進むと、街の中央にある大きな木造の建物の前で馬車が停まった。馬車から降りると、辺りがざわざわとし始める。王女の帰還に街の人たちが気付いたようで、中には手を合わせ拝み始めるものもいる。次期女王と言われるソフィーの存在の大きさを目の当たりにした格好だ。

「さあ、アレン様、こちらです。フォルマール、長老たちはどこにいるのですか?」

「は、すぐに確認してまいります」

街の惨状を見ていたソフィーが、気丈にフォルマールに指示を出す。時間がないという認識は、ソフィーにも共通しているようだ。

フォルマールが戻ると一行を建物の奥まで案内する。こちらですと開かれた扉の奥は大きな会議室だった。よぼよぼのエルフたち以外にも、高位の軍人、将軍と思われるエルフたちがいる。その1人の将軍は片腕を失っており、明らかに戦場帰りということが分かる。

大きな円卓には地図が広げられており、攻め滅ぼされそうなこの状況をどうすべきか話し合っていたようだ。

そんな状況の中、ソフィーを筆頭にアレンたちは会議室に入っていく。

「おお、ソフィアローネ様。よくぞお帰りになられました」

12人いる長老の1人が歓喜の声を上げた。しかし、ソフィーは広い会議室を一瞥（いちべつ）するなり、長老に向かって言葉を発する。

「女王陛下はどこですか？」

「え？」

「どちらにおられるのですか？」

「も、申し訳ございません。我らも退避をお願いしたのですが」

「では、やはり前線におられるのですね？」

「は、はい」

すると、ソフィーはこの状況に激怒する。

「あなたたちは女王陛下を差し置いて、おめおめと引き下がったのですか!!」

長老たちがその剣幕に震え上がる。

（女王がいないのに、長老会だけが避難していることに怒っているのかな？）

　エルフの国は女王がいるが、国家の運営に関わることは12人からなる長老会で決めている。女王は、そこで決められた事項への拒否権を持っているという仕組みだ。女王がいない中、誰も残ろうとせず、ここに1人も欠けることなく長老がいることにソフィーが激怒してしまった。長老の1人が必死にソフィーを宥める。

「も、申し訳ございません。ソフィアローネ様」

「それで、女王陛下はどうされたのですか！」

「女王陛下は現在、ティアモの街にとどまって戦っておられます」

（ティアモは授業で習ったぞ。かなり大きな街だな。そこが最前線なのか？）

　アレンは、ティアモの街は、大陸よりやや南側の内陸にある大きな街の1つであることを思い出す。ローゼンヘイムの北から7割が魔王軍に占領されており、さらにティアモの街の規模からも、そこが最前線なのは分からないでもない。

「では、まだご無事なのですね」

「あ……」

　長老のエルフが言葉を濁す。

「どうしたのですか？　答えなさい」

「おそらく……ティアモはもってあと数日です」

　長老たちは無念の表情で答える。

　ソフィーは無言で、鎧を身に纏った将軍に向き直る。負傷した将軍のエルフが目を伏せた。

　怪我を負っているようだが、鎧を脱いでいないのは、直ぐに戦おうという思いがあるのだろうか。

（将軍すら大怪我を負って避難している状況か。ソフィーも好きにしていいって言っていたし、そろそろ俺も割って入るぞ）

「この街にいるのは、戦火を逃れた避難民と、戦場から撤退した負傷兵だけということですね。そして、最前線のティアモの街はあと数日で陥落しそうで、そこにいる女王の身が危ないと」

アレンはこれまでの会話の内容と、街の状況を整理して、突然言葉を発した。皆が驚いて注目する中、片腕を失った将軍と思われるエルフの１人が口を開く。

「こ、この方はもしや？」

ソフィーが静かにうなずく。アレンの発言によって生まれた静寂で、落ち着きを取り戻したようだ。

「そうです。精霊王様が預言した救世主様です。ローゼンヘイムを救うために来ていただきました」

「アレンといいます」

「この少年が、精霊王様の……」

片腕を失った将軍が訝しがってまじまじとアレンを観察するが、ちっとも強そうには見えない。

（さて、状況は分かったから、優先順位を立てて行動に移さないとな）

「おお、この方が救世主様……。それはありがたい。今は軍議の最中なので、ぜひともご参加願いたい」

将軍が席を詰めて、椅子を用意しようとする。しかしアレンには、これ以上の会議に意味はない。

それより、もっと優先すべきことがあった。

（えっと、フォローを頼むよ）

アレンはソフィーに目配せをすると、ソフィーがそれに応えてうなずく。

「軍議ですか……。それもいいけど、まず腕の治療をしましょうか」

「ああ、申し出はありがたいが、まずは軍議を……」

自らの腕のことより、将軍はローゼンヘイムの行末が気にかかる。

「ルキドラール、言うことを聞きなさい」

「は、はい」

王女のソフィーがルキドラールの名を呼び、アレンの元へ近づくよう促す。将軍は言われるがままにアレンに向かって歩みを進めた。既に回復魔法で出血は止まっているようだが、傷口を覆う布には今も赤い血がにじみ出ており、見るからに痛々しい。アレンは収納から赤い桃のような物体を取り出した。

（「天の恵み」を使ってと）

先ほどはアレンが負傷者の回復を優先すべきではないと言っていたが、負傷した将軍を回復することとの違いについて仲間たちは何も言わないようだ。アレンが何の目的でこういうことをするのか学園生活でよく分かっているのである。

天の恵みは草Bの覚醒スキルにより作った回復薬で、半径１００メートル範囲の仲間の体力と魔力を完治する。市街地で別れた３人にも、10個ずつ持たせてある。

天の恵みを使うと、ルキドラールの失われた片腕が、布を引きちぎって勢いよくメリメリと生えてきた。それだけではない。会議室にいる怪我を負ったエルフたちが、たちまち全員完治した。

「ば、ばかな!?」

ルキドラールは自らの腕を何度もさすって確認するが、傷跡すら残っていない。よぼよぼの長老の1人が驚いて腰を抜かし、椅子からずり落ちてしまった。

「こ、これは……エルフの霊薬か？」

「そうです」

ルキドラールが驚きの表情で問いかける。アレンは肯定し、天の恵みを「エルフの霊薬」ということにしておいた。

回復薬にはいくつものランクがある。エルフの霊薬は、エルフの国ローゼンヘイムが秘蔵する貴重な回復薬だ。何でも、首都フォルテニアの側(そば)に生える世界樹と呼ばれる巨大な樹木の実を、エルフたちの秘伝の技術をもって加工して作られるらしい。

欠損を治すほどの回復薬となれば、エルフの霊薬だと考えるのは無理もない。かつてアレンの父ロダンの命を救った、ミュラーゼの花という金貨5枚相当の貴重な回復薬でも、腕を生やすことはできない。

また、欠損を回復する魔法を使えるのは、レア度星3つの聖女クラスからだと言われている。僧侶の才能があるキールはレベルもスキルレベルも限界まで上げているが、それでも欠損を治す魔法は使えない。

「ちなみにこの街に避難してきた負傷兵はどれくらいいるのですか？」

「だいたい10万人ほどだ。怪我を負った難民を含めるともっとだな」

「その10万の負傷兵を、全員回復させることができます」

「な!?　そ、そんなことができるわけがない。た、戦えない者ばかりを退避させてきたのだぞ」

さらにもう1つの天の恵みを手の上に出す。

「これ1つで、先ほど通った街の広場以上の範囲の負傷者を回復できます。そして、この回復薬が3000個あります」

この建物に向かう過程で通り過ぎた街の広場があった。最も人だかりが多く、クレナたちが飛び降りて、手当たり次第怪我を負ったエルフたちを回復させている場所だ。

ネストの街は随分大きな港町のようで、アレンが鳥Eの召喚獣を使った限りでは、数百個は少なくとも必要としそうだ。

(ここで全部渡す必要はないが、1000個くらい渡すかな。早く補充できるようにしないとな)

アレンは現在、召喚獣にして戦うために1万2千個ほどのBランクの魔石を持っている。それとは別に、2年間の学園生活で貯めたBランクの魔石を天の恵み3000個に変えていた。

「さ、3000個。そ、そんなこと……」

こんな奇跡のような代物が3000個もあるはずがない。ルキドラールが言葉を続けようとすると、ソフィーがそれを制する。

「ルキドラール。アレン様の言葉を信じなさい」

「……は、はい」

ソフィーの言葉に、ルキドラールはうなずくしかなかった。

「現在、私の仲間が広場で回復中ですが、さすがに3人では手に負えません。既に回復し、動けるようになった兵士もたくさんいるはずなので、彼らに手伝ってもらって怪我人を1カ所に集めるよう指示をしてください」

ルキドラール将軍の身をもって効果は確認できたであろうということだ。

「分かった。さっそく部下に指揮させよう。ところで軍議だが……」

今アレンがすべきことは何なのか。それは前線を立て直し、魔王軍の侵攻を止めることだ。

「軍議を行うのは私も賛成ですが、ただし代理の召喚獣を参加させてください。我々はティアモの街に急行したいと思います」

「は?」

「申し訳ございません。ティアモ陥落まであと数日しかないということなら、ティアモと女王陛下を救うために、我々は今すぐ出発したいと思います」

「気持ちはうれしいが……ティアモまで馬車だと急いでも1カ月はかかるのだ。魔導船なら間に合うかもしれないが、あんな大きいものでティアモに近づけば、魔王軍の餌食になってしまう」

ルキドラールは「もう手遅れだ。既に街は魔王軍に囲まれており、近づくこともできない」と、悔しさをにじませながら続ける。

(魔導船はあるが、魔王軍側にも撃墜できるだけの敵がいるということね。軍議で魔王軍の侵攻の情報はしっかり収集しないとな)

「エリー、分かっているな。しっかり情報を確認してくれ」

『はい、アレン様。承りましたデス』

「な!? こ、この者は一体……」

突然の霊Bの召喚に、ルキドラールや長老たちが驚く。時間のないアレンは彼らを尻目に、霊B

の召喚獣に軍議への参加を託した。情報は常に「共有」しているので、霊Bを通じてアレンの言いたいことを伝えることもできる。

（ああ、こちらの状況を伝えるためにポッポも1体出しておくか）

鳥Fの召喚獣の覚醒スキル「伝令」は、100キロの範囲内の任意の対象に、言葉だけでなく映像も含めてアレンが伝えたいことを一瞬で伝えられる。

広範囲を一瞬で、それも映像で伝えることのできる、鳥Fの召喚獣の覚醒スキルは、きっとこの戦争で大いに役に立つだろう。

ソフィーが、召喚獣にも協力するよう長老とルキドラールら将軍たちに指示を出している。

アレンは1000個の天の恵みをエルフたちに託した。どこにどれだけの負傷者がいるかは、彼らの方が熟知しているはずだ。

「皆、じゃあティアモに行くぞ」

「その前に、クレナたちを回収しないといけないわね」

建物から出ると、日は既に沈んでいた。王女ソフィーの帰還を聞きつけたのか、多くのエルフたちが建物を取り囲んでいる。ソフィーの姿を見るなり涙ぐみ助けを求める者、感謝の言葉を捧げる者、お逃げくださいと泣き叫ぶ者と、その反応は様々だった。魔導具でできた街灯が、人々をぼんやりと照らしている。

「アレン、あの召喚獣に乗って行くのね？」

セシルがティアモまで行く方法を確認する。

「ああ、もちろんだ。出てこいグリフたち！」

『『グルル!!』』

「「ひ、ひいい!!」」

ライオンの四肢と鷹の頭に翼。象ほどの巨大なグリフォンが7体現れる。後ろ足で立ち上がり、翼を広げると、その体躯(たいく)は建物の屋根にまで達した。

アレンの命令でグリフォンたちが足を畳んで屈(かが)むと、各自が首元に跨(また)がった。群衆も兵たちも理解が追い付かない状況のまま、ソフィーがルキドラールに次の指示を出す。

「では、ルキドラール。ネストをお願いしますよ。女王陛下とティアモの民は必ず救い出しますので、負傷兵が速やかに前線に復帰できるよう指示をしなさい」

「は！」

兵たちがエルフ式の敬礼をすると、鳥Fの召喚獣たちが翼をばたつかせ、クレナたちを回収するために広場の方に羽ばたいて飛んでいった。

「……精霊王様の預言は本当だったのか」

ルキドラールはアレンたちを見送り、小さく呟くと、踵(きびす)を返し兵たちに指示を開始した。

＊＊＊

(間に合わせる。絶対間に合わせるぞ！)

鳥Bの召喚獣を巧みに操り、アレンたちは街の広場へ降り立つ。クレナがアレンに駆け寄った。

「クレナ、次の目的地が分かった。ティアモだ！」

「う、うん。でも、まだ……」

クレナが振り返り、怪我を負ったエルフを見つめる。

「大丈夫だ。すぐに回復薬を持った部隊がこの街全員の回復に当たる」

「本当？　そっか。ありがとう。皆救われるんだね」

空から飛んできたアレンたちだが、新たな作戦が始まったと3人は理解できたようだ。クレナ、ドゴラ、キールがそれぞれ1体の鳥Bの召喚獣に跨る。

「皆、しっかり摑まっていろ!!　グリフたち、天駆を使え！」

「おいおい、また飛ばすのかよ！」

ダンジョンでもよく使っていたので、キールが思わず不満をもらしてしまう。

『『グルル!!』』

しかしアレンの命令を耳にした鳥Bの召喚獣たちは、構わず速度を上げていく。夜間飛行するため追従させていた鳥Dの召喚獣は、その速度に追い付けない。アレンは高速召喚を使い、鳥Dの召喚獣を前方に出し直し、夜目で確認できるエリアを更新していく。

そして数時間も経たないうちにティアモが近づいてきた。そこにはかがり火が無数に街を囲んでいる。火を投げ入れられたのか、街の中も外壁近くの建物にも火の手が上がっていた。

第三話　ティアモの街

「ま、街が燃えている！」

遠目に見える街が燃えている状況を見て、真っ先にクレナが叫んだ。

完全に真っ暗になった深夜、数十万の松明らしき灯りが街を囲んでいる。そして、街のそこかしこでは、煙とともにごうごうと火の手が上がっていた。

「ホロウ、白夜で確認しろ!!」

『ホー!!』

鳥Dの召喚獣に覚醒スキル「白夜」を発動させる。このスキルは、夜間に限るが半径１００キロメートルにあるもの全てを認識することができる。

（よし、まだ街は陥落していないぞ！）

白夜のスキルを通して、情報が直接アレンの頭に入って行く。建物の中こそ見えないが、街の様子も、魔王軍の情報も、手にとるように捉えることができる。

夜間は戦わないのか、エルフと魔王軍が戦闘している様子は一切ない。魔王軍は街の外を取り囲んではいるが、攻め入る気配はないようだ。エルフたちは街で起こった火を消したり、怪我人を運んだりと、ひっきりなしに動いている。

「街はまだ無事だ!!　皆1度上昇して、街の中に入るぞ!!」

アレンが指示を出した。その言葉に、ソフィーが安堵(あんど)の表情を浮かべる。

魔王軍の中には空を飛べるものもいる。深夜とはいえ魔王軍になるべく発見されないよう、一旦上昇、街の上空に到達し、下降を始める。魔王軍にはアレンたちのことなど知る由もないだろうが、妙な援軍が来たと感づかれないことに越したことはない。目標は、街の中心近くにある最も大きな建物だ。

「降りるぞ」

「え？　ちょっとまだ、心の準備が……」

アレンの一言とともに、あわてるセシルを無視して鳥Bたちは一気に降下し始めた。

＊　＊　＊

アレンが目標にした街の中心の大きな建物には、多くのエルフ兵が詰めている。

アレンたちを乗せた召喚獣が建物の前に降りてくると、たちまち周囲は騒ぎになった。

「な!?　て、敵襲だ!!　魔獣が乗り込んできたぞ！！！」

多くの兵たちがわらわらと建物から飛び出した。背中に担いでいた弓を握り、矢をつがえる。精霊魔法の使い手たちは、手のひらを上空の召喚獣に向ける。その手が淡く光り始めたそのとき、鳥Bの召喚獣に跨ったフォルマールが、兵士たちに向かって叫んだ。

「ば、馬鹿な!!　ま、待て！　ソフィアローネ様がおいでだ!!」

（いけると思った。今では反省している。すまないが、状況が状況だけに許しておくれ。ちまちまとやっている場合ではないのだ。フォルマール頑張って）

エルフたちから完全に敵認定される中、アレンは兵士たちを制するフォルマールを陰ながら応援する。フォルマールは、アレンがこんな急降下で、しかも街の中心地を守る兵たちの前にいきなり降りるとは思っていなかった。

「そ、ソフィアローネ様？」

フォルマールの叫び声と、魔導具の灯りに照らされた銀髪と金色の瞳に、兵たちが1人また1人と気付き始める。その前に降り立った召喚獣からゆっくりと降りたソフィーが口を開く。

「ただ今戻りました。驚かせて申し訳ありませんでしたね。武器を下ろしてください」

「「「も、申し訳ありませんでした！」」」

ソフィーを中心に、兵たちが波のように跪（ひざまず）いていく。

「いいのですよ」

優しくソフィーが声を掛け、皆を落ち着かせる。

「これはこれはソフィアローネ様。こちらにご案内します！」

階級の高そうな兵の1人が、案内を買って出た。召喚獣をしまい、一行は目の前の大きな建物の中に入って行く。

2階の大広間まで進んでいくと喧騒が聞こえてくる。何か揉めているようだ。そのまま大広間に通されると、十数人のエルフが輪になって立っていた。

「じょ、女王陛下だけでもお逃げください！」

「ここは明日にも陥落します！」

「なりません。ネストへの避難が叶わなかった多くの民がここにはいます。明日は私も前線に立ちます。私の身を案じるなら、皆で明日を必ず乗り切るのです」

「多くの兵が死に、傷つき、我々はもう限界です。お逃げください。女王陛下あってこそのローゼンヘイムです!!」

「いいえ、エルフの民たちがあってこその……」

女王陛下と思しきエルフと、周囲のエルフたちが押し問答を続ける中、ここまで案内してくれた兵士が直立不動で声を上げた。

「失礼します！　ソフィアローネ様とフォルマール様をお連れしました!!」

(俺たちもいるよ。それにしてもフォルマール様か。フォルマールは王女の最側近だから、国での身分は結構高いんだっけ)

ソフィーの護衛として常に彼女の側にいるフォルマールは、いつも寡黙であまり自分のことを語らない男だ。

「な!?　何だ、こんなときに騒々しい……え？　ソフィアローネ様！」

苛立ったエルフの1人が兵士を叱りつけるが、ソフィーの存在に気付くとたちまち広間は静まり返ってしまった。

(あれが女王陛下……ソフィーそっくりだな。ん、肩に乗っているのはモモンガか？)

広間の最奥には玉座があるが、会話の様子から察するに、女王陛下と思われるエルフも、他のエルフたちと同様に軍人の1人として会議に参加している。その見た目は20代後半くらいだろうか、銀色の髪と金色の瞳。純白のドレス……ではなく鎧を身に纏っている。

女王の肩に乗っているのは、やはりモモンガだった。エルフには自然を愛するイメージがあるが、やっぱり動物たちと仲がいいのだろうか。しかし、この張り詰めた雰囲気にはあまり似つかわしくない。アレンに気付いたモモンガがこちらを凝視するので、アレンも負けじとメンチを切り返す。

「ソフィー……よくぞ戻りましたね」

「はい、女王陛下。ただいま戻りました」

エルフの中からは「そんな……」という声が聞こえた。明日にも陥落するというティアモの街に、女王陛下だけでなく王女までやって来てしまったからだ。

「ソフィー、今の話を聞いていましたね。ティアモの街は、このままでは明日にも陥落します。もって２日でしょう。着いて早々ですが……」

女王は「逃げなさい」と続けようとしたところで、ふと気付いた。ソフィーはこの街にどうやって入ってきたのだろうか。ティアモの街は魔王軍に包囲されている。この広間にいる将軍たちは女王に退避するよう進言しているが、この状況では、そんな話もそもそも現実的ではなかった。

「女王陛下、アレン様をお連れしました。この戦争、何も問題はありません」

ソフィーの言葉で、女王は黒髪の少年に気が付いた。一同の視線がアレンに集まる。

「あ、アレン様……。精霊王様が預言された、救世主の少年か！」

将軍と思われるエルフの１人が声を上げる。

「はい、アレンと申します。ローゼンヘイム女王陛下。今回は、緊急要請に応じて参上いたしました」

アレンは礼節をもって頭を下げて挨拶し、女王に敬意を示す。

「お、おお。そ、そうか。よくぞ来てくれた」

将軍たちは一瞬、アレンのパーティーを見て「たった7人で何ができるのだろう」という顔をしたが、すぐにその思いを隠し歓迎の意を示す。ネストの街のルキドラールという将軍もそうだが、どんな強者がいたとしても、戦場では1人の力が戦況を変えるには至らないことを、長年戦ってきた経験で分かっている。

たとえ中央大陸に勇者という、圧倒的な存在があったとしてもだ。願望だけで現実を見ないのは将軍としての務めを放棄していることになるのだろう。

（皆が皆、精霊王の寝言を完全に信じているわけではないと。まあ、亡国の危機にある今、神頼みならぬ精霊頼みの前に、各自がすべきことがあるだろうからな）

アレンは周囲の態度で、自らについてローゼンヘイムの人々がどのような認識でいるのか察する。

「勇者ヘルミオスとの戦いについても、聞き及んでおります。ぜひ、お力添えをお願いします」

どうやら、自分が呼ばれた理由は精霊王の預言だけが理由ではないようだ。数カ月前の学園武術大会でヘルミオスと繰り広げた試合の話も聞き及んでいるらしい。

「もちろんです」

「で、では現状の説明を……」

（また軍議か。まあ、明日にはこの要塞も落ちるかもしれない状況だし、打ち合わせも大事か。しかし、それだけに今は時間が惜しいな）

「すみません。まずお尋ねしたいのですが、負傷兵と、戦える兵の数はどの程度ですか？」

将軍と思しきエルフが現状の説明をしようとしていたところに、アレンが割って入る。ネストの街同様、アレンの能力を前提としない軍議を進めても時間を浪費してしまう。

「ん？　そうだな。負傷兵が14万で、戦える者はざっと6万といったところだ」

不躾（ぶしつけ）に話を遮ったアレンだったが、相手はさして気に留めていないようだ。

（魔王軍の軍勢はさっき「白夜」で確認した感じだと30万くらいか）

野営していた魔王軍の数は、先ほどの覚醒スキル「白夜」で推し量っている。

恐らく、当初ティアモの街に配備された兵自体は10万以下なのだろう。戦争が始まって1カ月以上が過ぎる中で、負傷兵の多くは、より北の街や要塞から運ばれてきたのだろうと考える。

（ネストの街にも10近い魔導船が降り立っていたしな。それなりの運搬能力はあるということか）

魔導船をフル活用して、負傷兵や避難民を救出してきたと、ネストの街にいる霊Bの召喚獣から確認をしている。そんな魔導船も、街を囲まれるほどの戦況になると活用はできなくなるようだ。

「負傷兵14万人ですね。では、これを使って至急回復をお願いします」

アレンは収納から天の恵みを1つ取り出し、エルフたちに見せる。

「こ、これは？」

「これはエルフの霊薬です。この回復薬1個で、この建物4つ分の範囲にいる者を回復できます。四肢の欠損を含めて全て完治します」

たとえ相手がエルフの女王であっても、ここはエルフの霊薬で押し通すつもりだ。

「「な!?」」

「1000個お出ししますので、明日の決戦に備えこれから差配していただけると助かります」

「そ、そんな、あ、有り得ぬ」

将軍たちは驚きを隠さない。効果が有り得ないのか、数が有り得ないのか。きっと両方有り得ないのだろう。

「アレン様が仰ったことは全て真実です。ネストの街に運ばれた10万人の負傷兵も明日には完治するでしょう」

ソフィーが女王と将軍たち全員を見据えてはっきりと断言する。ソフィーの言葉に息を飲む者もいた。

「……で、では、まだ我々は戦えるということなのだな」

「……そのようですね。何とお礼をしたらよいか」

女王が早くも、お礼は何にすればよいか考えている。

「そのような話は後にしてください。まずは差し迫る亡国の危機を打開しましょう」

(礼を求めないとは言ってないぞ)

アレンは心の中で釘を刺した。

「し、しかし。1つ問題があります。敵に囲まれているこのような状況で目立った行動をすると、魔王軍も動きだすかもしれません」

「ああ、その点でしたら問題ありません。我々がこれから夜襲を掛けるつもりです。時間を稼ぎますので、その間に回復をお願いします」

「夜襲！」

「はい、野営地でぐっすり寝ているようでしたから」

驚く将軍にアレンはいつものように悪い顔で答える。

「夜襲？　これから戦うの？」

「そうだ、クレナ。俺ら２人は別働隊で動くから合わせてくれ」

「分かった！」

アレンの言葉に仲間たちはうなずいたが、その実、彼が何を考えているのかは分からない。

アレンはダンジョンの攻略でも、よく分からない戦い方や作戦を口にすることが多かったが、分からないなりに付き合っていると、後から思えば理にかなっていることがたくさんあった。

「そ、それは、これから7人で街の外に行くということですか？」

「いいえ。フォルマールはここに残します」

女王の問いに、ソフィーはフォルマールをここに残すと言う。

「あなたは回復の手配と、戦場から送られる情報の共有をしなさい」

たしかに回復薬の効果をしっかり理解できている者が、この場の采配をした方が良い。

「は、はい。ソフィアローネ様」

（そうだな。さすがソフィーだ。俺もエリーを1体残しておくか）

ここでは軍議も行われる。ネストの街同様、霊Bの召喚獣を1体残して軍議に参加させることにした。

「エリー、ここで話し合った情報を共有してくれ」

『アレン様、承りましたデス』

「「精霊か？」」

エルフたちが霊Bの召喚獣を見て、精霊だと思っているようだ。

「いえ、これは私の召喚獣です」

「そうなのか」

エルフたちが驚愕しながら、霊Bの召喚獣をしげしげと見つめている。

（ネストの街でもそうだったけど、エルフたちはエリーに結構びっくりするな。霊Bの召喚獣は精霊に似ているんだろうか。この世界には精霊使いもいるんだっけ。今度見てみたいな）

精霊使いといって、直接精霊と契約を交わし戦わせる職業があり、それはエルフにしかいない職業だと言われている。ドワーフのゴーレム使いのように、種族特性だと学園で習った。

「そう言えば、街を上空から監視しているような動きをしている眼玉の大きな蝙蝠（こうもり）みたいなのは、精霊ではないですよね？」

（明らかに味方のような気がしないし、撃ち落としてもいいよね）

ティアモの街の外周を６体ほどの大型の蝙蝠が飛んでいたのを、アレンは「白夜」で確認していた。

「それらは魔王軍の斥候だ」

これまでも街の弓兵がかなりの数を落としてきたが、落としても次々と街の上空にやってくるらしい。その結果、街の情報の大部分は、すでに魔王軍に伝わってしまっている。

「では、まず目障りな斥候についてはこちらで撃墜しますので、それを合図に行動を開始してください」

これからティアモの街は一気に動き始める。

次から次に敵の斥候が出てくるという話なので、完全に情報を封鎖することは難しいかもしれない。しかし、なるべく敵に情報を与えないよう努めるつもりだ。

「ソフィー、頼みましたよ」

アレンが出発しようとしたところで、女王がソフィーに声を掛けた。

「はい、女王陛下」

実の娘のソフィーが、これから30万の魔王軍に対して夜襲を仕掛けようとしているが、女王はそれを止めようとはしない。王族として生まれた者の定めだと思っているのだろうか。

アレンは1000個の天の恵みを広間に出し、仲間と共に建物の外に出る。

「よし、まずは敵の斥候からだ。ホロウ、エリー、出て来い」

『ホー！』

『アレン様、敵の目を潰すのデスね』

覚醒スキル「白夜」は一度使用するとクールタイムが1日必要であるため、ティアモに来たときとは別の鳥Dの召喚獣に使わせる。魔王軍の斥候の位置を把握し、霊Bの召喚獣に排除させた。先ほど建物内に残した霊Bの召喚獣が、さっそく女王たちにその旨を報告する。あまりに素早い対処にエルフたちは驚いていたが、アレンは既に次の行動を始めていた。

「よし、じゃあ次は北門を目指すぞ」

「北にいくのね？」

「ああ、北門を出たところに一番魔獣が多くいる」

覚醒スキル「白夜」の索敵の効力は街の外にまで及ぶ。既に魔王軍がどこにどれだけいるのかも把握できていた。

　ティアモは1辺が5キロほどの正方形の結構大きい街だ。高さ10メートルの巨大な街壁で守られており、壁の東西南北には1つずつ門がある。魔王軍は現在、各門から1キロほど離れた位置に3万ずつ、計12万の軍勢を配置していた。エルフたちを侵攻が及んでいない南へ逃がさないようにするためか、南門周辺には更に5万の軍勢が東西に広がって陣を組んでいる。残り13万の軍勢は、北に丸く固まっていた。恐らくこの13万の軍勢が本陣だろう。

　今回狙うのは、北に密集している13万の軍勢だ。数も多く、指揮系統も破壊したい。アレンは鳥Bの召喚獣を召喚し、皆が跨ったところで上昇を開始する。この闇夜で1キロも上昇すれば、敵陣から把握されず移動ができるだろう。そのまま街の北門を目指し飛んで行く。

　壁の向こうでは、3万の軍勢が固まっている。アレンたちは軍勢を避けるように弧を描いて本陣を目指す。3万の軍勢の塊から更に3キロほど離れた位置に、13万の軍勢が見えてきた。かなり広範囲に広がっている。魔王軍はBランク以上の魔獣で構成されているため、1体1体の大きさが人間の比ではない。5メートル以上の大きさの魔獣もかなり多い。

（このティアモの街は魔王軍30万で攻めているのか。残りはどこにいるんだ？　この辺りも確認しておくか）

　ローゼンヘイムを攻めている魔王軍は300万体と聞いている。さらに近づいて、敵本陣13万体の東1キロのところに降りる。

「ここから一気に攻めるの？」

「そうだ、クレナ。魔獣の種類を見るからに、ここから攻めた方が攻めやすそうだ」

「分かった」

これから攻める魔獣の系統からも飛んで逃げやすく、何かあったときの離脱に便利だ。

また、鳥Bの召喚獣がやられた場合、無事な仲間が乗る鳥Bの召喚獣に移動するよう指示をしておく。

鳥Bの召喚獣は象くらいの大きさがある。いざとなれば3人で1体に乗ることも可能だ。

「ドラドラたち、ケロリンたち出て来い」

すると30体の竜Bの召喚獣と、10体の獣Bの召喚獣が出て来る。続けてアレンは話す。

「いいか？　ドラドラはブレスでとにかく広範囲に攻撃しろ。Aランクがたまにいるから、ケロリンたちにはそいつらを任せるぞ」

『あい分かった。雑魚は我らにってことだな』

『は！　頭を狙います!!』

竜系統はBランクの召喚獣になって初めて出てきた。竜Bは遠距離範囲攻撃が、獣Bは近距離集中攻撃が得意だった。さらに、竜Bの召喚獣は、覚醒スキルでも魔王軍の中にいるAランクを倒し切れない。そこで獣Bの召喚獣は、覚醒スキルでドラゴン以外のAランクを1撃で倒せる特性を生かす。

高速召喚で全員に魚バフをかけ、覚醒スキルもフルでかけていく。それに合わせてキールとソフィーが補助魔法をかける。鳥Dの夜目の索敵範囲内を上空から確認した限り、うっすら光ったバフや補助魔法に魔王軍が反応した様子はない。魔獣の一挙一動は、鳥Dがつぶさに捉えている。

「よし、問題ないな。セシル、俺と一緒に上空から攻めるぞ」

「分かったわ」

「皆は、俺たちの攻撃が始まったら前進してくれ。ドゴラは無理に敵陣に突っ込んで囲まれるなよ」

「あ？　無理なんてしねえよ。任せて置け、アレン」

「ドラドラたちとケロリンたちは存分に暴れてくれ」

『おう、任せてくれ』

『は！』

この後の行動について確認を終えると、アレンとセシルが乗った鳥Bが空に舞い上がる。どんどん上昇し、敵本陣の上空1キロに到着する。

(まだ気付かない……。それなりの索敵班がいれば気付きそうなものだけどな)

エルフが上空から攻められないから、無防備になっているのだろうか。魔王軍は思い思いに寝ている。

この世界では、一部の死霊系などの魔獣を除いて、魔獣であっても休みを必要とするし、食料も必要とする。お陰で一晩中、攻められるといったこともないようだ。

これはアレンが従僕をしていたころ、オークやゴブリンと戦ったときから把握済みだ。

1カ月という長い期間攻め続けた魔獣たちも、きっとそれなりに体力は疲弊しているはずだ。

(捕らえられて生き残っているエルフはいない。食われてしまったのか？)

魔王軍はこれまで何十ものエルフの拠点を落としているはずだが、この本陣に捕虜は1人もいないようだった。

（お前らが始めたことだ。死をもって後悔するといい）

「セシル、行けそうか？」

「ちょっと待ってね」

敵が油断している状態での初撃は最高火力が基本だ。今まではアレンの石E爆弾がその役を担っていたが、今は違う。圧倒的な火力を持った少女が隣にいる。

セシルは目をつぶり意識を集中し始めた。セシルの体の周りに、陽炎のようなものが揺らぎ始める。

（お、成功だな）

アレンが見ていると、セシルは両手を宙に突き出し、目を見開いた。

「プチメテオ!!」

セシルの声と共に、真っ赤に熱を帯びた巨大な岩の塊が1つ、天から落ちていく。

クレナに続く、パーティー2人目のエクストラスキル「小隕石」が発動したのだ。

「小」隕石は数十メートルの巨大な岩だった。どの辺が「小」なのか命名者のセンスが疑われるが、ともかく火球は吸い込まれるように敵の本陣めがけて激突し、魔獣ごと地面を捲り上げ吹き飛ばした。

ティアモの街まで届きそうなその轟音が、夜襲開始の合図だった。

隕石の真下にいた魔獣は消滅し、地面を捲り上げた隕石は巨大なクレーターを作り上げていく。

直撃を免れた魔獣たちも、なすすべなく粉砕され、焼き尽くされていった。下界はすでに阿鼻叫喚の様を呈している。大型の魔獣が多いためか、1キロメートル上空にまで魔獣たちの咆哮が届いた。

（これが完全な状態のエクストラスキルか。クレナも見習ってほしいぜ。ログが追い付かないけど、1万近くやったんじゃね？）

アレンの仲間で初めてエクストラスキルを発動したのはクレナだが、完全な状態のエクストラスキルを発動したのはセシルが初めてだ。もともと範囲攻撃魔法である上に、敵が密集していたという条件が重なり、とんでもない威力をもたらしたようだ。魔導書に表示されるログが目に追えない速度で流れていく。

「ふう、やったわ。エクストラスキルは1日1回っていうのが残念ね」

エクストラスキルはかなりガチャ要素が強く、同じ職業であっても人によって得られるスキルは様々だ。セシルの「小隕石」の場合、発動に全魔力を必要とするため、魔力が満タンでないと発動することができない。実に魔導士らしいエクストラスキルだ。

エクストラスキルのクールタイムは、ほとんどのものが丸1日らしい。クールタイムを短くする装備や、直ちにスキル再使用を可能とする消費アイテムなどが存在するというが、伝承レベルでの不確かな情報だという。ちなみにセシルは2年近くダンジョン攻略で稼いだ金貨5000枚を使い、知力を1000上げる指輪と、魔力を1000上げる指輪をオークションで落札している。

財産の全てをセシルは自らのエクストラスキルの威力向上に賭けた。

「お疲れ。どうやらクレナたちも向かっていくぞ」

セシルのエクストラスキルが合図となって、クレナとドゴラ、続いてキールとソフィーが、竜Bと獣Bの召喚獣を伴って魔王軍の群れに突っ込んでいく。竜Bの召喚獣たちが範囲攻撃でBランク以下の魔獣を一掃し、クレナ、ドゴラ、獣Bの召喚獣が、残った魔獣を協力しながら倒していく。

「うまくいっているみたいだ。あの辺りは獣系の魔獣が多かったからな」

「そう。うまくいっているのね」

魔王軍は、ゾンビや骸骨が剣を持ったような死霊系、大型の熊や狼などの獣系、オーガやトロルなどの巨人系、バジリスクやワイバーンなどの竜系、といった様々な種族で構成されている。系統ごとに編成されており、現在攻撃している魔王軍本陣の東側には獣系統が多かった。

クレナたちの目標は目の前の敵を確実に殺して、魔王軍の数を1体でも減らすことだ。死霊系は止めが刺しづらく、オーガやトロルなどは割と体力が高いうえ自己再生のようなスキルを持っている。その点、獣系は攻撃力が高いものの比較的倒しやすい。戦争は数なので、倒しやすいところから攻めて減らしていくに限る。また、敵が飛ぶことができないので離脱も容易なのが助かる。

ただしこれは、今回クレナたちに与えられた課題であって、アレンとセシルがすべきことは別にある。

「アレン、始まったんじゃない？」

「ああ、あの辺りだな。ほら天の恵みだ」

「ありがと」

セシルの小隕石で起きた火災によって魔王軍も異変に気付き、かがり火が一気に燃え始める。同時に別の灯りも確認できた。回復魔法の使い手が、味方の回復を始めたのだ。

範囲魔法を使っているのか、セシルの肉眼でもその光を捉えることができる。

（バンバン回復魔法使っているな。どれどれ、誰が使っているんだ？）

鳥Dの召喚獣の夜目を使って下の様子を確認すると、ネクロマンサーみたいなローブを着て、髑髏の杖を持った魔獣が回復魔法をかけまくっていた。他にも回復魔法を使える魔獣がいるようだ。

鳥Fの召喚獣を召喚して「伝令」を使い、映像をセシルと共有する。覚醒スキル「伝令」は、アレンが直接、もしくは召喚獣の共有で見た光景を、情報として仲間に伝えることができる。

「あの髑髏杖が回復しているみたいだな。俺はこっち側を潰すから、セシルはあっちをお願い」

アレンがはるか下方を指差しながらセシルに指示する。

「分かったわ。場所は定期的に教えてね」

「ああ、了解！」

アレンは返事と同時に行動を開始する。

（おら、死にやがれ）

石Eの召喚獣を10体ほど生成すると、石Eは召喚されたそばから自然落下を始め、回復魔法の灯りに向かって降り注ぐ。ネクロマンサーは体力がそこまで高くないのか、石Eの召喚獣の覚醒スキル「自爆」であっさり爆死していく。

アレンとセシルの目標は、敵の回復役を潰すことだった。また、回復役だけでなく、指揮官や遠距離攻撃が可能な敵など、特殊な能力を持つ敵を優先して叩くことが、効率よく戦闘するための定石だと考えている。セシルのエクストラスキル「小隕石」を使ってくれたお陰で、どの魔獣を優先して倒さないといけないのかよく分かる。

「結構、コツが摑めてきたな」

「私もよ」

セシルも自信を滲ませつつ、自らが土魔法で生成した大きな岩の塊を容赦なく落としていく。

(Eランクの魔石はなるべく節約して使わないとな。それにしても、我ながらだんだんうまくなっていっている気がする。成長を感じるぜ)

ネクロマンサーを倒すときのコツが摑めてきたので1カ所に落とす数を1～2体に変更し、その分あっちこっちに石Eの召喚獣を落としていく。

(ドドラが3体やられたな。こっちにも補充してっと)

接近戦をしているクレナたちは、召喚獣の数が減ると負担が大きくなる。そこでアレンは竜Bの召喚獣がやられたら直ぐに生成、強化した状態で援軍として向かわせる。こうしてクレナたちの支援もしながら回復役を倒し続けていると、魔王軍も反撃に打って出た。

「何か飛んできたわよ！」

翼の生えた石像の魔獣が何十体も迫って来る。

アレンは鳥Bの召喚獣に指示を出して上昇を開始する。

「ガーゴイルだ。グリフ上昇しろ」

『『グルル!!』』

(遅い。我がグリフの相手ではないな。くらいさらせ！)

ガーゴイルたちを石Eの召喚獣で爆撃していく。

「よし、ここまで上がってくる魔獣がいたら速攻で倒そう。俺らの方が上を取っている限り、断然有利だしな」

「そうね」

アレンはいつも楽しそうに魔獣と戦う。

その後は死霊系など空を飛べる魔獣も上空へ迫って来たが、そのつど撃墜し、同時に地上の回復役の数を削っていく。

「む！」

「どうしたの？」

「いや、北門の３万の軍勢に動きがあった」

（もう動かすのか。回復役を随分減らしたから、殲滅(せんめつ)速度を上げるのはこれからなのにな）

魔王軍の本陣は既に万単位の犠牲が出ており、さすがに指をくわえて見ているだけとはいかなくなったのだろう。ティアモの北門側に控えていた３万の軍勢が、クレナたちが戦っている方に進んで行く。これではクレナたちが、本陣と北門側の軍勢に挟まれる形になる。

アレンは鳥Ｆの召喚獣の覚醒スキル「伝令」を使い、鳥Ｄの夜目で見た状況をクレナたち全員に映像として伝える。そして、竜Ｂと獣Ｂの召喚獣が時間を稼いでいる間に、アレンたちの元へ向かうように指示をする。すぐにクレナたちはやってきた。

「アレン、いっぱい倒した！」

「そうだな。うまくいったな」

獣系の魔獣を斬りまくったのだろう、クレナの全身が返り血で真っ赤に染まっている。

「こっちも結構倒したわよ」

「うん、見た見た。セシルのエクストラすごかった!!」

地上で見てもすごい迫力だったと、クレナは興奮気味に話す。

セシルは「でしょ」と、なんだかうれしそうだ。

「これは、敵陣営にかなりの打撃を与えたことになりますわね」

「うん。だが、どうも足りないようだ」

「足りない？　倒した数が足りないってことか？」

結構な数を倒したのにアレンが足りないというので、キールが何が足りないのか確認する。

アレンは、大広間に待機させた霊Bの召喚獣が見聞きしているティアモの状況を皆に伝える。

既に夜襲に向かってから2時間。今も総動員で負傷者の回復を行っているが、まだまだ時間が足りないようだ。

「このままだと、明日までに間に合わないな」

アレンは説明する。ネストの街もそうだが、半日かそこらでは怪我人全員の回復は間に合わないし、回復してから隊列を組み直すのにも時間がかかると思われる。

（この辺の時間感覚をしっかり持たないとな）

「じゃあ、どうするの？」

セシルや仲間たちの視線に、思案していたアレンが1つの決断をする。

「南の方に5万の軍勢がいるから、そっちにも夜襲を掛けようと思う。まだみんなやれるよな？」

ネットゲームで「まだログオフしないでね」と言うようなノリで、仲間たちの士気を確認する。

「ああ、問題ねえ。行けるぜ」

全身を鮮血で真っ赤にしたドゴラが、真っ先に返事をする。

その言葉に全員がうなずき、一行は南にいる5万の軍勢に向けて鳥Bの召喚獣たちを駆る。

こうして、ティアモの街を囲む魔王軍の動きを警戒しつつ、少しでも大きな戦果を上げるべく、アレンたちの急襲は続いたのであった。

第四話　精霊王ローゼン

アレンたちは明け方まで一晩かけて奇襲を行い、ティアモの街の北側と南側で4万体強の魔王軍を倒すことができた。斥候を最初に片付けておいたお陰か、北門でアレンたちが行った夜襲については南側にほとんど伝わっていなかったようで、こちらでも暴れ放題だった。これによって魔王軍の指揮は大いに乱れ、ティアモの街に攻め入る状況ではなくなったようだ。

魔王軍がティアモの街を攻めるより軍の配置替えなどを優先させた結果、翌日のティアモの街への魔王軍の攻めがなくなったことは大きい。

この間にも新たな展開があった。戦いの最中も、アレンは霊Bの召喚獣を通してティアモとネストの軍議を耳にしていたが、それで分かったのがティアモ以外の街も戦禍に追われているということだ。ローゼンヘイムの北側から侵攻した魔王軍は、街や要塞を攻め滅ぼしながら南下しているが、その本隊はすでに占領を終えた首都フォルテニアにあるという。そこを拠点に部隊を分けて、北から順に南進しているらしい。そして、ティアモの街とほぼ同じ緯度に位置する街が3つあり、これらが同時に侵攻を受けているという。

（ティアモを含めた4つの街が戦っている理由が、ほぼ同じ緯度にあったのは不幸中の幸いだった。お陰で女王の所在を「不明」にできたんだからな――）

首都陥落後、女王がいないことを知った魔王軍は、女王を探し出し亡きものにすべく南に進軍した。魔王軍が総力戦で攻めてきたらどの街も耐えられないところだったが、ローゼンヘイム各地の将軍たちが尽力して女王の所在を徹底して隠したことで、功をあせった魔王軍は戦力を分散させ、4つの街を同時に攻める作戦を採ったのだ。お陰で魔王軍の攻めが分散され、女王を匿っているティアモの街は、アレンが駆け付けるまでの時間を稼ぐことができた。

女王の所在はトップシークレットだったため、この街にいる兵たちも、女王がいることは女王のいる建物を護衛する一部のエルフを除いてほとんど知らない。ただ「自分らの戦いが女王を守ることにつながる」とだけ聞かされ、愚直なまでにそれを信じて任務を遂行している。

ローゼンヘイムに派遣されるなりティアモへ赴き、これまで状況の詳細を知る暇がなかったアレンたちだったが、全貌が分かると示し合わせて次の行動を起こすことにした。ティアモにいた将軍3名を鳥Bの召喚獣に乗せて同行させ、ほかの3つの街の応援に駆け付けたのだ。3名の将軍を連れて行ったのは、赴いた先の街にいる将軍たちに戦況を説明してもらうためだ。彼らはそれぞれの街に分かれ、各地で魔王軍の迎撃に参戦した。

ティアモだけでなく、それぞれの街に負傷兵や避難民も大勢いる。難民はティアモだけでも70万人近くいるが、もし街が陥落すれば、彼らは全て魔王軍の食料にされてしまうのだから、非戦闘員も含めてエルフたちは必死の形相で、獅子奮迅の戦いぶりを見せた。アレンたちは各地で回復薬を配りがてら、エルフたちに魚系統のバフを掛けるなどのフォローを行った。魚系統の召喚獣は明日以降の攻防戦に備え、それぞれの街に置いてきている。

やるべきことは全てやった。それぞれの街で10万を超える兵力が復帰するのだ。少なくとも数日のうちに陥落する事態は免れたと思っていいだろう。

一方の魔王軍は戦況の変化に対し、作戦変更を余儀なくされているはずである。ただ、この1カ月の快進撃が忘れられない彼らが、1日や2日で自らの作戦を転換するのは至難の業だろう。

＊　＊　＊

翌日の夕方。

ようやくティアモに戻ったアレンたちは、街の中央にある一番大きな建物の廊下を歩いていた。女王を匿っている建物だ。祖国の王城とは違い簡素ではあるが、木目を生かした内装が美しい。

「アレン様、ようやく戻れましたわね」

夜襲の前の深刻な表情とは打って変わって、明るいトーンでソフィーが声を掛けてくる。

「そうだな。今日はゆっくり寝たいよ」

（今すぐ寝たい。食事も後回しでいいから……）

一睡もせず戦いに明け暮れていたので、皆どこか眠そうだ。

「そうですわね……。ですがその前に、女王陛下に報告をいたしましょう」

「……そうだね」

ソフィーが「ではさっそくベッドの準備を……」と言ってくれるのを期待したが、あてが外れてしまった。ソフィーはうれしそうに、ずんずんと女王の間へ向かう。

（親子ともなると、女王陛下への謁見も顔パスなのか？　いや、それならそれで、待たされなくて

いいから助かるけど）

　アレンたちが女王の間の前に着くと、大きな扉が開かれる。やはりソフィーが同行していれば顔パスらしい。昔やったゲームでも、玉座の間に入るときはアポなしだったな、と前世の記憶がよみがえる。

　これも霊Bの召喚獣によるやり取りで分かったことだが、アレンが将軍だと思っていたエルフの中には、それ以上の階級の者もいた。ネストの街にいたルキドラールは「大将軍」という役職だった。他にもエルフ軍全軍を指揮する「元帥」もいるという。

　それはともかく。昨日とは違い、女王は一番奥の玉座に座っていた。やはりこの方が女王陛下らしい。ソフィーに続いて玉座の前まで進む。近づいてみると女王の肩にはやはりモモンガがおり、またもやアレンと目が合った。

（また俺を見ているな。ん？）

　モモンガは大きな欠伸(あくび)をして、するすると女王の膝の上に移動して丸くなった。目をつぶり、すやすやと眠りに就く。どうやらモモンガもおねむのようだ。

「……それで、他の3カ所の街はどうでしたか？」

　アレンがモモンガを凝視するばかりで言葉を発しないので、女王の方から口を開く。

「え？　はい、まだ落ちずに堪えていましたので、各所に『エルフの霊薬』を500個ずつ配って来ました……。戦況は多分……これで持ち直すと思います」

（お陰で俺は天の恵みを全部放出したけどね。それでも足りなかったから追加したら、Bランクの魔石を2500個も失ったけど）

とはいえ今後も天の恵みは必要になるだろう。ストックを増やすために植木鉢を借りようか。

「「「おおお!! 素晴らしい!!!」」」

エルフの将軍たちから喜びの声が上がった。

眠気のためか、アレンの言葉にはいつもと違ってキレがない。アレンの様子を察して、その後はソフィーが報告を引き取った。兵士たちにバフを掛けてきたこと、回復薬によって各地で10万以上の兵力を復帰させられることを話すと、まだ戦えると知った将軍たちがにわかにざわつきはじめた。

「それでは、30万以上の兵たちが前線に復帰したということですな!」

「しかし、魔王軍は今朝から怪鳥などを揃え始めているようだぞ。昨日のような夜襲は厳しいかもしれぬ」

敵は航空部隊をかなり厚くしているようだが、今夜アレンは直接夜襲するつもりなど毛頭ない。

(それならドラドラを出して、空の部隊を焼き払っておくか。敵の対応の出鼻を挫いておくことも大事だな)

「……アレン様、本当にありがとうございました」

「いえいえ」

玉座に座った女王陛下が頭を下げる。

「お陰で、力なき多くのエルフの命が救われました。アレン様、ぜひお礼をさせてください」

(まだ4万くらいしか倒していないからな。残り296万だろ。ああ、これまでエルフたちが倒した分も入れれば270から280万くらいか)

将軍たちの話では、これまでの戦いは守りで手一杯で、魔王軍の数をほとんど減らせていないならしい。初日こそ数を減らしたが、最北の要塞が陥落して以降は、防戦一方だ。まだまだ軍の数は魔王軍の方が圧倒しているとのことだが、それでも非力なエルフが高位の魔獣たちを相手に20～30万は倒したというのだから、善戦と言えるのではないか。現在エルフの兵はティアモ、ネスト、そして今日助けに行った3つの街を合わせて60万くらいだと聞いている。

「いえ、まだ戦いは終わっていませんので、その話は……って、あ～……」

（お礼してくれるっていうなら、言うことあったぞ）

「何かあるのですか？　もしや我が娘をめとりたいと？」

「まあ、女王陛下……」

突然の女王の言葉に、ソフィーの白い頬が真っ赤に染まる。

「いえ、違います」

「「……」」

（ん？　なんか今イベントが発生したような気がするけど、気のせいか？）

眠たすぎて、女王の話があまり頭に入って来なかった。

「実は2点ほどお願いがありまして」

「は、はい。何でしょう？」

仲間たちは、アレンが何を言い出すのかと耳をそばだてる。将軍たちも興味津々といった様子だ。

「まず魔石です。魔石について、回収できるものは全て回収させてください」

「もちろんです。シグール元帥よ。この街には魔石はどれぐらいあるのですか？」

女王はエルフ軍の最高指揮官である、シグール元帥に問いかけた。

「申し上げにくいのですが、ほとんどは魔導船の稼働に使ってしまいましたので……」

この世界において、魔石は全ての文明的な活動のエネルギー源だ。その魔石も、今のように籠城をすれば供給が止まり、備蓄がどんどん減っていく。彼らは今、爪に火を灯すような思いで少ない魔石をやりくりしているはずだ。

「ああ、すみません。言葉が足りませんでした。我々が倒した魔獣の魔石に限った話です」

「それは、もちろん好きに回収してください。もう1つは何でしょうか？」

「女王陛下、精霊王様に会わせていただきたい」

「え？　精霊王様でございますか？」

エルフたちがざわめきだした。基本的によそ者を嫌うエルフの種族だ。精霊王の御前によそ者を立たせるなんて、滅相もないということだろうか。

「駄目でしょうか？」

「そ、そうですね。問題はないかと思いますが、確認をいたします」

「ありがとうございます」

すると今まで眠っていたモモンガが目を開き、まじまじとアレンを見る。

そして突然。

『僕がローゼンだけど？　始まりの召喚士君、何か用かい？』

「モ、モモンガが喋（しゃべ）った！」

アレンの声が広間に響く。

モモンガは、亜神に達したと言われる精霊王ローゼンであった。

驚きのあまり、アレンの眠気はもうどこかへ吹っ飛んでいた。

＊　＊　＊

『僕に何か用？』

（寝ごとを言う精霊王は小動物だった件について）

モモンガはリラックスした姿勢のまま、当たり前のようにアレンに話しかけてくる。

並び立つエルフの将軍たちが息を飲み、背中に針金でも通したように直立不動の姿勢を保つ。精霊王が直接言葉を発することは、相当珍しいのだろうか。静寂の中、アレンが姿勢を正す。

「はい。まずはお礼を言わせてください。魔力回復リングを作ってくださり、ありがとうございました」

（まあ、勇者が条件付きで渡してきたんだけど。その件については黙っておくとしよう）

勇者の話から察するに、精霊王は召喚士であるアレンの存在を予見していた。そして、わざわざ魔力回復リングを作ってくれたようだ。

アレンが聞いた話では勇者ヘルミオスはエルフの軍を助けたらしい。そのお礼にヘルミオスは精霊王ローゼンから魔力回復リングを貰っている。自分の分も含めて2つの魔力回復リングをだ。

『ああ、あのことか。どういたしまして。勇者に催促されたからね。はは』

（勇者は、俺と会う少し前にお礼を回収しに来たんだな）

アレンを学園武術大会に引っ張り出し、精霊王ローゼンが予見した力を見るために、勇者はわざわざ魔力回復リングを取りに、ローゼンヘイムまで来ていたのだ。

「実は、折り入って精霊王様にお願いがございます」

『ん？』

アレンの仲間たちは、精霊王の存在や見た目を当たり前のように受け入れるアレンと精霊王の会話を、呆然（ぼうぜん）とした様子で眺めていた。

エルフの女王も、この広間に並び立つ将軍たちも同じだ。精霊王に会いたいと言ったので何だろうと思って聞いていたが、その理由が分かり、声こそ出さないが驚いてしまう。

「現在、我々はエルフと共に魔王軍と戦っています。ローゼンヘイムを救った暁には願いを叶えていただきたく存じます」

そう言ってアレンは精霊王に頭を下げた。

『ほう、国を救ったら礼をしろと？』

「はい」

なるほど、と言いながら、モモンガの精霊王は神妙な顔で顎（あご）を触り始めた。

『なるほど、ちなみにどんなことだい？』

「仲間全員を『ヘルモード』にしていただきたいです」

「え？　ヘルモード？」

アレンはこの異世界に来て、初めて「ヘルモード」という単語を口にした。聞き慣れない言葉に、その場にいたセシルが思わず復唱してしまう。仲間たちも何のことだと疑問を顔に浮かべる。

『ん？　へるもーど？　あれ？　んん？』

精霊王は顎に手を置いたまま宙を見ている。聞いたことはあるけど思い出せない、そんな様子だ。

「はい、ヘルモードでございます。神の試練の難易度を１００倍にする例の理です」

『ああ、あれね。人々に与えられた試練の度合いの話ね』

精霊王はヘルモードについて思い出したようだ。

「そうです。私のパーティーメンバーは皆ノーマルモードで、すでに成長の上限に達してしまいました。さらなる成長のために、彼らもヘルモードに変えていただきたいのです」

『ああ、そういうことね。ちょっと確認してみるよ』

そういうと、精霊王はその場で固まってしまった。

(なんだか剝製になったように見えるな。って)

「へぶ！」

突然後ろにいたセシルに首根っこを摑まれた。セシルはアレンに顔を近づけ、小声で話しかける。

「ね、ねえ。さっきからあんたモードがなんとかよく分からない話を精霊王様にあれこれ一方的にお願いしているけど、大丈夫なの？」

「たぶん大丈夫じゃないかな？　駄目ならエルフたちが止めていると思うし」

アレンとセシルが話していると、固まっていた精霊王の全身が緩む。

『創造神エルメア様に聞いてみたけど駄目だった。モードは絶対に変えられないんだって』

「エクストラモードもダメってことですか？」

試練がノーマルモードの10倍に設定されているエクストラモードについても確認する。

『そうだね。厳しそうだよ。僕では聞き入れてもらうのは無理そうだな。はは』

（う〜む、「亜」神は神界で立場が低いんだな）

「それは残念です。では別の願いに変えてもいいですか？」

『僕のかわいいエルフたちを救ってくれるなら、できる限り叶えてあげるよ。はは』

「私のパーティーメンバーを上位職に転職させていただきたい。例えば剣士を剣聖にするみたいな感じです」

その言葉を聞いた途端、それまでのほほんとしていた精霊王の表情が、厳しいものに変わっていく。正面からアレンを見据えるが、アレンは一切動じず、真っ直ぐ精霊王を見つめ返した。

しばらくあって、精霊王は緊張を解きため息をつく。

『ふう……。君はあれだね、神の理の中にいるんだね。エルメア様が気にかけるわけだ』

「え？　私のことを聞いているのですか？」

異世界にやってきたアレンという存在は、神界ではどのような立場なのだろうか。

『うん、結構前から聞いているよ。何でも、魔王になろうとしたから慌てて更に上位の召喚士を作ったって言ってたよ。そのとき星6個にするつもりが、間違えて8個にしてしまったとか。本当にいいのかって忠告もしたのに、召喚士から変更してくれないから困ったってさ。はは』

（なるほど、召喚士が星8個なのは神のうっかりミスが原因だったのか。もうずいぶん昔のことだが、たしかに「本当に召喚士でいいの？」みたいなメッセージが出たような気がするな）

思いがけず召喚士誕生秘話というか、裏話を聞いてしまったが、今はそんなことはどうでもいい。

アレンはさっさと話を本題へ戻す。

「……それで、いかがでしょうか？　エルフにはできても、人族にはできないものですか？」

エルフの国には回復魔法の使い手が多い。それこそ誰かが増やしているとしか思えないほどだ。神の領域にある精霊王が、役得で才能を与えているのではないだろうか。そう睨んだアレンは精霊王にカマを掛けた。

なお、この世界には多様な種族がおり、エルフ族、ドワーフ族もいるが、それに対して人間は人族という表現を使うらしい。

モード変更についてはダメ元で聞いたが、アレンの考えが正しければ、転職はできるはずだ。

『人間にはって……ずいぶんな皮肉を言うね。エルメア様が苦労するわけだ。はは』

困った様子で精霊王が頭を掻く。

（やはり、やっていたのか。まあローゼンヘイムは人口が少ないところに、エルフは子供ができにくいからな。回復役を厚くして長寿を保たないと、エルフの存続にも関わるんだろうな）

「それでは、聞き入れていただけますか？」

『う～ん。才能のない者に新たな才能を付与するのと、元々ある才能をより上位のものにするのは、勝手が違うからね。「対価」もなしには厳しいかな』

「それでは、ローゼンヘイムを救うということは対価にならないと」

『僕の力では厳しいかな。ローゼンヘイムを救うことのお礼ではあるけど「対価」ではないし。例えば対価に寿命を貰うとか、そんな話だよ』

（寿命か。なるほどなるほど、それは悪くないぞ）

皆が、職業を変えるのに寿命を寄こせと言う精霊王の言葉に息を飲む。命と引き換えにしないといけないほどの大事（おおごと）だということだ。そんな中、アレンだけがその言葉の意味を正確に理解する。

「では、成長の上限に到達するまでに経験した全てを支払うということでどうでしょう？」

（ほら、寿命とはこういうことだろ。これからの余命ではなく、今まで費やした経験や時を払うのも同じことだろ？）

『え？　いいの？　これまでの経験を全て失ってレベル１になるけど』

「問題ありません。剣術など職業以外のスキルはそのままなのでしょうか？」

　すると、精霊王は再度固まってしまう。何かを確認しているようだ。

『分かったよ。それで問題ないよ。ただし職業のランクを１つ上げるのが限界かな。だからまあ、星４つだね。５つは無理だよ』

「ありがとうございます」

『ただ、ここにいないメンバーや、後から入ったメンバーは無理だからね』

（ちっ、メルルも後で転職させようと思ったのに）

「そんなことはしませんよ」

　アレンはとぼけるが、精霊王が釘を刺す。

『僕は心が読めるからね。はは』

「それは失礼しました。それで、できれば私の……」

　転職によるランクアップは、アレンには何の実入りもない。アレンは自分の褒美についても相談しようとする。

『だから言ったろ、僕は心が読めるって。始まりの召喚士君の妹さん、ミュラって言ったっけ。才能がないみたいだから、妹さんに才能を与えるというのでどうかな？　どの才能がいいかは選ばせてあげるから。希望は……また今度聞くよ……』

精霊王はかなりウトウトしており、すっかりおねむのようだ。話を聞くのが面倒になったのか、アレンの心を読んでさっさと会話を切り上げた。

「ありがとうございます、精霊王様。では、ローゼンヘイムを救うため、全力を尽くしたいと思います」

『うん、必ず助けてあげてね……』

精霊王がもう一度呟いて、女王の膝の上で眠りに就いた。

(そういえば、俺もまた眠くなってきたな)

これで、ローゼンヘイムを救えば仲間たちを上位職にしてもらえる当たりがついた。アレンはアレンで、妹のミュラに才能をつけてもらえることになった。この眠気は、安堵感から来るものだろうか。

アレンのパーティーには、ドゴラやキール、ソフィー、フォルマールなど、星1つの才能の仲間が多い。星1つの仲間にとって、今後の戦いが厳しいものになることを懸念していた。そのため転職やモード変更の機会がないかずっと考えていたが、今回の精霊王の計らいによって、魔王軍とローゼンヘイムの戦争は転職クエストの側面を帯びた。この戦争を切り抜ければ、今後さらに苛烈になるであろう魔王軍との戦いにも希望が出てくる。

＊　＊　＊

翌日の朝――。

昨日は攻撃がなかったが、エルフの斥候班が得た情報によれば、魔王軍は大方立て直しが済んでいるらしい。数時間後にはティアモ攻防戦が開始されるはずだ。

ここは女王を匿う建物の1室。アレンは仲間たちと向き合っている。

セシルを中央にして、横一列に並ぶ仲間たち。セシルによって「証人喚問」と称されたこの集まりでは、虚偽の報告は問責の対象になるらしい。

「……おはようアレン。ここに座りなさい」

セシルたちがテーブルの前に一列に座る中、アレンは向かいの席で、正面の中央に座るように指示をされる。

「セシル様、おはようございます。畏(かしこ)まりました」

「何よその言い方。1回締めた方がいいかしら？」

「いえ……何でもありません」

昨日の精霊王との会話、つまりパーティーの上位職への転職について、その意味や、考えがそこへ至った経緯について説明するように言われた。昨日、精霊王との謁見を終えて早々に眠りに就いたアレンは、戦いに備えて日が昇る前から天の恵みを作る作業をしている。たしかに昨日の件についての話は大事だが、物資の補給も大切だ。円形のテーブルに着いたアレンは、テーブルに植木鉢を置いてさっそく天の恵みの生成を始める。

「それで、昨日の精霊王との会話は何だったのかしら？」

思えば、昨日のアレンと精霊王の会話は、創造神エルメアがどうとか、ヘルモードがどうとか、転職がどうとか、セシルには訳が分からないことばかりだった。あんな話は、アレンがグランヴェル家に仕えていたときも、同じ拠点で日々を過ごした学園生活においても聞いたことがない。ただ、アレンが最初から持っていたダンジョン攻略の知識や、召喚士という聞いたこともない職業に関連する話をしているようだというのは、精霊王との会話の端々で感じていた。

クレナは、神妙な面持ちで真っ直ぐアレンを見つめている。一方で、ソフィーはキラキラした瞳でアレンを見つめている。エルフの彼女にとって、精霊王は特別な存在だ。そんな精霊王にも物怖じせず、対等にあれだけの会話を繰り広げた救世主アレンの存在は、天井知らずに大きなものとして膨れ上がりつつあった。フォルマールはそんなソフィーを心配そうに見ている。

ドゴラとキールは、アレンのことなので今さら多少のことを聞いても驚かないだろうと考えながら、セシルとアレンの会話を傍観していた。

(なんで俺は、転生のことを黙っていたんだっけ？　狐憑(きつねつ)きとか悪魔憑きと思われたくなかったからだっけ？)

立場の低い農奴として、アレンはこの異世界にやって来た。平民にも劣るこの立場で「転生した」なんて言おうものなら、忌み嫌われて理不尽な裁きを受けるかもしれない。だから親にも黙っていた。

(今はどうだろうか。黙っていないと困る理由はあったかな？)

アレンは仲間たちを1人ずつ見つめた。これから言うことを仲間に話しても、受け入れてくれそうだと思えた。

(ああ、とっくに……黙っていなきゃいけない理由なんて無くなっていたのか)

「精霊王との話は……前提を知らないと掴みにくい話だったよな。俺は創造神エルメアによって、この世界に連れてこられたんだ。簡単に言うと、別の世界から来た。前の世界の知識が今の俺に引き継がれていて、その知識がこの世界の理を理解するのに生かされているんだ」

アレンはこの世界に来た経緯と、昨日精霊王と世の理について話すことができた理由を話す。

「え？　は？　何言ってんのよ。いや、ん～」

セシルが否定しようとする。しかし、これまでもアレンは前人未踏のダンジョンを圧倒的な速度で攻略したり、常人離れした発想や行動で様々な困難を打開したりしてきた。

その記憶は、グランヴェルの館にいたとき、カルネル家の手によって攫（さら）われたときまで遡った。

今の話を聞くと説明がつくというか、納得できることも多い。

「まあ！　それは創造神エルメア様に、救世主として見いだされたということですね!!」

「いや、エルメアから特に何か言われたことはない。ただ『この世界を楽しめ』ということ以外は。実際、連絡なんかはないからな」

「それは当然ですわ。神とはすなわち見守る者、干渉などなさいません。ローゼン様も普段は何も話をしませんわ」

アレンが魔王軍から世界を救える素質を有する者だからこそ、この世界に直接手出しができない創造神エルメアに見いだされた。そう考えたようだ。

（ああ、なるほど。神は人間世界に対して干渉しないのが原則なのかな。精霊王は亜神だから、多少の干渉は大目に見られているんだろう。だから、多少の融通は利かせられるけど、魔王軍の手から直接エルフたちを助けることはできなかったのかな）

「そっか。だからアレンはいつも何でも楽んでいるんだ！」

クレナはアレンが農奴であったころも、学園でダンジョンを攻略していたころも変わらず楽しそうにしていたことを思い出す。ドゴラも納得の表情でうなずいている。

「ちなみに、向こうの世界では何歳だったの？」

アレンがこの世界にやってきた経緯を知ったセシルは、時折年齢にそぐわない発言をするアレンの前世での年齢が気になったようだ。

「35歳だな」

「え？　何よ。結構なおじさんじゃない」

（おじさんとは失礼な。35歳はおじさんじゃないぞ）

この世界で35歳は結構な年なので、セシルから当たり前のように感想が漏れる。

「まあ、それではわたくしと同じ年ですわね」

「まあ、そうなるな」

（ソフィーは13歳から通うはずの学園に48歳で入学したんだっけ。35と13で48。うん、同い年だ）

それにしてもソフィーは、何でも精霊王の預言するアレンに会いに学園に来たという。どんな手を使って48歳で学園に入学したのだろう。おそらく5大陸の盟主の特権を使ったのだろうが、アレンからすれば、裏口入学の手口の方がよほど謎だ。

「ああ、これも言っておかないと」

アレンがさらに言葉を続ける。

「まだ何かあるの？　全部言いなさいよ」

セシルがまだあるのかと口を尖らせる。

「どの世界でも、魔王を倒せなかったことはないからな。魔王は見つけたら必ず倒す。これが世界の常識だ」

魔王は常に駆除の対象だと言い切った。

（……まあゲーマーの常識だけど、言い切っちゃっても差し支えはないだろう）

「え？　アレンは魔王を倒したことあるの？」

「当然だ、クレナ。基本魔王は全狩りだ」

「おお！　魔王は全狩りだ!!」

皆が呆れる中、クレナが両手を掲げワクワクしながら、アレンの言葉に返事をする。

アレンは強大な魔王が駆逐されるのが当たり前の世界から来たらしい。

仲間たちには、アレンが住んでいた世界がどんなものなのか想像すらつかなかった。

「それはともかく……良かったな。これで皆の職業を更新できるぞ」

アレンの言葉に、珍しくセシルがニヤついた。

「そうね、これで私は大魔導士になれるのね。ぐふふ」

（セシルがぐふふって言うてる。やっぱり大魔導士になれることは、魔導士として生まれただけにうれしいのかな。えっと皆どんな感じになるんだっけ）

【現在のパーティーの職業】

星1つ　斧使い（ドゴラ）、僧侶（キール）、精霊魔法使い（ソフィー）、弓使い（フォルマール）

星2つ　魔導士（セシル）
星3つ　剣聖（クレナ）

「まあ、大魔導士は星3つだからな。星4はなんだろうな」

「え？　何言ってんのよ。眠たくてよく聞いてなかったんじゃない？　精霊王様は上限は星4って仰ってたけど、1つ上の職にしか上げられないんでしょう」

職業とレア度である星の数については理解している。その上で星2つの魔導士は、1つ上の星3つの大魔導士にしかなれないのでは、というのがセシルの言い分だ。

「でも、転職は1回までなんて説明はなかっただろ？」

「ちょっと、もしかして……」

セシルは何が言いたいのか分かった。

「当然、転職してレベルとスキルレベルを上げ切ったら、もう一度転職をお願いするぞ。学園都市ではC級ダンジョンから始めたから時間がかかったけど、今度は上限に達するまで1年もかからないぞ。合間で学園に通うわけでもないし」

「ちょっとそれは……。お願いし過ぎじゃない？」

「やだなあ、セシル、俺らは約束を守ってもらうだけだよ。全員、精霊王様の示した星4つまで職業スキルを上げてもらうよ」

アレンは悪い顔で言い切った。

アレンは星4つの職業に変えるために、何回転職できるかという話はあえてしなかった。

（良かった。精霊王が最後眠くなったお陰で、回数の話をうやむやにできて。「心が読める」なんて言いだしたときは、正直焦ったぜ）

アレンのたくらみに、真っ先に乗ったのは意外にもソフィーだった。

「そうですわね。そしたら、わ、わたくしは……ローゼンヘイムで2人目の精霊使いになれそうですわ。ぐふふ」

（ソフィーもぐふふ言うとる。そういえばこのティアモの街に、ローゼンヘイム唯一の精霊使いがいるって言っていたな）

「さて……俺の話はこれで全部だな。戦争の準備を始めるぞ。必ず勝って転職クエストを達成するんだ！」

「うん、頑張ろう！」

勢いよく立ち上がるアレンの言葉に、クレナが大きくうなずく。仲間たちにも転職という目的ができ、パーティーに新たな希望が生まれたのであった。

第五話　ティアモの街防衛戦

話し合いが終わり、みんなで遅めの朝食を済ませた。アレンは食事中に、さっきの話をしたのはこの仲間だからだと付け加えた。自分のことが世間に広く伝わっても何もいいことはない。

立場がはっきりすれば、王家に仕えるなど、何かに所属しないといけないこともある。自らに力があるならそれも断ることもできるかもしれないが、そうでない場合は不自由を強いられるだろう。仲間たち全員、その言葉にアレンらしさを感じて納得した。

魔王軍は隊列を整えながら、ゆっくりとティアモに接近し、現在はティアモの外壁から1キロメートルほど離れた位置にいる。

街の東西南北に待機する軍勢は3万のまま変わらない。加えて北部には10万ほどの本陣があり、南部にも4万ほどの後詰がいる。20万体を超えるBランク以上の魔獣の雄叫びが、ティアモの街の中に響いた。

ローゼンヘイム南端の街ネストに逃げられなかった多くのエルフたちは、その咆哮に世界の終わりを思った。

＊　＊　＊

最後に家族と共に居られた者。そうでない者……。街のそこかしこに設けられた避難所は、今もエルフでごった返している。ローゼンヘイム最北の砦が陥落してから、非戦闘員の避難民たちは、兵たちが最前線を必死に守る中、北の街や首都から必死に逃げてきた。そんな避難民でティアモの街は溢れている。そしてつい先日、この街も魔王軍に囲まれた。

この状況では魔導船で逃げることも叶わないことも知っている。いつ街壁を抜かれて街を魔獣たちに蹂躙(じゅうりん)されるのか分からない。彼らはただただ精霊王と女王に祈るばかりだ。

そんな中、10メートル近い高さの外壁に上がったエルフの兵たちは、近づきつつある魔獣たちを睨みつける。兵たちはこの街に女王がいることを知らないが、複数ある街のどこかに女王が匿われていると聞かされていた。たとえここに女王がいなくとも、魔王軍の攪乱(かくらん)、そして時間稼ぎには役立てる。彼らが戦う理由としては、それだけで十分だった。

彼ら兵たちは1カ月間、南下する最前線を死守するため、怪我を負い南方の要塞や街に送られながらも必死に戦ってきた。

怖くないと言えば嘘になる。いざ戦いとなれば、魔獣たちはこの壁もやすやすと越えてくるだろう。しかし彼らは恐怖に屈しない。つい先日、奇跡は起こることを目の当たりにした。

もう助からないと思っていた瀕死の仲間が、今ではすっかり回復をしている。今はこの街に、負傷兵など一人もいない。外壁に立つ者、地上で弓を握りしめる者。全快した20万の兵が、これから始まる戦いに身を奮い立たせる。

才能を持ち、鍛え抜かれたエルフの弓兵の射程距離は1キロメートルに達する。エルフの主力部隊ともいえる彼らは、外壁で静かに状況を見守る上官の合図を待っている。精霊魔法使いも隊列を組み、回復と補助に備える。兵たちにとって意外だったのは、指揮官からの指示がこれまでと違ったことだ。理由は分からないが、今日はなぜか魔力を温存しなくてよいと言われた。

魔獣たちがゆっくりと近づいて来る中、隊列から1体のトロルが腹を空かせて飛び出し、一気に外壁へと走り始めた。すると後れを取れば今日の食事にありつけないかもしれないと思ったのか、これをきっかけに他の魔獣たちも我先にと駆け出した。

街の四方から各3万の魔獣が突っ込んで来る。これまでの攻防戦と同じ状況だ。

「良いか!!　我らには精霊王様がついている!!!」

外壁の上で、将軍の1人が兵たちを鼓舞する。

「「「おおおおおぉおおおぉぉ!!!!」」」

「今度こそ我らが女王陛下を必ずお守りするのだ!!!」

「「「おおおおぉおおおぉぉぉ!!!!」」」

何度も要塞や拠点となる大きな街で戦い蹂躙されてきた。今度こそはと将軍も兵たちも最高の士気で戦いに臨む。その言葉を合図に、本日の攻防戦が始まった。

弓兵たちはノーマルモードで、レベルもスキルもカンストしている。

彼らの弓が力強く一気にしなり、無数の矢が魔王軍の群れめがけて飛んでいった。

魔獣たちは矢が何本刺さってもひるむことなく、外壁に向かって突っ込んでいく。特にオーガやトロルといった魔獣は体力も高く、自己再生能力もある。厚い外壁に魔獣がぶちあたり、衝撃による轟音と振動が街に響く。弓兵たちは必死に魔獣たちの目と頭を狙い、敵を次々と蜂の巣にしていく。

上官の指示に従い、魔力を温存せずに全てのスキルを使い、弓兵たちは全力で最前列の魔獣を倒すことに集中する。

「こんなことをしたら1時間もしないうちに魔力が尽きてしまう」

これからどれだけの時間、戦いが続くのかと、兵の1人が不安を漏らす。しかし、兵の不安をよそに、指揮官級の兵の号令は変わらない。

「魔力を温存せず全力を尽くして魔獣を倒せ！　我々には精霊王様がついておいでだ！！」

そして彼らは違和感に気付く。

なぜか、躱せないと思われた魔獣の一撃を躱せる。

なぜか、時折これまで以上の確率でクリティカルヒットが発生する。

なぜか、死を覚悟するほどの一撃を耐えられる。

兵士たちがこの違和感から一つの確証を得るまでに、それほど時間はかからなかった。

今も我々の元には奇跡が舞い降りている。これを精霊王の加護と言わずして何と言おうか。

エルフたちが奇跡を確信したのも当然だ。開戦前にアレンは20万のエルフ兵全員に魚D、魚C、魚Bの召喚獣の特技を使用していた。

魚Dの特技「飛び散る」は物理、魔法回避率を1割程度上昇させてくれる。

魚Cの特技「サメ油」はクリティカル率を1割程度上昇させてくれる。

魚Bの特技「タートルシールド」は受けるダメージを物理、魔法、ブレスにかかわらず2割減少させる。特技の持続時間は全て24時間だ。

1割や2割の差など、1度や2度では誤差程度に感じるかもしれない。しかし長期戦になればなるほどその差が有利に働き始める。

以前とは違い粘り強く、攻撃にも冴えが見られるエルフたちに業を煮やしたのか、城壁よりも大きなドラゴンが、魔獣たちを蹴散らし最前線に躍り出た。天に向かって頭をもたげたかと思うと、その口内が妖しく光りだす。

「ブレスが来るぞおおおおお！！！」

指揮官級の兵が叫ぶ。皆防御の姿勢を取る中、ドラゴンは全てを焼き尽くすような灼熱の炎を吐き出す。炎は数十メートルの範囲で、外壁の上にいる多くのエルフたちを一気に焦がし、瀕死の重傷を与える。

すると、その様子を見ていた外壁の上に等間隔で点在する将軍の1人が素早く反応し、赤い桃を高々と掲げた。

「奇跡は我らに起こるのだ!!」

すると、赤い桃は光る泡になって消え、エルフたちの体力が全快する。皮膚が焼けただれ、死にかけていたエルフたちが、全員立ち上がる。彼らはこれまでの戦いで減り続けていた魔力もまた全快していることに驚きを隠せなかった。開戦前と同じ万全の状態に戻っていることを知り、お互い顔を見合わせている。

将軍はどれだけの人数を完全回復させたのか。辺りを見回すが、ドラゴンのブレスを受けた者だけでなく、魔獣との戦いで傷ついた者も、時が戻ったかのように、皆回復している。

奇跡がどれほどの範囲に及んだのか、想像もつかない。

開戦前、アレンはこの街に20人ほどいる将軍一人ひとりに20個の天の恵みを渡し、その効果を伝えていた。将軍は1人につき1万の兵を束ねている。将軍各自が自らの判断に応じて、配下に渡したり、使用するように伝えてある。

【ローゼンヘイムの兵の構成について】
・元帥は軍部のトップであり、ローゼンヘイムに1人いる。シグール元帥は、大将軍、将軍を指揮する。
・大将軍はローゼンヘイムに2人おり、そのうち1人はルキドラール大将軍。将軍を指揮する。
・将軍は1万人ほどの兵を指揮する。隊長へ指揮をし、ある程度采配をする権限があるため、将軍間での連携もする。数名の副将軍も従える。
・隊長は千人ほどの兵を指揮する。隊の中には5つほどの部隊がある。数名の副隊長も従える。
・部隊長は200人ほどの兵を指揮する。部隊は、弓や精霊魔法など、武器や職業ごとに分けられた構成になっている。数名の副部隊長も従える。

「何をしている、ドラゴンを倒すのだ!!」

将軍や指揮官級の兵の号令で兵たちが我に返り、無数の弓矢がドラゴンを襲う。

本来であれば星2つの「弓豪」をもってしても、弓矢でのドラゴン討伐にはかなり苦労する。しかし魚Cの特技「サメ油」のお陰でクリティカルが発生する状況のため、星1つの「弓使い」でも数と確率の力で、ドラゴンの体力を一気に削ることができた。

全身から矢を生やしたドラゴンが後ろに大きくのけぞり、そのまま仰向けに倒れた。地上では何匹かの魔獣がドラゴンの下敷きになり、押し潰されていく。

その後も攻防を続け、東西南北の魔獣は半分近くまで減っていた。このままいけば……とエルフたちが希望を見出したそのとき、南の方から土煙が上がった。

＊　＊　＊

思いのほか苦戦をしているという認識が魔王軍に広がったようだ。街の南に広がっていた4万ほどの魔獣は、既に隊列を整理し終え、援軍としてティアモの街の南側を攻略すべく行動を開始した。東西南北のどこでもいい。壁を破壊して街に魔獣がなだれ込めば魔王軍の勝利だ。一陣を上回る数の二陣の魔獣たちが、一点突破するかのように一塊になって南側を襲う。

せっかく減らし続けた魔獣が一気に倍以上になる。南に配備されたエルフたちが絶望の色を浮かべた。

「数が増えただけだ！　勝利は我らにある!!」

魔獣の数にたじろぐエルフたちを、将軍たちが必死に鼓舞する。

アレンたちは、ティアモの街から3キロメートルほど離れた位置にいた。上空からは、魔獣とエルフ兵の戦いがよく見える。

（4つの街とも攻防戦は佳境だな。落ちそうな街はないかな。つうか、経験値が結構入ってくるな）

攻防戦が行われているのはティアモの街だけではない。ティアモと同じくローゼンヘイム南部を守っている３つの街も魔王軍と応戦中だ。アレンは開戦前に仲間たちとティアモ以外の３つの街を訪れ、魚ＤＣＢの召喚獣のバフを掛けてきていた。鳥Ｅの召喚獣の特技・鷹の目で確認すると、今のところ十分健闘しているようだ。アレンたちはティアモの街の南壁まで５００メートルほどの位置に移動し、高度も下げて地面すれすれの高さで止まった。遠くには魔獣たちがいる。

アレンがかけた魚系統の召喚獣のお陰でアレンにも経験値の分配条件が満たされたようだ。魔導書には、ログが追い付かないほどの経験値取得の情報が流れている。

「南の予備隊を動かしたな。間に合って良かった」

（３つの街に天の恵みを配りに行くのに時間食ったな）

「そうね。予備隊も動いたことだし、これから攻めるの？」

「もちろんだ」

セシルの質問に、アレンは答える。

「じゃあ始めるか。えっと、召喚できるのはあと38体か」

アレンは魔導書を使い、出現できる召喚獣の数を確認する。アレンはすでに32体の召喚獣を召喚している。

・監視と護衛としてロダン開拓村に２体
・連絡用にグランヴェル子爵の元に１体
・中央大陸北部の応援に14体

・連絡と戦闘要員としてネストの街に２体
・連絡と戦闘要員としてティアモを含む攻防戦中の４つの街に８体
・アレンたちが乗っている鳥Ｂの召喚獣５体

これまで7体だった鳥Ｂが5体に減ったのは、アレンとセシル、ソフィーとフォルマールが２人乗りに切り替えたためだ。全ては召喚枠の節約のためだった。鳥Ｂの召喚獣は大きいため２人乗りでも問題ない。なお、移動速度はどうしても落ちるため、前衛であるクレナやドゴラは単騎で乗ってもらう。

「38体で大丈夫なの？　やっぱり中央大陸の14体は多すぎたんじゃない？　薬も大量に送ったんだし、今からでも少し減らしたら？」

アレンの後ろから魔導書を覗き込んだセシルがこう言った。ローゼンヘイムに戦力を回した方がいいと考えているらしい。

召喚獣の別動隊は何日もかけて中央大陸北部まで行った。回復薬も持たせているが、全て使い切ってやられたら、空いた召喚枠はローゼンヘイムでの戦いで使おうと思っている。

「まあ、あっちももうすぐ戦闘が始まるからな。今から減らせば困るだろう」

それだけ言うと魔獣たちの背中を見送りながら、アレンは街の外壁と平行に、虫Ｂの召喚獣を１体ずつ１００メートル間隔で召喚し始めた。３キロに及ぶ移動で召喚した虫Ｂは30体。さらに竜Ｂの召喚獣も５体召喚したので、残りの召喚枠は３体だ。

「よし。アリポンたち、産卵しろ！」

『『ギチギチ！』』

鳥Ｆの伝達を使い、遠くにいる虫Ｂの召喚獣を含めて一斉に覚醒スキル「産卵」を使わせる。するとそれぞれの虫Ｂの召喚獣が、巨大な卵を１００個ずつ産み出した。全て合わせると３０００個だ。卵は見る見る光る泡となり消え、そこには虫Ｂの召喚獣と同じ、ただしサイズが半分くらいの召喚獣が現れる。

虫Ｂの覚醒スキル「産卵」は、自らの半分の大きさ、ステータスも自らの半分の子どもを１００体生むというものだ。クールタイムは1日で、召喚獣が活動できるのは30日なので、虫Ｂはそれぞれ最大30回産卵することができる。

アレンはこの子どもたちに「子アリポン」と名付けた。子アリポンはやられない限り最大1カ月間活動できる。親である虫Ｂの召喚獣が連続召喚期間を過ぎて消えてしまえば同時に消えるし、親である虫Ｂの召喚獣をカードに戻しても消えるため、「最大」１カ月ということになる。

・「産卵」により生まれた子アリポンのステータス（全て虫Bの半分）
【名　前】　子アリポン
【体　力】　1300
【魔　力】　500
【攻撃力】　1200
【耐久力】　2000（親が強化済み）
【素早さ】　2000（親が強化済み）
【知　力】　1000
【幸　運】　900
【特　技】　ギ酸

「よし、アリポンたち、子アリポンを前進させるんだ」

『『ギチギチ！』』

アレンの合図とともに30体の虫Bの召喚獣は、自らの覚醒スキルで生まれた子アリポンたちを魔獣の方へ向かわせる。子どもといっても体長が5メートルに達する蟻が３０００体だ。しかも耐久力と素早さは２０００に達する。親である虫Bの召喚獣を強化し、耐久力と素早さを４０００にした後産卵させたため、強化後のステータスが子アリポンに反映されている。

「キール、ソフィー！　補助魔法を掛けて戦闘に入るぞ！」

「おう！」

「分かりました、アレン様！」

キールとソフィーがアレンに応じ、防御系の補助魔法を召喚獣やアレンたちに掛けていく。２人が次々に補助魔法を掛ける最中、アレンは召喚獣にも檄を飛ばす。

「ハラミとフカヒレも補助を掛けろ。覚醒スキルもだ！」

『『……』』

魚Dと魚Cは話せないが、了解の意思を示すために土の中を泳ぎながらグルっと旋回し、仲間全体にバフを掛けていく。

「ゲンブはタートルシールドとタートルバリアを掛けて回ってくれ」

『ふぉふぉふぉ、分かりましたのじゃ。老骨に鞭を打ってかけて回るのじゃ』

お爺ちゃんのような口調で魚Bが返事をし、土の中から甲羅だけ出しながら次々と特技を掛けて回る。タートルシールドは受けるダメージを2割、タートルバリアは5割下げる。この特技と覚醒スキルの効果が重なるので、２つの効果を合わせると6割も下がることになる。しかも物理、魔法、ブレス全てに効果があり、タートルシールドは50メートル以内にいる仲間に24時間、タートルバリアは１００メートル以内にいる仲間に1時間効果が付与される。

（うし。これでみんな、勇者のエクストラスキル級さえ食らわなければ一撃即死はなくなったな）

アレンは、学園で勇者ヘルミオスと戦ったときのことを思い出した。あのときも自身や召喚獣にタートルシールドとタートルバリアを掛けていたが、それでも瀕死の重傷を負わされたのだ。改めて勇者の強さが窺える。

（いくで！）

仲間たちに補助を全て掛け終わったのを確認したアレンは、アリポンと子アリポンに本隊列を組ませたまま命令を出す。

「全力で進め！」

『『ギチギチ!!』』

『『『ギチギチギチ!!』』』

召喚獣の大群が魔獣の背後へ近づく。アリの大軍の上空から初撃は竜Bの召喚獣の広範囲ブレスだ。一気に魔獣たちを燃やして回る。アレンは攻撃の手を緩めず、鳥Fの伝令を使い、今度は子アリポンたちに指示を出す。

「ギ酸を使え！」

東西3キロメートル以上に広がった子アリポンの群れが、一斉に尻から酸を噴き出した。

このギ酸は、虫Bと子アリポンに共通する特技だ。耐久力と耐性両方を下げる酸性の液を前方数十メートルに噴射するものだ。強い酸なので物質系の魔獣に特に効果があるほか、毒効果に耐性のない魔獣はこれだけで死ぬこともある。

「じゃんじゃん掛けろ、掛けまくれ!!」

アレンの言葉に従って、虫Bの召喚獣たちは特技の使用に終始する。エルフの部隊が魔獣の背後からやってきた巨大な蟻に驚きながら、敵か味方か判断しかねて矢をつがえようとしたが、将軍たちは口々にそれを制した。

「蟻は援軍だ、攻撃するな。あの竜も攻撃してはならん。目の前の魔獣だけ狙え！！！」

あらかじめ将軍や隊長級の兵たちには、アレンの召喚獣を攻撃しないように伝えてある。

　エルフの兵たちは分かりましたと、すぐさま目の前の魔獣へ狙いをシフトする。その間にも魔獣たちを竜Bの召喚獣たちが消し炭にし、虫Bの召喚獣に跨ったセシルは、アレンの後ろから風属性の魔法で攻撃する。

　セシルが火属性の魔法を使わないのは、耐性を下げるギ酸を食らっても竜Bのブレスで死なない魔獣は、火属性に強い耐性を持つ可能性が高いためだ。セシルはアレンが竜Bの召喚獣を出すようになってから、火属性以外の魔法を使うことが多くなった。

　子アリポンは魔獣の群れにぐいぐいと割って入り、後ろの方の魔獣にもギ酸を掛けて回った。耐久力が落ちた魔獣がエルフたちの矢によってバタバタと倒れていく。

「絶対に逃がすな。殲滅しろ!!」

　アレンは声を上げる。今回の戦いの目的は街の防衛だが、アレンにはもう一つ別の目的があった。

　それは魔石だ。現在、魔石が圧倒的に不足している。

　ティアモを含む４つの街に配る回復薬である天の恵みを大量に生成したので、現在アレンの手元にはBランクの魔石が１０００個ほどしかなく、今回の防衛戦で底をつくことは目に見えている。

　そこで目をつけたのが、魔獣の数が多い南だった。ただし、いくら魔獣を倒しても解体しなければ魔石は回収できない。となると安全に魔石を回収するには魔獣の殲滅は必須条件であり、アレンが珍しく必死なのもそのためだった。

　クレナとドゴラも、自分らの体よりも大きい武器を持つ巨体の魔獣たちに全力で武器を振るう。

　魔獣の一部が退却をしようとすると、子アリポンがそれを邪魔する。

　子アリポンの攻撃力は、Bランクの魔獣を優に蹂躙できる力を備えている。

一匹も逃がさないぞと、子アリポンは魔獣たちを大きな顎で砕く。

(やはり大人数の戦いで一番輝くのはアリポンだったな。数は力だ。覚醒も強化もできないのに、これほどの成果を生むとは)

子アリポンには召喚獣のバフや補助魔法が効くが、召喚スキルは効かないという制限が掛かっている。そのため強化、共有、覚醒のスキルを使用できない。

にもかかわらず大きな戦果を挙げる子アリポンたちの活躍に、アレンは素直に感心した。ちょうど最後の魔獣が子アリポンの餌食となり、周囲は魔獣の死体で埋め尽くされている。

(ふむ、殲滅の目的は達成できたな。Sランク級の魔獣はいなかったようだが……)

そこら中に転がる野獣の亡骸(なきがら)を眺めながら戦いを振り返っていると、アレンはふいに聞こえてきたエルフたちの勝利の雄叫びで我に返る。

そうだ。ここでの戦いは終わったが、ほかではまだ戦いが続いているはずだ。

「ドラドラたちとアリポンたちは、東と西側の外壁に応援に行け。こっちは魔石の回収をするから、よろしく頼む」

アレンの指示で召喚獣たちは東西に半分ずつ分かれて、東西の魔獣を狩りに行く。数百体の子アリポンは南側に残し、魔石の回収を手伝わせる。とりあえず魔獣の腹部に顎で切り口を入れてもらい、あとで霊Bの召喚獣たちに腹の中の魔石を回収させるのだ。

アレンたちは東西に分かれ、1体でも多くの魔獣の殲滅を優先する。

それから1時間もしないうちに、召喚獣が押し寄せて混乱した東西の魔獣たちは北部に逃げていく。アレンたちがほとんど攻めていなかった北部の魔獣たちも、エルフの軍との戦いで数が消耗しため、逃げる東西の魔獣たちに合わせて撤退を開始する。外壁の上でエルフたちが歓喜の声を上げた。ティアモ攻防戦は、エルフたちの勝利という形で終わったのであった。

第六話　軍事会議にて①

ティアモを含む4つの街は、全て防衛戦に勝利した。

これまでは街への侵攻を防ぐのが精いっぱいで、せいぜい少数の魔獣を倒すのがやっとという状況だった。日が沈むまで粘って魔王軍が休憩や補給のため撤退するのを待っていたのだが、連日の猛攻が続くこと1カ月。エルフの兵たちは消耗し、いずれ街が陥落するのは目に見えていた。

しかし、今日の防衛戦は違った。女王に戦況を報告する将軍も、いささか興奮しているようだ。

これまでアレンたちは目の前に迫る魔王軍との戦闘を優先し、軍事会議には代理として霊Bの召喚獣を参加させていた。今回の会議には、今後の話をするため自ら参加している。

「本日の戦況を報告いたします。女王陛下、4つの街で計20万を超える魔獣を討伐しました！」

「それはまことですか!?」

女王は玉座から身を乗り出して、その数字に驚く。膝の上にいる精霊王は丸くなったまま寝息を立てている。

「はい。とくにティアモの街の戦果は目を見張るものがあり、討伐数は10万を超えております！」

（ほうほう、ってことはローゼンヘイムの魔王軍は残り250万くらいか。これからもじゃんじゃん減らしていくぞ）

深夜の広間で、女王も将軍も輝かしい戦果に気持ちが高ぶっているのが見て取れる。何しろ状況の把握に時間を要し、報告が深夜になってしまうほどの戦果なのだから、エルフたちの喜びは計り知れない。

３つの街との相互連絡には、アレンの召喚獣の覚醒スキル「伝令」が役に立った。４つの街にたちまち全軍勝利の情報が知れ渡り、今も兵士たちと避難民たちの歓喜の声が溢れている。

「女王陛下万歳！」「精霊王様万歳！」

エルフは大人しい種族だと言われているが、これまでにない完勝に喜びを爆発させ、女王と精霊王への讃美を口にする。

「それで……被害の方は」

女王は神妙な面持ちになった。将軍も一瞬顔を伏せるが、再び顔を上げて数字を報告する。

「はい。本日、４つの街で計３千名ほど死亡しました」

「そうですか……」

エルフ兵の多くは弓兵で、彼らは職業特性として耐久力が低めになっている。また、装備もせいぜいミスリルクラスだ。ＢランクやＡランクの魔獣と対峙すれば、中にはバフが掛かっていたとはいえ一撃で即死した者や、回復が間に合わなかった者もいる。それでもエルフの死亡数はこれまでと比べれば相当少なかった。アレンたちのバフや回復がなければ、被害はこの10倍以上になっていただろう。

ローゼンヘイムの女王は静かに目を閉じて亡きエルフ兵たちを思い、無言で英霊となった命に報いることを誓う。将軍たちがそれに倣い、アレンたちも黙禱する。

全員が静かに顔を上げると、エルフの中の一人が女王に問いかけた。

「ところで女王陛下、これからどうなさるおつもりですか？　我々といたしましては、ネストの街に避難していただきたく」

「いえ、ガトルーガ。私はここに残り戦況を見守ります」

「し、しかし！」

（この男がローゼンヘイム最強にして、唯一の精霊使いガトルーガか。精霊使いといえば、街の外壁は伝説の大精霊使いが土の大精霊に作らせたものだって、ソフィーが言っていたな）

「ガトルーガよ。女王陛下を困らせるものではないぞ」

玉座の横で直立していた元帥が、ガトルーガをたしなめる。

「こ、困らせようとしたわけではない……」

ガトルーガはシグール元帥の言葉に引き下がった。アレンは黙ってそのやり取りを聞きながら、魔導書で精霊使いの情報を確認する。

ガトルーガの職業、精霊使いはレア度で言うと星３つ。クレナの剣聖と同じレア度だ。

【精霊使いのランク】
星１つ　精霊魔法使い
星２つ　精霊魔導士
星３つ　精霊使い
星４つ　大精霊使い

精霊使いの上には、ローゼンヘイムに古くから伝わる「大精霊使い」がある。大精霊使いは100年に一度しか生まれないと言われる超レア職だ。現在ローゼンヘイムに大精霊使いは存在しないが、かつての大精霊使いは、街の外壁だけでなく、いくつもの要塞も作ったといわれている。

「……それで、これからの対応はどのようになっているのですか？」

女王は重い沈黙に包まれた場の雰囲気を変えるため、未だ存続の危機にあるローゼンヘイムの今後について話を始める。女王の言葉を受け、将軍が話を始めた。

「まずは魔導船での輸送を再開すべく、魔石の回収を優先いたします」

5大陸同盟の盟主の一国であるローゼンヘイムは100を超える魔導船を擁するが、戦争が始まって以来、議会は人命最優先の判断をし、負傷兵や避難民の搬送、救援物資の移送のために魔導船をフル稼働した。そのため、備蓄していた魔石はほぼ底をつき、今ではほとんどの魔導船が動かせない。しかし、今回の戦いで手に入る大量の魔石を確保すれば、この状況は覆る。

街の南側の魔石は、全てアレンが貰えることになった。取り分は約7万といったところか。天の恵みも、Bランクの魔石も無くなりかけていたので、魔石回収の目途が立ったのはありがたかった。

「アレン様、エルフの霊薬はまだ残っているのでしょうか？」

女王はアレンに向き直りアレンに問う。間違いなく、天の恵みはこの戦いの命綱だ。

「はい、まだ大丈夫です」

天の恵みを作るのに魔石が必要なことを話していないので、これまでは無償で振る舞ってきたが、今後は魔石をいただきますよという話にした。ガトルーガが一瞬表情をこわばらせ、アレンを睨みつける。

アレンと女王のやりとりが終わったのを見計らい、将軍の1人が報告を続ける。

「これからの戦いですが、ネストの街の負傷兵のうち10万名を前線に復帰させたいと思います。これで、ティアモを含む4つの街の兵数は64万人まで回復するかと」

最前線であるティアモの街周辺では、航空戦力のある魔王軍がいるため、まだまだ魔導船を動かすことはできない。

ネストの街に鳥Bの召喚獣を使い魔石を運べば、ネストの街の魔導船を動かせる。復帰した兵を、ティアモの街に直接運ぶことはできないが、近隣に降下させるくらいならできるだろう。

「「「おおおお!!」」」

歓喜の声が上がる。女王がここにいることを知る者は皆、あと数日もしないうちにローゼンヘイムの終焉を覚悟していた。ティアモの陥落は、女王の死を意味するからだ。そこへきて全ての街での勝利、魔石による魔導船の稼働、10万の兵の前線復帰と明るい報告が続々と上がってくるのだから無理もない。女王がエルフを代表し、アレンに礼を述べる。

「アレン様、ご恩には必ず報いますので、今後ともお力添えをお願いいたします」

「もちろん力はお貸しします。それで、これからの戦いですが……」

「む。アレン殿には次の戦いの作戦があるのか?」

将軍の1人がアレンの言葉に反応する。本日の防衛線での、南側から外壁の兵と挟み撃ちにするやり方はアレンの作戦だ。次の戦いについても、考えがあるなら聞いておきたい。

「まず、どうも魔王軍は撤退を始めたようです」

「うむ、たしかに後退はしているが……」

「はい。ティアモ以外の部隊を含めて、全軍が撤退をしています」

アレンは鳥Dの覚醒スキル「白夜」で、4つの街から北へ退いていく魔王軍の姿を捉えている。

「そこで今度は我々が魔王軍に追い打ちを掛けたいと思います」

「追い打ち……」

将軍は、アレンたちが夜襲で4万近い魔獣を狩ったことを知っている。彼らがいれば、絵空事ではなさそうだ。

「なるべく早く、ネストの街に避難した負傷兵をティアモの街に戻してください。急ぎ軍勢を整えたら、追い打ちの勢いそのまま北に進軍し、占領された街を奪還しましょう」

魔導船の積載量には限りがあるが、それでも「急いでね」というニュアンスは伝えておく。

「おお！　攻めに出ると言うことか!!」

「はい。ですから奪還を優先したい街があれば、情報を共有させてください。目標は首都フォルテニアの奪還です。一日も早く実現しましょう」

エルフたちの表情に希望が戻っていく。防衛戦に勝ったアレンたちの、次の戦いが始まるのであった。

＊　＊　＊

翌日の昼。アレンたちは鳥Bの召喚獣を駆ってティアモの街から数十キロメートル北部の上空にいた。アレンは上空に吹きつける風を感じながら、昨夜行われた軍事会議で得られた情報を思い返していた。

ネストの街にいるルキドラール大将軍の報告によると、ギアムート帝国からネストに「ローゼンヘイムのために食料と物資の支援を行う」と魔導具の通信が入ったそうだ。支援を表明した時点でローゼンヘイムから断られることはないと踏んで、既に一部の魔導船をネストに向かわせているらしい。

さらに将軍は、中央大陸の最新情報も教えてくれた。

中央大陸の魔王軍は既に動き始めており、あと1～2日中にギアムート帝国の北の国境線にある要塞に迫るという。その数は２００万のままで、北の10基の要塞に戦力を等しく分けている。つまり要塞１つにつき敵は20万体前後。これはアレンの予想通りだ。

何でも、若くしてその地位についたギアムート帝は希代の賢帝と評判らしいが、なるほど、このタイミングでギアムート帝国がローゼンヘイムの支援に乗り出したことには意味がある。アレンは思わず舌を巻いた。

ローゼンヘイムからギアムート帝国へエルフの霊薬60万個が提供されたことは、既に皇帝の耳にも入っている。もちろん、その効力についても聞き及んでいることだろう。ギアムート帝は今回支援によって恩を売り、エルフを退却させたというローゼンヘイムの泣き所を突きながら、今後霊薬をできるだけ安く手に入れるつもりなのだ。しかもギアムートの支援によってローゼンヘイムの戦いが長期化すれば、ギアムートに控える魔王軍の予備兵力４００万はローゼンヘイムに行ってくれるかもしれない。ギアムート帝国にとっては、あわよくば一石二鳥になる。

世界の危機にあっても、国家のトップは常に自国の利益を求めるんだなとアレンは思った。

「さっきから、何ぼーっとしてんの。見えてきたわよ？」

「ああ、そうか？」

セシルの声で我に返る。アレンはセシルと一緒に鳥Bの召喚獣に乗っていた。パーティーがティアモから北に発ったのは、撤退した魔王軍の動向を確認し、今後の行動を決定するためだ。セシルと同じ召喚獣に乗っているのはこれまでと同じく召喚枠節約のためだが、一つだけ昨日までと違う点があった。２人は向き合って座っている。アレンは前に乗っているので、進行方向とは後ろ向きに乗る形だ。

アレンが後ろを向いているのは、鳥Bの召喚獣の広い背中に植木鉢を置いて、天の恵みを生成するためだった。昨日の防衛戦でかなりの量の天の恵みを消費してしまったので、移動中も生成の時間に充てる。

４つの街全ての魔王軍が退却を始めたお陰で、本日の防衛戦はない。魔獣10万体という戦果は、相手が連日の攻防戦に支障をきたすのに十分な数だったということだろう。その間に天の恵みを生成すれば、今後の戦いはさらに有利になる。セシルの言葉を受けて背中越しに共有した鳥Bの召喚獣の視界を確認すると、たしかにティアモから撤退した魔王軍の隊列の終わりを捉えている。

「ふむ。あの速度からすると、明日にでもほかの隊と合流しそうだな。これは止めないと」

「やっぱり合流されるとまずいの？」

「うん。もしこのまま数が増えたところで引き返して、どこかの街を集中して攻めるつもりなら厄介だ」

（やはり、ただの撤退ではなかったか）

これまで魔王軍は軍を4つに分けて、同時に4つの街を攻めていた。ところが先日の夜襲と昨日の防衛戦の大敗を受け、作戦を変えてきたようだ。弱体化した隊同士が合流して何をするつもりなのかはまだ分からないが、何にせよ戦力を集中されるとまずい。

「どうするの？」

「当然嫌がらせをする。今は防衛戦じゃないから自由に動けるし、まあやるべきことは各個撃破だろうな」

防衛戦だと街を軸に考えなければいけないが、今日はそんなことを気にせず攻められる。アレンは鳥Fの召喚獣を使い、仲間たちに本日の作戦を伝えていく。鳥Fの伝達は指定した相手以外は聞くことができないので、こういうときに便利だ。

アレンたちは、10万まで減った一塊の魔王軍の後方に付く。

「アレン、騒がしくなってきたわよ。いつまで作り続けるの？」

「当然、天の恵みの生成は、今日ずっと続けるぞ」

鳥Bの召喚獣はかなり大きく目につきやすい。魔王軍の群れから、空を飛べる魔獣が何十体もアレンたちめがけて迫ってきたが、アレンは依然、天の恵みの生成を続ける。

「ああ、もう少し上昇して。セシル、そこでプチメテオお願い」

昨晩回収できた魔石は、なるべく早く天の恵みに変えておきたい。よっぽど敵に攻められない限り、手を止めるつもりはなかった。セシルはアレンの言葉で、彼の狙いをすぐに察した。

魔王軍は北方に進軍しているが、魔獣の大きさや速度にはばらつきがあり、動きの遅いオーガやトロルは行軍の後ろをのそのそ歩いていた。３キロメートルほど上昇して魔王軍を撒き、それでも上昇してきた魔王軍の飛行部隊を竜Ｂの召喚獣が蹴散らしていく。

その間にセシルが、エクストラスキル発動のため意識を集中し始めた。

「あの辺に落としてね」

「……」

意識を集中するセシルに隕石を落としてほしい位置を伝えると、セシルは無言で指示に従い、魔王軍の行列の最後尾よりもやや前に手をかざした。

「プチメテオ！！！」

セシルの叫びと共に、真っ赤に焼けた大岩が落ちていく。固まって行軍してくれたこともあって、1万体近い軍勢を一気に焼き滅ぼしたようだ。

(うしうし、経験値うまうま。これで、昨日の経験値に匹敵するかな)

昨日の防衛戦はエルフの部隊と一緒に戦ったため、敵1体当たり1割の経験値しか入らない。これは参加人数が２５３人以上になったケースに該当し、経験値の分配率としては最低だ。アレンは全ての街の兵士にバフを掛けて回ったため、４つの街で倒した魔獣全てについて戦闘に参加したとみなされ経験値が入った。

今日はアレンのパーティーの単独行動だから、経験値は1体当たり8割だ。

「ありがと、結構倒せたね。指輪で回復して」

アレンは魔力回復リングでセシルの魔力を回復させる。一緒の召喚獣に乗っていると、アイテムが手渡しできて楽だ。

「どういたしまして。ついてくるわね」

「ああ、これで分断されたな」

（前方の魔獣たちはそれでも進軍を優先すると）

セシルがわざと最後尾よりもやや前方を狙ったため、歩くのが遅い2万体のトロルやオーガたちは難を免れた。分断されたことに気付かずアレンたちを追って来る。小隕石の落下地点よりも前方の魔獣はそのまま進軍を続け、アレンたちを追って来ないようだ。

魔獣が十分にアレンたちを追えるように、高度も下げ、そしてゆっくり移動する。

「各個撃破って、小隊を攻めようって作戦でしょ。これって、分断してちょうど小隊になったってことか……」

セシルは授業で習った「各個撃破」の意味を思い出し、アレンの真意をようやく理解した。各個撃破とは、敵が分散しているうちに、それぞれを集中的に撃ち破っていくことだ。最初、セシルはアレンが言う「各個」は4つの街から退却した4つの隊を指しているものだと思っていたが、小隕石で無理やり作った小隊を殲滅するのが、アレンの狙いだったのだ。

「そういうこと。ないなら作ろう小隊を、だな」

小隕石より前にいた魔王軍はずんずん進軍し、いよいよ魔獣の隊は2つに分断された。アレンたちは空中で止まり、魔獣たちより少し高い位置で高みの見物を決め込む。

『『『ギチギチ！！！』』』

アレンたちを見上げて無我夢中に追ってきたトロルやオーガを、虫Bの召喚獣の集団が待ち構える。昨日のクールタイムから1日が過ぎたので、子アリポンの数は3000体増えている。攻防戦でやられた分を差し引いても、その軍勢は５５００体。当然、魚系統の全バフが掛かっている。ソフィーとキールにも子アリポンに補助魔法を掛けるように伝え、アレンは同時に複数の竜Bの召喚獣を召喚する。

「さて……まだまだ数が多いが、魔石もたくさん回収したいしやっちゃうか」

仲間や召喚獣の構成から倒せる数の限界を割り出し、いけると踏んだアレンは一斉攻撃の号令をかけた。罠にかけられたことに気付いたトロルやオーガが一瞬硬直したが、すぐに気を取り直し臨戦態勢に入る。それを見た子アリポンたちが、獲物を狙う格好で魔獣の群れを囲んだ。

「よし、準備はできたな。蹂躙しろ！」

このアレンの言葉を皮切りに、各個撃破の幕が上がったのであった。

第七話　１００万の軍勢

ティアモ攻防戦から3日が過ぎた。

この３日間、ティアモの街から撤退し、北上する魔王軍を、アレンたちは執拗に攻め続けた。しかし魔王軍はほかの街を攻めていた３つの隊と合流し、さらに北からの増援部隊が合流したため１００万ほどの軍勢になってしまった。現在、この大部隊はティアモの街に向け南進している。アレンたちはあれこれ手を尽くし流れを変えようとしたが、１００万の軍勢を崩すには至らなかった。

ティアモの街に戻ったアレンは、神妙な顔で女王の広間でこの３日間の細かい動向を聞いていた。ローゼンヘイムのエルフたちは魔石の回収に集中し、この３日間で合計10万個を超える魔石を回収することができたそうだ。このうち５万個はアレンが受け取り、天の恵みに変えることにする。

残りの魔石は、鳥Bの召喚獣にネストの街へ運ばせた。覚醒スキル「天駆」も使えばあっという間に運ぶことができる。

これらの魔石は、ネストにある何十という魔導船をフル稼働させるために使われる。

「全員を避難させるのにはどれだけかかるでしょうか?」

説明をしてくれた将軍の１人に、アレンが問いかける。

「そうだな。この街だけでも70万以上の避難民がいる。魔導船の復旧も並行して進めるから、全員避難するには4、5日かかるかもしれぬが、それがどうかしたのか?」

アレンもその仲間たちも、その話を聞いてさらに切迫した表情だ。

「はい、悪い話がございます。このティアモの街に、魔王軍の軍勢100万が一直線に向かってきております。今は夜間の休息のため移動を止めていますが、あと2日もあればティアモの街にやってくるでしょう」

「「「な!?」」」

エルフの将軍たちが驚きの声を上げると同時に、女王も玉座から身を乗り出した。

「こ、このままでは、最北の砦の二の舞ではないか……」

アレンの報告に絶望をにじませ、将軍の1人が呟く。かつて難攻不落と言われながら、300万の魔王軍によって陥落したローゼンヘイム最北の砦のことを思い出したようだ。

(全く、行動が早すぎるぜ。俺らが各個撃破で倒しても1日3万前後がせいぜいだったからな)

真っ向から向かってくる魔獣とは違い、移動を優先する魔獣たちでは1日3万体ほどしか狩れない。

今回の戦いは、アレンたちの参戦によってエルフ有利に傾いたと思われた。実際、アレンがやって来てからわずか数日で、すでに50万体近い魔獣が倒されている。ただ、それが魔王軍に次の行動を取らせるきっかけにもなってしまったのは否めない。さらに、夜間の急襲や目立って甚大な被害などが、魔王軍に女王の居場所を特定させるヒントになってしまった。

魔王軍がどこまで確信を持っているかはともかく、現状戦っている4つの街で一番女王がいる可能性が高いのがティアモの街だと、容易に想像がつくだろう。

「100万の魔王軍と戦うということでいいですか？」

魔導船は稼働の調整が始まったばかりだ。避難民の救出にも日程が間に合わない。この状況で皆に戦う覚悟はあるかとアレンは問う。

「もちろんです。皆で一丸となって、逃げ場のない我が国の民を守りましょう」

「は！　女王陛下!!」

将軍の1人が答える。怯えるものは誰もいなかった。女王は視線をゆっくりとアレンに移した。

「アレン様にもご協力いただける、ということでよろしいでしょうか？」

(ここには20万を超えるエルフの兵がいて、回復薬もある。籠城すれば持つかもしれないが、失敗すれば女王もろともローゼンヘイムはおしまいか。一か八かなら確率が高い方がいいな)

「もちろんです。ただ、逃げないのであれば、1つ作戦があります」

「おおお！！！」

将軍たちが思わず声を出す。この数日、奇跡を起こし続けてきた黒髪の少年の作戦だ。またも奇跡をもたらすに違いないと、期待を込めてアレンの言葉を待つ。

「……この街に斥候はどれくらいいますか？」

「斥候か。ざっと3000人だな」

これから100万の軍勢と戦わないといけないのに、アレンがまず斥候職の人数を確認したので皆は若干拍子抜けしたが、将軍の1人がアレンの質問に答えた。

「なるほど。その中で素早さを上げるエクストラスキルを持っている人はいますか？」

「ぬ？　索敵や追跡ではなく素早さ増加か？」

エクストラスキルはガチャ要素が高い。しかし、それぞれの職にあった能力のスキルになることがほとんどだ。

斥候の役割は、敵陣に潜入しての情報収集、隠れた部隊の索敵による発見。休憩地や輸送経路を追うための追跡など多岐にわたる。

また、斥候系の職業はスキルに素早さ向上があるものがほとんどだ。レベルが上がったときの上昇値も高く、素早さがかなり高くなる。斥候の作戦には、素早さ以外の能力も必要なことが多いため、素早さのエクストラスキルは割と、ガチャではハズレに該当する。

それでもアレンはエクストラスキルでの素早さ向上に拘（こだわ）った。

「100人はいると思うぞ」

皆静かにうなずいている。確かな情報のようだ。

「では斥候を2000人、私の所属にしていただけませんか。とくに素早さを上げる才能の者は、全員私の配属にしてください」

「ぬ？　アレン殿がお望みなら3000人全員を所属させても構わぬぞ。籠城作戦となれば、斥候の役目はほとんどないからな」

エルフの将軍は、アレン殿の命は絶対と伝えておくと確約してくれた。

「ありがとうございます。ではお借りした部隊に作戦を伝えたいので、さっそく指揮官を呼んでいただけますか」

「では、斥候の隊長をすぐに呼んでこよう」

斥候部隊を取りまとめる隊長を呼んでくると将軍は言う。

時間がないことが分かっているため、アレンと話していた将軍が自ら斥候部隊隊長を呼びに行った。

「斥候部隊隊長に説明を終えたら、私たちは作戦を敢行します」

「お願いします、アレン様」

一同を代表し、女王が答えた。

「今回私が考えているのは『遅滞戦術』です。2日後に敵が攻めてくるところを、3日にしてみせますので、その間に数十万の軍勢に備えて守りを固めてください」

1日でできることは大きい。その間に精霊魔法を駆使して壕を作るなど、できる限りのことをして守りを固めるよう念を押した。

また、ティアモの街周辺の魔獣を掃討し、ネストの街からの魔導船の運搬開始を再開させるようお願いする。

アレンの言葉に深くうなずいた女王がソフィーに呼びかける。

「ソフィー」

「はい、女王陛下」

「アレン様をお護りするのですよ」

「はい」

女王が遠回しに、ソフィーも同行するよう促す。出征を止められると思っていたソフィーは、顔を輝かせた。

「連れてきたぞ」

そのとき、斥候部隊隊長を呼びに行った将軍が部屋へ入ってきた。どうやら将軍の後に着いてきた男が隊長のようだ。突然女王の間に呼ばれたことに戸惑っているようだ。なお、作戦上、隊長には、女王の所在は聞かせていたようだ。女王がいること自体に驚きはしていない。

隊長が落ち着きを取り戻すのを待っている時間はない。アレンはすぐさま作戦を伝える。

「夜分遅くにすみません。急な話ですが、現状とこれからについて説明させてください」

前も後ろもわからない隊長は黒髪の少年の言葉にうなずくが、その「説明」を聞くと再びうろたえ始めた。

「この状況で、なぜそのようなことを……」

バカ言うなという言葉が喉から出そうになったとき、女王がぴしゃりと隊長を遮った。

「アレン様の指示を聞きなさい」

「は、はい」

斥候部隊の指揮官は女王の言葉に首をすくめる。辺りを見回せば、上官たちが一様に「アレンの言うとおりにするように」と睨みを利かせている。元々斥候部隊は作戦の目的を聞かされないことが多いが、この状況では一も二もなく引き受けるしかなかった。

ふいに将軍の1人から、精霊使いガトルーガも作戦に同行した方がよいのではないかという意見が出た。たしかにローゼンヘイム最強の男がいた方が、作戦は有利に運ぶだろう。

しかしガトルーガは今までアレンと共に戦ったことがない。女王の側でティアモの守備に専念した方が、彼としてもやりやすいし、実力を発揮しやすいと思われる。アレンはその提案を丁重に断り、ガトルーガにはティアモの街に残ってもらうことにした。

エルフたちの動きは早い。通信班はこの間に、大軍がティアモの街へやって来ることをネストに伝えていた。そのため、あちらでは急ピッチで魔導船を稼働させ、兵士たちをティアモへ、難民をネストの街へ移送する準備が始まったのであった。

＊＊＊

軽く睡眠をとり、夜が明ける前にティアモの街を離れた。アレンは今日も鳥Bの召喚獣にセシルと同乗し、天の恵みの生成のために向き合って座っている。

敵はこれまでと同じく、夜明けと同時に行動を開始した。地平線に大きな太陽が昇り始めると、北から魔王軍が姿を現し、やがて大地を黒々と埋め尽くす。

「……すごい数ね」

セシルが少し震えた声でアレンに話しかける。

「そうだな」

アレンは天の恵みを生成しながら、軍勢を見ることもなく返事する。

「怖くないの?」

「う～ん。俺は怖くないかな」

俺は怖くないという言葉には、自分が死ぬことは怖くない。だけど、仲間が死ぬことはとても怖いという思いが込められている。今まで随分無理目に思うこともしてきたが、それはアレンの考える安全マージンの範囲内だ。今回の作戦はその一線を越えてしまいそうだ。

　アレンの言葉にセシルの顔が緩む。

「ありがとね」

「ん？」

「色々教えてくれて。言ってくれるとは思わなかったわ」

　セシルにとって、従僕としてグランヴェルの館にいるころから、アレンは明らかに常人離れした存在であった。

「まあ、そうだな。戦う前にお礼なんて言ってはいけないぞ」

（余計なフラグは立てないでほしい）

「何それ？」

「まあ、前世の話だよ」

「それも今度聞かせてね」

「そうだな。そのためにもこの戦いを乗り切らないとな」

　アレンは改めて魔王軍を見る。

（魔王軍か。何も考えず脳筋で一塊に襲ってくるって、一番こっちが困る作戦できたな）

　時間をかけて戦ってくれたら、敵軍を毎日削っていくことができた。いくつもの街に分散した戦いをしてくれても、魔獣を多く倒すことができる。そうやって魔王軍の数を少しずつ減らして、徐々に魔王軍に落とされた要塞や街を取り戻そうと思っていた。しかし、その状況はまずいと魔王軍はすぐに気付いた。ティアモ攻防戦の敗北からすぐに作戦を変えた。

（魔王軍にとっては、１００万体死のうが２００万体死のうが関係ないと。要はローゼンヘイムが滅びればそれでもいいんだな）

圧倒的な数の暴力で挑んでくるというのは、シンプル故に対抗するのが難しい作戦だ。アレンが魔王軍の進行状況を確認していると、南から黒い塊が魔王軍に向かっていくのが見えた。魔王軍に比べたら小さな小さな群れだが、その数は1万近くに上る。

「アリポンたちも来たわね」

「ああ、さて始まるぞ」

タイミングはばっちりだ。子アリポンを先頭に、昨晩から歩き続けていた30体の虫Bの召喚獣が魔王軍に迫る。

（既に召喚している虫Bの召喚獣は30体を合わせてだけど、召喚できるのは残り17体か）

パラパラとページを送りながら、魔導書で召喚獣の状況を確認する。1体でも多く魔王軍を狩るために、ぎりぎりまで召喚できるように数を調整したつもりだ。

中央大陸の北部に送った召喚獣たちは、魔王軍との戦いで既に8体まで減っていた。残りの８体は大陸北部の要塞を守る５大陸同盟軍を、陰ながらサポートしている。

「セシル、先頭の団体を狙ってくれ」

（足の速い魔獣が先陣を切っているようだからな。少しでも進行を遅くしないと）

アレンはセシルに、塊になって前方へ突っ込んでいく魔王軍の先頭付近を狙うように伝える。

セシルがその姿を陽炎（かげろう）のように揺らめかせながら、両手を目の前に突き出す。

「プチメテオ！」

真っ赤に焼けた巨大な岩が、魔王軍の先頭の一部集団を焼き尽くす。

地獄絵図となるが、しばらくすると粉塵の向こうから、後方を走っていた魔王軍がそのまま、進行方向を変えず、真っ直ぐ進行してくる。真っ赤に焼けた大地など関係ないかのようだ。

「よし、降下して戦うぞ!!」

「ええ」

セシルが返事をする中、号令を合図に、上空にいた鳥Bの召喚獣は敵めがけて走る虫Bたちの後方に降下した。咄嗟(とっさ)に離脱できるように、地面すれすれで低空飛行を保つ。

「ドラドラ、ケロリン、ハラミ、フカヒレ、ゲンブ出て来い！」

竜Bの召喚獣を10体、獣Bの召喚獣を4体、魚Dと魚Cと魚Bの召喚獣を1体ずつ召喚する。

これで召喚獣は全て出し尽くした。今の状況で用意できる、ベストな布陣と言っていいだろう。

魚系統を除いて召喚獣たちは、突き進む魔王軍に迷わず向かっていく。

全てを飲み込み魔王軍が突っ込んで来る。

(全力で来い、全て薙ぎ払ってくれる)

アレンはヌルゲーが嫌でこの異世界にやって来た。目の前の光景が、ゲームに明け暮れて画面いっぱいの敵を倒していた日々を思い出させる。高揚感を抑えながら、どうすればより多くの魔獣を倒せるか考えをめぐらせる。ここで十分な数を減らさなくては、ティアモの街にいる女王も避難民も兵も死んでしまうのだ。

せっかく1万体まで増やした子アリポンは、魔獣の数とその勢いでどんどん数を減らしていく。

魔獣たちは攻められても一切躊躇(ちゅうちょ)なく、子アリポンを攻め続ける。

ドゴラとクレナが最前線に出て武器を振るい、魔獣を狩り始める。

「クレナとドゴラはしっかり子アリポンを壁にしながら戦ってくれ！」

「うん、分かった！」

「おう！」

アレンの指示に応え、2人は前面を埋め尽くす子アリポンの後ろにポジションを変える。上空にいる魔獣には、竜Bのブレスやフォルマールの弓矢、セシルの魔法が対応する。しかし総勢100万の魔獣はアレンたちに目もくれず、目標であるティアモの街陥落のため、前進を続ける。

（やはり魔王軍は、わざわざ俺らを倒してから進むなんてことはしないよな）

「ティアモに向かった魔獣には一旦構わず、今は目の前の魔獣を倒すぞ！　あとから最前線に移動する！」

「逃げ腰かよ！　1体でも多く倒してやらあ!!」

背を向けて走る魔獣たちにドゴラが吠える。

「落ち着け！　戦場の空気に飲まれるな！」

興奮状態で魔獣に突っ込もうとするドゴラに、アレンは冷静になるよう呼びかける。魔王軍の軍勢が、端（はな）から自分たちを相手にしないことは織り込み済みだった。目の前の敵を倒し終えたら鳥Bの召喚獣で移動し、前進している魔王軍の前に躍り出て同じように戦う。なるべく最前線の魔獣を退け、ティアモに到達するのを少しでも遅くしなければならない。

＊　＊　＊

アレンたちが街を発って3日。太陽はすでに十分に昇り、およそ10時過ぎだ。

本来であれば昨日やってくるはずの魔王軍はまだやって来ない。アレンたちの遅滞戦術が成功したのだ。

この3日間、ティアモの街では避難民をネストへ送ったり、復帰した兵を連れて来たりと、魔導船が何便も行き来していた。外壁のさらに外側を、急ごしらえだが、北側の外壁よりも更に広い幅を防壁が三重に取り囲んでいる。街の北側から魔王軍を迎え撃つつもりだ。

この壁は、この3日間でエルフの精霊魔法使いたちが石の塊を積み上げて作ったもので、上には既にエルフの各部隊が隊列を組んで待機している。

魔導船の再開によって、ティアモの戦力は30万にまで達した。兵士たちは皆、5キロ四方の街をぐるりと囲む壁に沿って守備態勢を取っている。積み上げた塀の高さは実に5メートルにも達するが、まるで海岸の消波ブロックのように無造作に積み上がっているため足場が良くない。石積みの後ろでは、前方を窺いつつ精霊魔法使いや弓隊が緊張の面持ちで待機していた。

街から離れたところで待機させていた斥候部隊のもとで、スキル「狼煙（のろし）」の煙が上った。魔王軍の襲来を示す合図だ。アレンが借りた斥候部隊の一部は従来どおりの任に就き、街から離れたところで敵がいつ来るのかと固唾（かたず）を飲んでいた。その彼らがいる場所から、ふいにスキル「狼煙」の煙が上がる。

「来たか。配置に就け。作戦のとおりだ！　3層目、攻撃態勢！」

「「は！」」

エルフの将軍が、外壁の一番外側を守備する部隊に攻撃の指示をする。同時に轟音が聞こえ、地面や積み上げた岩が揺れ始めた。ローゼンヘイムののどかな光景が魔王軍の行軍により踏み荒らされていく。

魔王軍は真っ直ぐ一塊になって、北門の突破を目指して来た。

「来たぞ！　女王陛下をお守りするのだ!!」

「「「おおおおおぉおおおおおぉおお!!」」」

弓隊の矢が魔王軍に降り注ぐが、軍勢は物ともせずに突進して来る。真っ直ぐ進む魔獣の群れが一番外側の壁に激突した瞬間、石積みが地響きを立て大きく揺れ、そこかしこで崩壊していく。石積みの一つひとつは1メートルを超える大岩だが、Bランクの魔獣たちは造作もなく壁を崩していく。

エルフたちは必死に矢や精霊魔法で応戦するが、とても間に合わない。

将軍がこのままでは持たないと判断し、撤退を指示する。

「退け!!　退くのだ！！！」

街から一番外側の3層の崩壊と共に、3層に配置した部隊は街に戻り外壁に上がり、この後の戦いに備える。

そして、2層目もたちまち決壊してしまう。3日間魔力の限りを尽くして築いた石積みが崩壊する様子を、外壁の上の将軍や兵たちは指をくわえて見ているほかなかった。これでローゼンヘイムも終わりか、希望は無いのか。圧倒的な数の暴力を前に、エルフたちの間に絶望が広がる。

1層で守備部隊が戦い始めたとき、1層を任せた将軍の前に空から巨大なグリフォンが舞い降り、中空でホバリングした。その背中には、黒髪の少年が跨っている。

「もう始まっちゃっている。最後の群れを叩いたのは余計だったか？」

「でも、まだ外壁には達していないわ」

セシルと会話しながら、1層と外壁の間にいる将軍たちにアレンは急ぎ要件を伝える。

「これから参戦します。これ以上の侵攻はなるべく食い止めますので、上からの応戦お願いしますね」

既に40万体近くの魔獣を倒していること。残り60万体の魔獣を倒せば勝利することを伝える。

「う、うむ。だが……」

何か言おうとした将軍の言葉を待たず、アレンはまた飛び立ってしまった。

（さて、召喚できる数は50体か。Bランクの魔石の数は残り3万個だが、こんなもんか）

現在召喚できる枠数と魔石の残数を確認する。ティアモ攻防戦と各個撃破で13万個まで増やしたBランクの魔石は、召喚獣と天の恵みの生成で3万個まで減ってしまった。

「アリポンたち、ドラドラたち、ケロリンたち、ハラミ、フカヒレ、ゲンブ出て来い！」

虫Bの召喚獣が20体、竜Bの召喚獣が22体、獣Bの召喚獣が4体、魚Dと魚Cと魚Bの召喚獣が1体ずつ、鳥Eの召喚獣を1体。計50体をフルに召喚する。今この場では、これがベストな布陣と考えた。

召喚獣を一気に召喚し、虫Bの召喚獣に産卵させて陣形を組んでいく。

そうこうしているうちに最後の石積みも突破され、魔獣が外壁に迫る。1層にいたエルフ軍は外壁に向かって移動し、応戦するようだ。

アレンは、言葉を理解できるかもわからない、興奮しきった魔獣たちに話しかけた。

「腹が減っただろ。お前らには兵站（へいたん）の概念が無いみたいだな。いやさすがにあるか」

魔獣たちは少なくとも3日3晩、ほとんど食事にありつけていないようだ。兵站もなく、捨て石のように数合わせに魔獣たちは使われたようだ。そこから敵将の思考を推察する。

「来たぞ！！！　弓隊、精霊魔法隊、攻撃を開始せよ！！！！」

「「おおおおおぉおおおおおおおおぉおお！！！」」

3層全ての石積みを破壊した魔王軍に、外壁の上から攻撃を開始する。しかし、魔王軍の侵攻を食い止めるには至らず、魔獣は外壁を目指してどんどん進む。

（さて、援護をしてくれよ）

最後の1層で守備についていたエルフたちが、石積みから避難したことを確認し、召喚獣に指示を出す。

「ドラドラたち、火を噴け!!」

『『『おう！！！』』』

アレンの命令に応え、23体の竜Bが魔王軍を灰にしていく。

「セシルは3層の石積みよりかなり先にプチメテオを頼む。最後に避難したエルフたちが街に入るまで、魔王軍の侵攻を抑えたい」

1層の防壁から脱出したエルフたちの避難を優先させる。

「分かったわ」

アレンはセシルのために天の恵みを使う。

アレンは魔獣と外壁の間の１００メートルほどの距離を確認し、街に被害が出ないことを確認してセシルにエクストラスキル「小隕石」を使ってもらう。

「プチメテオ！」

外壁のはるか彼方に、巨大で真っ赤に焼けた岩が落ちる。轟音と共に後方の魔獣たちの絶叫が広がるが、しばらく経つと魔王軍は押し寄せるように真っ直ぐ向かって来る。

竜Bと虫Bの召喚獣たちに子アリポンの軍隊で構成する召喚獣と、アレンの仲間たちが魔王軍の進行を必死に抑える。今の構成で背後の外壁は守られているが、進軍の範囲が広すぎて、北側の外壁の東西の端まではアレンの指揮が及ばない。エルフたちには外壁の上では東西にも厚く布陣を引くように言っている。

（もう少しドラドラを多くしないと、東西の外壁から崩れてしまうぞ）

目まぐるしく移り変わる戦況の把握に努める。

虫Bの召喚獣と子アリポンで数の差を少しでも補おうとしているが、子アリポンは所詮Bランクの魔獣程度のステータスしかない。これでは殲滅速度が遅すぎる。じっくり攻め滅ぼすシチュエーションなら子アリポンは有効だが、この戦況で十分な働きをしているとは言い難かった。鳥Eの召喚獣を使い、戦場全体を共有で俯瞰していると、北壁の東西の端に激突し、エルフたちが必死に応戦していることが分かる。

（おお！　精霊使いも戦っているな）

北壁の東側。その上には、精霊使いガトルーガが立ちはだかり、ぬいぐるみのようなふわふわした精霊や、神秘的な羽の生えた精霊を使役して戦わせていた。ローゼンヘイム最強の男が、魔獣をどんどん屠っていく。初めて精霊を見たなと思ったが、初めて見た精霊はしゃべるモモンガだったことを思い出す。

（さて魔石よ、持ってくれよっと。アリポンをしまって、ドラドラを増やして……）

竜Bの召喚獣を生成するためにはBランクの魔石が29個必要だ。しかも虫Bの召喚獣を減らせば、子アリポンも一気に減るため狙いは竜Bに集中する。竜Bがやられるたびに再生成すれば、魔石がさらに減っていくのは明らかだ。しかし、今は殲滅速度が何より大事だと踏んだアレンは、このタイミングで特技の力が存分に発揮される竜Bに賭けることにした。

思ったとおり、敵の攻撃は執拗にブレスで攻める竜Bの召喚獣に集中する。竜Bが倒されるたびに、アレンは高速召喚でどんどん数を元通りにした。その間、再召喚した竜Bの召喚獣に、クールタイム1日の覚醒スキル「怒りの業火」を使わせることも忘れない。使わずにやられてしまったら、勿体ないでは済まない状況だ。

魔石の消費に比例して殲滅速度が上がっていくのを感じる。それにしてもこのペースで竜Bを倒すとは、敵もさる者だ。

（これだとすぐに魔石の在庫が切れるな。さすがだと言っておこう）

アレンは心の中で、敵に賛辞を贈る。

竜B主体の構成に変えたため、収納の魔石がすごい勢いで減っていく。

「クレナとドゴラはAランクをメインで狙ってくれ！　Bランクはセシル、フォルマール、ドラドラとアリポンで頼む!!」

「うん、任せといて。アレン」

クレナの元気な返事に安堵する。圧倒的な数の暴力で攻めてくるBランクの魔獣は、セシルの魔法、フォルマールの矢、ドラドラとアリポンでカバーする。放っておくと召喚獣がやられ、消耗が激しくなるAランクの魔獣はクレナとドゴラに優先して狙わせる。

（あと1時間どころか30分もせずに魔石が切れる件について。いける作戦だと思ったんだが）

湯水のごとく使ってきた魔石の残数は５０００個を切った。

そんな中、魔王軍の行軍から少し離れて並走している1人のエルフを、鳥Eの召喚獣が捉える。エクストラスキルを発動しているようだ。

（お！　来た来た!!）

体全身が陽炎のように揺らめいて見える。そのエルフは肩から大きな袋を引っ提げて、必死にティアモの街を目掛けて走っていた。数十万に及ぶ異形の集団が、同じ方向に向かっていく。

そのエルフは「何でこんなことを」と思っていた。今はローゼンヘイム存亡の危機であり、こんなことをしている場合じゃないはずだ。自分は斥候なのだから、情報収集をしろというなら敵軍に落とされた街への潜入も辞さない。それが女王陛下を守ることにつながるなら命すら惜しくはない。

しかし……。斥候部隊の上官の指示は絶対だ。不本意な任務を命じられたエルフは、煮え切らない気持ちのまま、指示された物を限界まで袋に詰め込んで担ぎ、ティアモの街目掛けて走っている。

前方では3層からなる石積みが崩れ、今や魔獣たちで辺りは埋め尽くされている。一瞬絶望感に襲われるが、その先にある北側の外壁はまだ抜かれていなかった。

安堵したエルフはそのままルートを変え、ティアモの街の東側の門へと回り込む。正門はぴったり閉じられているので、門番用の通用口を解錠し、そのまま突っ走っていく。

門の先は平時ならにぎやかな大通りだが、今は誰一人いない。エルフは全力で走り、街の北を目指す。全力で走った先、北側の壁の内側には斥候部隊の部隊長がいた。

「魔石を持ってまいりました!!」

息を整える間もなく、直立不動で報告を行う。

「うむ、ご苦労であった！　アレン殿の元に行き、指示を仰ぐように」

「は！」

２人のやり取りをよそに、ほかのエルフたちは魔獣を外壁に近づけないため必死に戦っていた。

壁の内側でも、兵士たちは大わらわだ。回復職は引っ切りなしに回復魔法をかけ、精霊魔法使いは次々と攻撃魔法を飛ばし、弓隊も手を止めることなく矢を射続ける。

魔石を運んできたエルフは「外に出よ」と命じられ、通用口から躊躇(ためら)わず魔獣が群れなす壁の外へ躍り出る。

（ふう、間に合った。こっちへ来い来い）

まもなく魔石が無くなるところだ。既にＢランクの魔石は１０００個を切っている。

斥候部隊のエルフは袋を担ぎながら駆け寄ってきた。アレンが召喚獣を使って魔獣を寄せ付けなくさせていたため、安全地帯があり、外壁を出るとすぐにアレンの元に駆け寄ることができたのだ。

「えっと、すみません。この穴に魔石を流し込んでください！」

「え?」

アレンの正面には、１メートル四方の穴が開けられている。深さも１メートルくらいだ。

「早くお願いします！」

「は、はい！」

斥候部隊のエルフは訳も分からず、言われるがままに袋一杯に詰め込んだ魔石を流し込んだ。

「これでどれくらいありますか？」

「5000個くらいです」

「助かりました」

「は、はあ」

斥候部隊のエルフが意味も分からず、魔石が穴からあふれることを心配していると、なぜか魔石は入れたそばから嵩(かさ)が減っていく。その様子は、まるで底なしの穴に吸い込まれていくようだった。

（うしうし、これなら魔導書が見えないエルフたちからも魔石が補給できるぞ）

この穴はモグラの形をした獣Fの召喚獣に掘らせたものだ。穴の中には収納ページを開いた魔導書が置いてある。エルフの斥候には魔導書は見えないので、魔石を入れてもらう場所を、穴を掘ることで示したのだった。

（これで、まだ戦える。お、ちょうど来た来た!!　どんどん来たぞ！！）

アレンが歓喜の表情で、鳥Eの召喚獣と共有した光景を確認する。そこには10人以上のエルフたちが、大きな袋を担いでこちらへ向かってくる姿が映し出されている。エクストラスキルにより考えられない速度に達した斥候部隊のエルフたちは、門番用の通用口を抜けて瞬く間にアレンの元にやってきた。

「「「持ってきました！！！」」」

エルフたちはアレンの説明に倣い、どんどん穴へ魔石を流し込んでいく。兵たちは魔石が穴に呑まれる光景に疑問を持ちながらも、黙々と作業に徹する。

「ありがとうございます」

アレンは命がけで任務を遂行した彼らに、心からお礼を言った。斥候部隊は理不尽な指示を受けることが多い。これまでローゼンヘイムを侵攻する魔王軍の総数や、進行方向を確認してきたのも斥候部隊だった。いつも無理難題を押し付けられるため、戦場で最初に死ぬのは斥候部隊といわれている。

かつてクレナが誘拐されたときに戦ったダグラハという元斥候が、世界を恨み、上官である貴族たちを恨み、暗殺者に身を落としたのも、学園で斥候の役割を学んだときに分かる気がした。

(ともかくこれで、Bランクの魔石を5万以上は補給できたぞ。うん、まだまだ来るな)

最初の一団からさほど待たずに、次の一団がやって来た。今度は30人以上いるようだ。

今回魔王軍の攻めはとてもシンプルだ。数で圧して、エルフの女王がいると思われるティアモの街を陥落させる。それだけだ。

それに対抗するアレンの作戦も、また単純なものだった。

まず3日3晩かけて、魔王軍の正面から魔獣を倒し続ける。魔王軍が構わず突っ切ってきたら、また正面に回り込んで同じことをする。その結果、この魔王軍の進行方向には、アレンたちが3日3晩かけて倒した魔獣の死体が40万体ほど転がっていた。ティアモの街から北には、累々と魔獣の死体が横たわっている状況だ。

エルフの斥候部隊3000人に、そこから魔石を回収してもらった。そして素早さを上げるエクストラスキルを持つ1000人に、魔石をまとめて運んで来てもらったのだ。

つまり斥候部隊による魔石の補給、これこそがアレンが兵を借りてやりたかったことだった。

今まさに、大袋一杯に魔石を詰めたエルフたちが、ティアモの街へ続々と到着している。途切れることなくやって来たエルフ100人全員が、穴の中に回収した魔石を全て流し込んだ。

(これで魔石が30万個以上になった。さて始めるか)

アレンは竜Bの召喚獣を一度削除して再生成を行い、新たに20体の竜Bの召喚獣を出す。

「ドラドラたちよ、準備は整った。怒りの業火を全力で使うときだ」

『『待っていたぞ!!　我が主よ!!!』』

傲岸不遜な竜Bの召喚獣たちが一様にニヤリと笑い、巨大な顎を開くと虚空から何かを飲み込んでいく。すると特技の数倍の光源が口の中で輝き、次の瞬間炎をぶちまける。たちまち消し炭になる1000体近い魔獣たち。20体の竜Bの召喚獣が一斉に吹き出したブレスは、焼き尽くすというより、消し去るといった表現の方が正しいほどの威力だった。

再びアレンは高速召喚を使って20体の竜Bの召喚獣を削除し、再生成する。

竜Bの召喚獣の覚醒スキルは1日1回しか使えない。そのため再召喚を繰り返すのだが、魔石の消費量がすさまじい。しかしアレンは惜しげもなく魔石を消費していく。

「どんどん行くぞ!　怒りの業火をぶちかませ!!!」

『『おう!!!』』

アレンは竜Bの召喚獣に覚醒スキル「怒りの業火」を使わせ続ける。そのために20体でBランクの魔石580個を、再生成のたびに消耗する。

アレンは状況により、意識的に魔石の消耗速度を変えていた。

最初のティアモ攻防戦では魔石の在庫が1000個まで減ったので、虫Bの召喚獣を主体に挟み撃ちで戦った。次に行った100万の軍勢に対する遅滞戦術のときは、討伐を優先して竜Bの召喚獣を多めにし、1日当たり2万個強の魔石を消耗した。

今はその比ではない。この戦いを総力戦と見たアレンは、1時間に5万個ペースで魔石を使い、魔獣たちを消し炭にしていく。

そして、初めてアレンたちの陣が魔獣を圧し始めた。アレンたちの殲滅速度が、数の暴力で攻めることにした魔王軍をとうとう上回ったのだ。

アレンは鳥Bの召喚獣に乗ったまま、竜Bの覚醒スキルの攻撃範囲に魔獣をおびき寄せながらゆっくり前へ進んで行く。

既に3層目の石積み付近まで軍勢を押し返し、向かってくる敵を倒していく。そしてとうとう、北門の魔王軍をすっかり殲滅した。

「よし、今度は西側に回り、倒し切れなかった魔獣たちを倒すぞ」

「ああ、まだ終わってねえな!!」

戦争が始まってからずっとドゴラの士気は高いままだ。アレンは北壁の東西にバラけてしまった魔王軍約10万体を追い打ちにするよう、仲間に呼びかけた。

東側には精霊使いガトルーガがいるので、北壁の西側に狙いを定める。弱い方に加勢する形だ。

「ば、化け物だ……」

アレンたちの戦いぶりを見て、外壁の上にいる兵たちが思わず口にする。魔獣がいなくなっていき安堵すべきなのに、震えが止まらない。魔王軍を一瞬で燃やし尽くしていく。それは、人智を超えた一方的な大虐殺であった。
こうして、１００万の魔王軍の軍勢との戦いが終わったのであった。

第八話　軍事会議にて②

アレンは結局、この戦いでBランクの魔石を20万個も消費した。100万体に達した魔王軍の魔獣のうち、40万体を遅滞戦術で3日掛けて倒し、防衛戦ではさらに40万体ほどをたった1日で狩ったのだから無理もない。残りの20万体ほどは殲滅する過程で散り散りとなって、ティアモの街から逃げて行った。それはもう、戦い抜く気概もないただの獣であった。2度目のティアモ攻防戦も完全勝利と言っていいだろう。

あまりに大きな戦果のため、アレンから直接話を聞いた将軍たちは事態をうまく飲み込めない様子だったが、全ての国民を勇気づけるニュースなので、速やかに御触れを出すことにした。同時にアレンの協力を仰ぎ、召喚獣を使ってネストをはじめとするほかの街にも今回の勝利を伝えた。

日が沈んだ後も、「精霊王様万歳！」「女王陛下万歳！」と両者を称える声が、街のあちらこちらで聞こえる。アレンの存在は今なお公にされておらず、全ては精霊王の奇跡と、女王を救うために命を懸けた兵たちの働きによるとされている。

ハープを弾く吟遊詩人の唄を聞きながら、木製のコップをゆっくり傾けてお酒を楽しむエルフたち。これがローゼンヘイムの夜の本来の姿だった。

そんな街の風景と違い、緊張感が漂う場所がある。エルフの女王のいる広間だ。

「こ、来られたぞ」

「怖じ気づくな。我らは仲間だ」

「わ、分かっている。しかし、お前は外壁の上にいなかったから知らないのだ。あれは人が手にしてよい力ではない……」

緊張感で張り詰めた女王の間に、アレンと仲間たちがやって来た。今日の戦果と、今後について話をするためだ。

(風呂に入って、飯を食うと眠くなるな。ん？　精霊王は今日もぐっすり寝ているな。ヘソ天ってやつか)

エルフの女王の膝の上で、モモンガの姿をした精霊王が眠っている。野生の本能を忘れたような、無防備な寝姿だ。アレンは「いや、そもそも精霊王だったな」と思い直す。

「今回も素晴らしい働きでした。誠にありがとうございました」

「はい。急なことだったので作戦らしい作戦ではありませんでしたが、ティアモの街が落ちずに済んで良かったです」

(いやまじで本当に良かった。あれは２００万体で攻められていたら終わっていたぞ。魔王軍が攻めの速さを優先して、軍を十分に集めなかったのが幸いした)

アレンは「皆で力を合わせたお陰で守りきれました」と続けた。魔王軍１００万体の魔獣のうち、少なくとも70万体はアレンたちが倒したが、エルフの斥候の活躍や、ティアモの街の北部のチームワークあっての勝利だったとアレンは考えている。

今回の戦いは何をするにもギリギリだった。魔獣の数が２００万体なら、きっと攻め落とされていただろう。魔王軍側が100万いれば倒せるだろうという判断ミスも味方してくれた。

（それにしても、レベルは63まで上がったのに、まだ「指揮化」が解放されていないんだが？）

アレンは、ローゼンヘイムに来てからずっと経験値を得続けている。その数値はダンジョン攻略をしていた日々の比ではない。学園で勇者ヘルミオスと戦ったときに55だったアレンのレベルは、63まで上がっていた。しかし魔導書でステータスを確認すると、今も「指揮化」の横に表示された〈封〉の表示が消えていない。

「それで、これからどうすればよいかな、アレン殿？」

女王の横に立つシグール元帥がアレンに話しかける。

エルフの国のことだ、大まかな作戦はエルフが決めた方がいいのではとも思ったが、聞かれたので答えることにする。

「はい、今回の戦いで魔王軍の魔獣の数は半分近くに減ったはずです」

「たしかに、報告が正確なら残り170万体といったところだ」

「しかし、魔王軍がこのまま引き下がるとは思えません。予備兵力を投入し、新たな一手を打ってくることを想定すべきでしょう」

アレンは、魔王軍が1度目の退却からすぐさま兵力を束ね、再度侵攻してくるまでの動きを思い出していた。北へ逃げた魔王軍を追い回していなかったら、あんなに早く引き返してくるなど思いもよらなかっただろう。

「では、どうするのでしょう？」

女王がアレンに問いかける。ここにいる全員がアレンの戦力を理解しているため、一様に判断を仰いだ。

「まず、魔王軍が今回のように数で攻めてきても、耐えられるようにしないといけません」

「では、やはりラポルカ要塞を……」

「はい」

シグール元帥は、アレンの「大軍に耐える必要がある」という言葉だけで、次に何をすべきか理解した。前世の世界でもそうそうないであろう、巨大な山脈、はるかに続く峰に、首都フォルテニアは囲まれている。天然の要塞というにはあまりにも大きな山々の中腹にラポルカ要塞はある。

フォルテニアを守る要塞のいくつかはこの地形を生かしており、魔王軍が攻めて来るまでは不落の砦として国外にも知られていた。

その1つがティアモから馬車で10日ほどかかる場所にある砦、ラポルカだ。アレンはこれを落とすべしと言っているのだ。

「たしかに、大軍に対抗するには要塞の攻略が欠かせぬ。しかし、ティアモからラポルカまでの道中には、既に落とされた街があるぞ。ここに待機する魔獣はどうするのだ？」

シグール元帥は、ラポルカ要塞より前に落とすべき街を奪還すべきだと提案する。ティアモの街からラポルカの要塞までの間には、それなりの大きさの４つの街が点在している。

魔王軍はこういったところにも魔獣を万単位で待機させているのだ。

「そうですね。たしかに今回の魔王軍１００万体のうち40万体は、占領された街から集まって来たようでしたし、魔獣が減った今なら防御は手薄でしょう。しかし今は、要所でもない街の奪還に戦力を浪費している時間はありません」

街を奪還するというのは、ラポルカ要塞を手に入れるまでの時間も浪費するということだ。要塞を落とすまでに、４００万体はいるという予備兵力のうち１００万体でも投入されたら、今度こそティアモの街も含めて全てが終わるかもしれない。

アレンの言葉を受けたシグール元帥はしばらく考え始める。そして、自分の発言がローゼンへイムの未来を左右するかもしれない、そんな覚悟で決断した。

「たしかに、ネストにまだ待機している兵を含めて、総力でラポルカ要塞攻略に向かうときだな。それぞれの街の兵力を集め、30万の軍を編成しよう」

30万といえば、全エルフの兵の半数だ。

「ありがとうございます。兵を集めるまでにどれくらいかかるでしょうか？」

「そうだな。魔導船を総動員して、ティアモを発つまでに6日……いや、5日は掛かるだろう」

（ティアモを発つまでに5日、そこから進軍して10日ほど……合計15日か。いや、行軍中も魔獣が襲って来るだろうから、それ以上に時間が掛かるだろう。まさに時間との戦いだな）

軍の行動というのは時間が掛かるものだ。ティアモの街からラポルカ要塞間にある占拠された街を度外視してもざっと半月。時間を無駄にしないため、アレンは次に何をすべきか考える。

「では、その間に私は逃げた魔王軍の掃討をします。それに、ラポルカ要塞の攻略法についても検討してみます」

今回取り逃がした20万体の魔獣が、いくつかの塊になって逃げている。これらがエルフの行軍に鉢合わせすれば邪魔になるし、せっかく固まって動いているのだから、これらをまとめて退治できれば魔石も回収できて一石二鳥だ。

【今回倒した魔獣80万体の魔石の内訳及び分配】
・アレンが40万個（うち20万個は今回の防衛戦で消費）
・ローゼンヘイムが20万個（魔導船に10万個、天の恵みに10万個）
・竜Bのブレスで消し炭になったのが20万個

アレンが持っている魔石の在庫を魔王軍の残党を殲滅することで進軍までに少しでも増やそうと考えている。Aランクの魔石は全てアレンが貰うということで話がついていた。

アレンは霊Bの召喚獣の方を向き、心の中で霊Bの意識に話しかける。

（エリー、3体で先行してラポルカ要塞へ潜入してくれ。中の情報が知りたい）

『承りましたデスわ』

霊Bはすーっと壁を抜け、ふわふわと飛び立っていった。

新たな戦いに向けて、早くも動き出すアレンであった。

＊＊＊

ティアモ攻防戦の翌日、アレンたちはティアモの街から10キロほど北上した場所にいる。

「結構作ったみたいだけど、まだ必要なの？」

「ああ、そうだな。今度は攻めに転じるんだから、多分これからもっと必要になるんじゃないかな？」

アレンは鳥Bにセシルと向かい合って座りながら、天の恵みの生成を行っている。桃に手足の生えた姿の草Bの召喚獣を召喚すると、手に持った鉢植えの上で覚醒スキルを使用した。すると高さ1メートルほどの木が生え、実った実が鉢植えに転がる。それをセシルが拾い、収納に入れていく。


今回の防衛戦で20万個の魔石がローゼンヘイムの取り分だったが、そのうち10万個から天の恵み2万個を生成する必要がある。これまでエルフ兵たちの戦いは、外壁や壕で守りを固めた防衛戦がメインだった。今後は、自らの国を取り戻すために進軍しなくてはいけない。

今後、負傷する兵はこれまで以上に増えるだろう。死亡リスクを減らすには、殲滅速度を上げるための魔力の回復、そして瀕死の重傷の治癒ができる天の恵みが必要不可欠だ。


「なんというか、相変わらずね」

「ん？」

「ミスリルの採掘権を手放したときも、アレンは見返りを求めなかったよね」

セシルは自身の家系であるグランヴェル家がカルネル家の策略によって困窮しているときに、アレンが自ら得たミスリルの採掘権を譲渡したことを思い出していた。アレンは悪いことばかり考えているようでいながら、お礼を求める相手は選ぶようにしている。

結局そのときアレンが手に入れたのは「グランヴェル家の客人」という名誉だけだったが、グランヴェル家の台所事情を知るセシルからすると、あれがグランヴェル家にとって精いっぱいのお礼だった。

「まあ、無い袖は振れないって言葉があるからな。無理にたかってもしょうがないだろ」

「何それ？」

セシルは「無い袖は振れない」の意味が分からなかったようだ。セシルに前世の諺について説明すると、セシルがふんふん言いながらアレンの話を聞いた。

ローゼンヘイムは極貧の国になった。領土の7割を魔王軍に侵攻され、多くの街が火の海になった。現状を完全に復興しようと思えば何年かかるだろうか。

ギアムート帝国はこの状況を見て、さっそく食料などの支援を始めた。ここでたっぷり恩を売って、これまで割高だったエルフの回復部隊の遠征代金を安くしたり、門外不出のエルフの霊薬を買い付ける交渉材料にしたりするつもりだろう。ここ数日、ローゼンヘイムの会議ではそんな話も議題として挙がっていた。アレンはこの状況を理解しているので、無償で天の恵みを作ってあげている。

「さて、見えてきたな。魔獣は3万体くらいかな」

（昨日から飛んでいたからエリーがそろそろ到着しそうだな。さて俺もレベルを上げなくては）

スキル「指揮化」は、レベルが63になった今も解放されていない。どこまでレベルを上げれば封印が解けるか分からないが、レベルを上げて悪いことはないので、今はひたすら経験値を得ることにしている。そのためには、1体でも多くの魔獣を狩る必要があった。

目の前に2万程度だろうか。よさげな数の魔王軍の残党の塊がいる。

「じゃあ、セシル様。初撃をよろしくお願いします」

「うむ。まかされた」

アレンの冗談めいた口調に返事をしたセシルは、鳥Bの上でおもむろに立ち上がった。
そして、エクストラスキル「小隕石」を発動する。魔王軍の残党狩りが始まった。

＊　＊　＊

アレンたちのいる地点からはるか北には別働隊がいる。霊Bの召喚獣を中心に、鳥FとEとDの召喚獣1体ずつで編成された部隊は、アレンの指示で北上を続けていた。

『見えてきたデスわ』

別働隊が山の中腹に作られた堅牢な要塞都市を発見する。住居など、街の機能としてはそこまで多くはないが、30万人のエルフの兵が入るには十分な大きさだ。

これこそがラポルカ要塞だ。この要塞内部の情報を手に入れ、何としても攻略をしたい。

アレンは共有を使い、要塞の全貌をまじまじと観察する。

（これは落とすのに苦労するぞ。でもラポルカ要塞を落とせば首都フォルテニアが見えてくるはずだ）

ラポルカ要塞を抜けて馬車で5日ほど移動すると、陥落した首都フォルテニアが見えてくると聞いていた。

【最南端ネストの街からの馬車換算の移動日数（1日当たり30キロメートル）】
・馬車で30日　ティアモの街

・馬車で40日　ラポルカ要塞
・馬車で45日　首都フォルテニア
・馬車で１１０日　最北の要塞

「それにしても……」

　5大陸で一番小さい島国と聞いていたアレンは、ローゼンヘイムの想像以上の広さに驚いていた。前世でいうところの面積はオーストラリアよりも、すこし大きいぐらいはある。中央大陸はローゼンヘイムより3倍以上大きいというから、守備に回っている勇者の苦労も偲ばれる。

　さて、ラポルカ要塞の観察を続けていると、霊Bが要塞の入り口を発見した。左右を2体の門番が固めている。体長10メートルほどのAランクの魔獣だ。

（ふむふむ、鎧系の魔獣だな。A級ダンジョンの最下層で見かけたぞ。グレイトウォーリアーって名前だったか）

　アレンは即座に、霊Bの召喚獣たちに指示を出す。

（エリー、正面から入る必要はない。上空にいると発見されるから、地上に降りて適当なところから潜入して）

　要塞の上空には大きな目玉をぎょろぎょろさせた蝙蝠が何体も飛んでいた。ティアモの街でも見かけた、索敵担当の目玉蝙蝠だ。ダンジョンでは見かけなかったので、魔王軍にいる特有の魔獣なのかもしれない。

『畏まりましたデスわ』

霊Ｂの召喚獣はアレンだけに聞こえるよう小さく呟いて、目玉蝙蝠が気付かないうちに山の斜面すれすれへ降り立った。アレンが霊Ｂの召喚獣を３体先行させたのは、ラポルカ要塞がかなり広いと聞いていたからだ。ここからは、手分けして中を確認させる。

（ふむふむ、要塞の外壁の上も魔獣で一杯か）

霊Ｂの召喚獣は魔獣に気付かれないよう、気をつけながら要塞の壁をすり抜け、無事に３体とも中へ入って行った。鳥ＦＥＤの召喚獣は木に止まって、観察を続けながら待機する。

＊＊＊

内部に侵入した霊Ｂの召喚獣たちがまず目の当たりにしたのは、要塞をわが物顔で闊歩する魔獣たちだった。

首都北部の要塞、そして首都と、続けざまに陥落した際に多くの兵が命を失った。そのため、大量の魔獣が占領する首都に近いラポルカ要塞で籠城すれば、攻め入られたときの対抗策が打てない。そう踏んで、何日も粘ることなくこの要塞を明け渡し、ティアモの街まで退却した。

（……お陰で、要塞としての機能は健在と）

戦いの痕跡はいくつもあるものの、未だ要塞としての機能は十分に見える。

霊Ｂが探索を続けていると、ふいに剣を握った骸骨と視線が合う。同様を隠しつつ霊Ｂの召喚獣たちが軽く微笑み、横を通り過ぎていくが襲ってこなかった。どうやら、霊Ｂを敵と認識していないようだ。

（イケるとは思ってたけど、いざ目が合うと緊張するぜ。それにしても良かった、やはり襲ってこないな）

アレンは学園でローゼンヘイムの窮状を聞かされたとき、いつか魔王軍に占領された街や要塞を奪還する流れになると踏んでいた。その際、霊Ｂの特技は潜入活動に役立つ。だからこれまで霊Ｂの召喚獣を戦闘に参加させず、連絡係に専念させることで、その存在を隠してきた。

霊Ｂの存在を知らない魔獣にとって、召喚獣である霊Ｂが敵に見えるか、味方に見えるかは、言うまでもないだろう。つまりアレンは、霊Ｂが魔獣に敵意さえ向けなければ、襲われることはないと踏んでいた。

（よし、いいぞ。このまま一番大きな建物を目指そう。ボスみたいなのがいるかもしれない）

『はい、畏まりましたデスわ』

３体の霊Ｂは、要塞の中央部に作られた堅牢な建物を目指す。

（大型の魔獣はあまりいないな。まあエルフのサイズで作られた要塞だからな。スケルトンなどの魔獣が多いと。これならエリーたちが溶け込めて好都合だ）

襲われないと確信した霊Ｂたちは無遠慮にずんずん進む。やはりすれ違う魔獣のサイズはせいぜい人間の倍くらいで、竜系統など大型のものはいない。剣を持った骸骨や、ローブの中に何もない魔獣が辺りをフラフラしている。

堅牢な外壁に守られた街並みを確認しつつ、やがて親玉がいそうな建物の前に到着した。入り口には番人がいるので、とりあえず１体だけ入り、残り２体は巨大な要塞の攻略経路を探すことにする。番人の魔獣たちはわが物顔で通り過ぎる霊Ｂの召喚獣をチラ見したが、すぐに真っ直ぐ向き直った。味方だと思ってくれたのだろう。

（魔族とか魔神はいるかな）

建物内部に侵入した霊Bの召喚獣。その視界を通して見るラポルカ要塞の中枢では、やはり剣を持った骸骨があちこちを闊歩している。

（さて。エリー、まずは厨房を探して）

『承りましたデスわ』

アレンの指示で霊Bの召喚獣が建物の中をうろうろ探すと、2階の端で厨房はあっさり見つかった。怪しまれないのをいいことに堂々と中へ入って行くと、奥から頭にコック帽、エプロンをした2足歩行の豚が出てきて怒鳴りつけられる。

『おう、どうした！　食事はまだだブ！』

豚の剣幕に霊Bがうろたえている。アレンは魔獣の残党狩りを続けながら指示を出す。その合間に天の恵みの生成も行っているので、さすがに忙しい。

（「お茶をお持ちするように言われまして……」と言って。おどおどした感じがいいぞ）

『お茶をお持ちするように言われまして……』

アレンの指示通り、霊Bの召喚獣が豚顔のコックに伝える。

『あん？　お怒りのグラスター様のところへかブ？』

（グラスター様っつうのはこの要塞のボスか？　それともローゼンヘイムの総大将か？）

アレンは霊Bに、何度もうなずくよう促した。すると、その様子を見た豚顔のコックが面白くなさそうに鼻を鳴らす。どうも、グラスターというのは今機嫌が悪いらしい。

『さっき、食事を出したばかりだろうがブ!!　誰が気を回したか知らねえが、それなら自分で来いってんだブ』

(どうも、ブーブー言っていて話が入ってこないな)

『お、お願いできますか？』

『ああ、準備するから、ちょっと待っていろブ。それにしても見ねえ顔だが、お前新入りかブ。グラスター様のところへ行くなんざ、つくづく貧乏くじ引いたなブー』

霊Bの召喚獣の演技が功を奏したのか、豚顔のコックは同情の言葉を口にしながら、3つのカップ、ティーポット、菓子の準備をする。

豚顔のコックの早合点のお陰で、思ったより簡単に親玉クラスの元へたどり着けそうだ。

(ふむふむ、やはり魔獣と召喚獣の違いを魔獣たちは認識できないと。エルメアも5歳の鑑定の儀では、召喚士についてバグ出していたしな)

アレンは魔獣がどのように敵味方を判定しているか考えてきた。この異世界の魔獣は、相手が魔獣であっても躊躇なく襲うことがある。実際、グランヴェル領でオークの集団がグレイトボアを狩るのを見たことがあった。ティアモで魔王軍に夜襲を仕掛けたときも、戦場で死にかけている他の魔獣に止めを刺して食らっている魔獣をたくさん見た。そもそも魔獣は、魔獣以外だけを襲うというシステムが組まれたかのように設定されているわけではないようだ。

魔王軍がBランク以上の魔獣だけで構成されている理由として「Cランク以下は人類の脅威足り得ないから」という学説もあるらしいが、アレンは違うと考えている。Cランクの魔獣といえば、才能のない者にとっては十分な脅威だ。

実際のところは、指揮に従う最低限の知力を有する魔獣がBランク以上にしかいないからなのではないかと思っている。そして、なまじ知力が高い者が集まっているからこそ、いきなり襲ってはこないのだろう。

『ほら、持ってけ』

豚顔のコックがティーセットを載せたトレーを渡そうとする。

『あ、あの。どこへお持ちすればよいのでしょうか？』

『あん、そうか……。しゃあねえな。ここを出てすぐの階段を4階まで上って、そのまま真っ直ぐのところだブ。あんまりぐずぐずしているとぶっ殺されるからさっさと行けブー』

ありがとうございますと言って、霊Bはティーセットを片手に厨房を後にし、豚顔のコックが教えてくれた4階正面の扉を開ける。薄暗くだだっ広い部屋の中にはテーブルが配されており、複数の「何か」が座っていた。どうやら、会議室か何かのようだ。

（お！　もしかして魔族か？　それとも魔神か？）

霊Bの視界越しに見える「何か」に、アレンは興奮した。学園で、魔王は配下に魔神や魔族を従えていると習ったのを思い出したからだ。ただ、これらは勇者ヘルミオスの活躍によって初めて明るみに出た存在であり、詳細はほとんど何も判明していないらしい。

よくよく観察すると、一番奥に座っていたのは山羊のような角が生えた50過ぎのおっさんだった。浅黒い肌に紫色の髪。明らかに不機嫌そうな顔をしている。その隣には、同じく角が生え、黒い肌に長い紫色の髪のお兄さんが座っている。おっさんがブチ切れている状況のせいか、ほとほと困り果てたような表情をしている。

お兄さんの向かいには、立ち上がれば身の丈3メートルに達しそうな大男がどっかり座っていた。

こいつだけ顔がハイエナだ。そのため表情からは判断できないが、ほかの2人と違って落ち着いた様子なので、きっと平静なのだろう。

（ふむふむ、こいつらが魔族なのかな。だとすると、魔族ってのは、紫髪浅黒系と獣系に大別できるのか？　だとしたら、さっきの料理人も魔族か……？）

思い出してみれば、豚顔のコックは会話もするしオークともトロルとも何か違っていた。

『む、誰だお前は？』

アレンがあれこれ考えを巡らせていると、正面の浅黒おっさんが霊Bの召喚獣に気付き、睨みを利かせる。

（今度は堂々とした感じでいいぞ）

『申し訳ございません。グラスター様にお茶をお持ちするよう言われまして』

霊Bの召喚獣はニコッと笑いながら、睨みつける浅黒おっさんに答える。

『それはいい。グラスター様も一息つきましょう。お嬢ちゃん、お茶をこちらへ』

（ふむふむ、浅黒おっさんがグラスターか。その隣の浅黒お兄さんにも名前があるんだろうな）

浅黒お兄さんが、気を利かせて霊Bを促す。ハイエナ顔はずっと腕組みをしたままで、何も言ってこない。

霊Bが一同に背を向けてポットを傾けると、注ぎ口から真紫でドロドロとした何かが出てきてカップを満たす。

（なんだ？　スムージーか？　健康にいいのか？）

決して美味しそうに見えないお茶を見ていると、背後から大きな音が鳴る。

ドン！

グラスターが、木製のテーブルを拳がめり込むほどに殴った音だった。

『ネフティラ！　まずは報告だ！　首都におられる魔神レーゼル様に、敗戦の理由を説明せねばならぬというのに、なぜお前はこうも報告が遅いのだ。レーゼル様は我らの報告を待たず、既に本部の総軍司令殿に向けて増援を求めたと聞くぞ！』

『申し遅れました。ほぼ全てのAランクの魔獣が敗れ、Bランクの指揮が壊滅しているのが現状です』

神妙な顔で浅黒お兄さんが報告をする。どうやらお兄さんはネフティラという名前らしい。それに、魔王軍もAランク、Bランクっていうんだなと思う。

だが、そんなことはどうでもいい。それよりも、グラスターの言葉が引っかかった。

（もう増援決定か。まあローゼンヘイムの魔王軍も残り半分になってしまったからな）

魔王軍の予備部隊は４００万ほどと言われている。どのタイミングで、どの程度の増援が来るのか。召喚獣と共有した状態で聞き耳を立てる。

『先ほども言ったとおり、きっと精霊王が精霊神に昇格したのが理由ゴフ。だからエルフは強くなり、我々は負けてしまったゴフ』

ハイエナ顔がグラスターとネフティラの会話に参加する。

『ヤゴフ、それは早合点ではありませんか？　精霊王はまだ信仰値が足りないから、亜神のままのはずですよ。それに、精霊神になったからといって極端にエルフが強くなるとは思えないです』

『じゃあ、精霊使いが実は大精霊使いだったゴフ。もしくは上位魔獣使いがエルフの中に現れたゴフ。敵の軍勢に大きな蟻やドラゴンがいたと聞いているゴフ』

精霊神や信仰値、上位魔獣使いなど、初めて聞く言葉がどんどん飛び込んで来る。何となく意味が分かるが、完全には理解できない。

（何か、初めて耳にする話ばっかりでワクワクしてきたな）

アレンは魔獣を討伐しながら情報を整理する。

ここにいる3人の魔族は、浅黒のおっさんがグラスター。おそらく3人のリーダー。同じ浅黒で、長髪のお兄さんがネフティラ。そしてゴフゴフ言っているハイエナ男はヤゴフ。魔神レーゼルというのは、ローゼンヘイムへ侵攻してきた総大将のボスだろうか。

『魔王様の魔獣隷属をはね返すほどの魔獣使いなど、いかに上位でも現れるはずありませんよ。それに大精霊使いがいたのなら、これまで我々が一方的に攻め押せたのがそもそもおかしい』

魔獣隷属とは、おそらく魔王が魔獣たちを従えるための絶対的な契約、あるいは呪いのことだろう。ここにいる3人は、ドラゴンや巨大な蟻など、本来彼らの味方であるはずの獣たちが魔王軍を攻撃した理由が分からず困っているようだ。ネフティラとヤゴフが意見を交わすのを、グラスターが眉間にしわを寄せて聞いている。

『どうぞ』

霊Bの召喚獣には情報を収集するためにゆっくりお茶を注げと伝えたが、あまりに遅いと却って不審がられる。タイミングを見計らい、霊Bがカップを3体の魔族の前に置いていく。

（思っていたより、俺の存在は知られていないみたいだな。まあ、そのために戦闘開始したら速攻

で情報収集系の目玉蝙蝠を倒しているんだけど）

蝙蝠を射落とすのはレベルアップで射程距離が1キロメートルに達したフォルマールの仕事だったし、彼が蝙蝠をうち漏らすのを見たことはない。それでも下降して戦うこともあるので、いくらか情報が伝わることは覚悟していた。もしかしたら、魔石回収のために殲滅を心がけていたのが功を奏したのかもしれない。

『どのみち何も情報を摑めていないのではないか!!』

どうやら、突然の敗走について話が堂々巡りになっているらしい。アレンはエルフの中にスパイがいないか心配をしていたが、それは杞憂だったようだ。2度目の攻城戦から100万体の戦力動員まではかなりスピーディーで、判断を誤れば負けるところだった。

アレンは、エルフの将軍や長老たちの中にスパイとなる人物がいて、魔王軍に情報を流しているのではないか。だから、エルフ側の急速な回復を恐れて攻めに転じてきたのではないか。そんなふうに考えていた。今回の潜入活動には、裏切り者の存在を確認する意味も込められていたのだ。

魔族のランクは最低でもAランクに相当する。中にはSランクに近い魔族もいるとも聞いた。Aランクの魔獣のステータスは総じて3000から6000ほどだから、相手を馬鹿だと思っていたら、馬鹿を見るのはこっちだ。

そんなことを考えていたら、いつの間にやら、ネフティラと呼ばれていた魔族が霊Bの召喚獣をじっと見ている。

『君、見ない顔だね。名前は？』

『エリーと申しますデスわ』

霊Bは物怖じせず、アレンに貰った名前を名乗る。

『そうか。エリーはどう思う？　なぜ100万の我らが軍勢は敗れてしまったのだろう？』

『さあ、私には分かりかねますデスわ。ただ推測でよろしいなら……』

『ん？　もちろんだよ。いろんな意見があることが大事なんだよ』

『例えば帝国が勇者を派遣したとか……いかがデスか？』

『いや、それはないよ。勇者は中央大陸にいる。そのために200万の軍勢をあっちへ派遣したんだからね』

霊Bの召喚獣の考えはネフティラに否定される。そして、同意を求めるように、ネフティラがグラスターの方を見る。グラスターは無言でうなずいた。

（ほうほう、これで中央大陸の魔王軍と情報の連携ができていることも確定だな。あとは、作戦を聞き出してみようかね）

アレンは霊Bの召喚獣に、次に話す内容を吹き込んでいく。

『ならば、こんな推測はいかがでしょう。ここローゼンヘイムには、エルフの霊薬という回復薬があると聞いておりますデス。それを使ってエルフたちは瀕死の状態から持ち直し、その状況を理解していなかった我々は、油断して大敗を喫したのデスわ』

『エルフの霊薬……。それはさっき、ヤゴフも言っていたね』

『言ったゴフ。どうやら明らかに敵兵の数が多かったゴフ。負傷兵が減っていなければ、我々とまともに戦うことすらできなかったゴフ』

『その推測がもし正しいとすれば……薬がまだあるかもしれないし、同じ作戦はできないな』

ネフティラの言葉にグラスターは再びうなずき、言葉を発する。

『当然だ。次は南の海洋と北の陸地から、二手で攻めよと魔神レーゼル様から言われておる』

（また作戦を変えてくるのか。それも次は海洋からも来るのね。……エリー、怪しまれないように引き続き話を聞いてくれ）

霊Bの召喚獣はトレーを持ったまま扉の前まで下がり、侍女のように自然に振る舞う。

魔族たちはエリーのことなど眼中にないようで、作戦の話を続ける。

『海洋から……。軍勢を海の魔獣に乗せて運ぶということですか？』

ネフティラがグラスターに詳細を確認した。

『そうだ。最南端にエルフ共が避難したネストという港街がある。そこから攻めて魔獣共の腹を満たし、その後、北進せよと言っておいでだ』

魔王軍側も通信の魔道具のようなものを使い、随時ローゼンヘイムの首都フォルテニアや、魔王軍の本部とかなり密に連絡を取っているようだ。魔神レーゼル直々の作戦について、グラスターが話をする。

それによると、魔王軍は予備兵力をそろそろ中央大陸かローゼンヘイムのどちらかに向けて派遣しないといけない時期に差し掛かっているようだった。中央大陸では、回復部隊のエルフがローゼンヘイムへ去った後も、５大陸同盟軍が粘って善戦しているようだ。魔王軍としては中央大陸を攻めたい反面、すでに半分以上占領を終えているローゼンヘイムも確実に畳み掛けたい。

そのためローゼンヘイムの兵力を、北部から上陸する予備の軍勢と海洋からネストに向けて侵攻する軍勢に分け、ネストと北から挟み撃ちにする作戦を採ったようだ。ネストの街にはローゼンヘイムの全土から避難民が集まっており、その数はざっと200万を超える。ここを攻めれば避難民を食料にできるので、南進した軍勢に対する食料などの兵站負荷を抑えることができる。

（二手から来るか。まあ単純に軍勢の数を増やすだけではないと。これはさっき言っていた大精霊使いや大魔獣使いの存在も想定した作戦だな）

エルフ側に強力な使い手がいても、1人ならば二手に分かれて翻弄すればよいという腹づもりのようだ。それにしても、昨日の今日で既に次の作戦が決まっていることには驚いた。この戦いが知力数千に達した魔族たちとの戦いであることを、身に染みて感じさせられる。

（エリーはこのままこの魔族共の世話をしつつ情報を収集してくれ）

霊Bの召喚獣は『承りましたデスわ』とこっそり返事をした。

＊　＊　＊

アレンはこの間も魔王軍残党の掃討を進めており、残党を追ってティアモから北に10キロ以上離れた場所にいた。

「ふう、やはりエルフたちに魔石の回収を頼むか」

「時間がないの？」

「ああ、魔王軍は次の一手に打って出るぞ」

アレンは2万体の魔獣の亡骸を前にして、現状を皆に共有した。自体をいち早く飲み込んだソフィーが、召喚獣越しでアレンに話しかける。

「……では、ラポルカ要塞にいる魔族たちが、全土の魔獣たちに命令しているのですね」

「ああ。ただ、どうもフォルテニアには魔神もいるらしい。魔王のいる忘れ去られた大陸からの命令を強く受けているみたいだ」

「そうなのか。で？　その魔族は強そうだったか？」

　ドゴラは相手が強いかどうかに、一番興味があるようだ。アレンは今ある情報から相手の強さを推測する。

「まあ学園で聞いていたAランク相当っていうのは、なんとなく間違いなさそうだな。グラスターとかいう奴がボスで、あいつはかなり強いかもしれないな」

　座って、ぶつくさ言って、お茶を飲んでいたのを見ただけなので、実際のところはよく分からないことも付け加えておく。

「だが、魔神もいるんだろ？」

「ああ、魔神レーゼルっていうのが、ローゼンヘイム侵攻のボスのようだな」

　そんな会話をしている中、クレナは数多の魔獣の骸を前に意気消沈している。

「……またできなかった」

　エクストラスキルを完全な状態で発動できなかったことがあまりにショックで、アレンの話が耳に入っていないようだ。

「クレナ、絶対にできるから自分を信じるんだ」

「でも、何度やってもできないよ？」

「いや、絶対にできる。できないなんて、誰が決めたんだ」

アレンがクレナに諭す。

（難しいか。でもクレナはまだエクストラスキルの真価を半分も発揮できていない。エクストラスキルをものにできれば、通常の勇者に近い戦力になるはずなんだが……）

アレンは魔導書を取り出し、改めてヘルミオスとクレナのステータスを比べる。

【ヘルミオスのステータスの合計（ステータス、職業スキル、装備）】
・攻撃力　10400（2400、3000、5000）
・耐久力　10400（2400、3000、5000）
・素早さ　8400（2400、3000、3000）

【限界突破時のクレナのステータスの合計（ステータス、職業スキル、限界突破、装備）】
・攻撃力　10200（2400、1800、3000、3000）
・耐久力　9500（1700、1800、3000、3000）
・素早さ　8400（1600、1800、3000、2000）

クレナは素早さ1000アップの指輪を2つ着けている。学園で限界を突破したクレナは、ヘルミオスの域に達したように見えた。剣聖クレナと勇者ヘルミオスが互角に戦えれば、体力が自然回復するクレナに軍配が上がるようにさえ思える。

「スキルなんて使えないよ！　頭がワーってなって……ひぎゅ！」

限界突破したときの状況を必死に訴えるクレナの頰をアレンはぎゅっと両手で押さえる。

「いいか、誰が限界突破時にスキルが使えないと決めた。創造神エルメアか？　それともクレナか？」

「わ、私？」

クレナはエクストラスキル時にバーサーク状態に入って、向かってくる敵を皆殺しにする。しかしその攻撃はただ武器を振るうだけの、力に物を言わせた通常攻撃だ。これでは石Bの召喚獣を瀕死に追い込んだヘルミオスの攻撃には到底及ばない。

あの状態でスキルを使えれば、クレナの攻撃は2倍にも3倍にもなるはずだ。

「限界を決めるな。絶対にスキルは使える！」

（とりあえず、根拠はないが、クレナには頑張ってもらおう。魔神も控えていることだし）

クレナのほっぺをにぎにぎしながらアレンは説得を続ける。

「分かった。ありがとうね。頑張ってみる」

「うむ、1日1回だからあまり時間がないが……。クレナよ、鬼特訓だ！」

「イエッサー！」

前に教えた、前世の返事の仕方でクレナが元気よく答える。

アレンとクレナのやり取りを見て、また始まったなと、キールを筆頭に一同がため息をつく。しかしエクストラスキルをまだ発動できていないドゴラだけは、ただ黙って斧を強く握りしめるのであった。

第九話　ラポルカ要塞攻略戦

１００万体の魔獣の軍勢とティアモで攻防をしてから4日目の朝を迎えた。アレンたちはティアモの街の壁の外で、ラポルカ要塞の攻略に向けて兵や将軍たちと合流していた。

霊Bの召喚獣による潜入活動により、アレンは魔王軍の予備隊がやって来ることを知った。どうやら４００万体全軍が投入されるようだ。海洋からネストの街を襲撃し北上する部隊と、ローゼンヘイム大陸北から南下する部隊の挟み撃ち作戦が敢行される。既に魔王軍は、ネストの街に向けて海洋を進軍しているようだ。

南北から挟み込む形での襲撃となると、ネストの街の防衛戦は前回以上に困難を極めるだろう。ラポルカ要塞の攻略が急がれる状況だ。

ローゼンヘイムに来てから、アレンが参加した戦いでは勝ってはいるが、圧倒的な数の違いと作戦の早さにより、全体のペースは依然魔王軍側に握られている。

将軍たちからは事前に、20万の軍勢を用意するのに5日、それから進軍してラポルカ要塞に到着するのに10日かかると聞いたが、どうもそれでは間に合わない。ラポルカ要塞を攻略できたとして

「これで全員ですか？」

「うむ、アレン殿の言うとおりにしたぞ」

も、要塞としての機能を取り戻すのに日数が掛かる。その間に魔王軍に攻められればおしまいだ。

兵たちが慌ただしく動く中、アレンは将軍に部隊の編成を確認する。

「すでに準備ができた兵は、総勢で何名でしょうか？　それと、弓豪と精霊魔導士が何人くらいか教えてください」

「総勢は５万、そのうち弓豪がおよそ３７００人、精霊魔導士がおよそ３９００人だ」

（ふむふむ、星２の弓と魔法は合計７６００人ほどか）

それを聞いたアレンは、将軍に１つの提案を持ちかける。

「５万人の部隊でいいので、なるべく早く、しかも３日でラポルカ要塞に着くよう進軍しませんか。露払いは我々がいたします」

「露払いとな」

エルフの軍勢をティアモに結集し、進軍するまでには５日かかると聞いていたが、やはりそれでは時間がかかりすぎる。アレンが言う露払いの対象はティアモの街から逃げた20万の軍勢だ。そこで「露払い」が重要になる。その対象は２度目のティアモ攻防戦で逃亡した魔獣たちだ。これまでアレンたちは残党狩りを３日掛けて行い、その数を残り２万まで減らしている。残り２万はかなり散り散りに分散しており殲滅は難しいが、アレンが先頭に立ち魔導船の侵攻先に魔王軍がいないようにすると言う。

「どうなると思います？」

アレンが将軍に問いかけると、将軍はなるほどと膝を打った。

「魔導船が使えるな」

道中で追撃される心配がなくなれば魔導船が使える。当初は陸路を進軍するという話だったが、魔導船でラポルカ要塞ぎりぎりまで丸2日、そこから陸路で移動しても、ティアモの街から3日もあれば到着できる。

「たった5万の軍勢でラポルカを落とすつもりか！」

「そうです」

アレンの真っ直ぐな目を見て、将軍はうなずく。

「……分かった。では急ぎ魔導船での進軍に作戦を変更する。準備が整い次第、我も魔導船に乗り込むとしよう。アレン殿、先導をお願いする」

「はい」

アレンもまた、将軍の目を見てしっかりとうなずくのだった。

＊＊＊

それから数時間後、アレンたちを残して5万人のエルフの兵たちが11機の魔導船に乗り込んだ。1機に5000人乗れるので、10機に兵たちが乗っている。残りの1機には、兵糧や武器などがぎっしり詰められていた。今回のラポルカ要塞攻略には、ローゼンヘイム最強の男である精霊使いガトルーガも参加する。

「よし、俺たちも行こう。セシルとソフィーはフォルマールが打ち漏らした魔獣を頼む」

「お任せください。アレン様」

鳥Bの召喚獣に跨って、アレンたちは魔導船軍を先導する。船に近づく魔獣を倒すよう、ソフィーとセシルに言う。ソフィーはアレンから役目を与えられたことで気合が入っている。

「フォルマール、頑張ってね」

「分かった」

アレンの言葉にフォルマールがいつものように無表情で返答する。

今回、一番前を飛ぶアレンの鳥Bに同乗しているのはフォルマールだ。フォルマールを前に座らせて、アレンは天の恵みを生成している。時々鳥Eの召喚獣の覚醒スキル「千里眼」を使い、半径100キロ以内に逃亡した魔獣がいないか確認する。

「右前方下に目玉蝙蝠がいるから射抜いて」

「分かった」

アレンが指示を出すと、フォルマールはスキルを使い、1キロメートルほど離れたところから淡々と索敵用の目玉蝙蝠を射抜く。魔導船が落とされてしまえば、数千人の兵も、貴重な物資も、そしてとても貴重な魔導船そのものも失ってしまう。責任重大だが、涼しい顔で任務をこなすあたり、さすが王女の側近といったところか。

ちなみに、ローゼンヘイムにある魔導船のほとんどは、ギアムート帝国からエルフ部隊の派遣と引き換えに頂戴したものらしい。

（やはり、超長距離の攻撃はフォルマールが一番だな。射程距離はセシルの数倍もあるし）

感心しながら、アレンは生成の傍ら魔導書を確認する。

【名　前】 フォルマール
【年　齢】 68
【職　業】 弓使い
【レベル】 60
【体　力】 1322
【魔　力】 716+1000
【攻撃力】 1730+1600
【耐久力】 1140
【素早さ】 727+600
【知　力】 482
【幸　運】 783
【スキル】 弓使〈6〉、遠目〈6〉、遠的〈6〉、強弓〈6〉、必中矢〈6〉、足踏〈2〉、弓術〈6〉
【エクストラ】 光の矢
・スキルレベル
【弓　使】 6
【遠　目】 6
【遠　的】 6
【強　弓】 6
【必中矢】 6

指輪で魔力が１０００、攻撃力が１０００加算されている。加えて弓使いには「遠目」というスキルがあり、フォルマールはかなり目が良い。魔導船に乗った弓使いたちもフォルマールのように遠目を使って、魔導船の護衛に当たっている。

「占領された街にいた魔獣は自分から攻めてこないみたいだな」

「そうなのか？」

「ああ、少し寄って来ているから近づいてきたら撃ち落として」

ティアモの街とラポルカ要塞の間にも、いくつか魔王軍に落とされた街がある。わざわざ近くを通ったりはしないが、上から指示を受けているのか、魔獣たちは街の守りに徹しているようで、とくにアレンたちを追ってくる様子もない。下手につついて貴重な魔導船が墜落してはたまらないので、街の魔王軍を刺激しないように距離を取って進んでいく。

「アレン殿」

「ん？」

アレンが魔導船の安全確保のために鳥Eの召喚獣を使って索敵をしていると、前に座っているフォルマールが前を見たまま話しかける。

「アレン殿はローゼンヘイムをどうするおつもりか？」

「え？　魔王軍を全て倒すつもりだけど？」

アレンは命令を受けてローゼンヘイムにやってきた。ソフィーらの故郷なので守りたいという気持ちもある。

「いや、その後だ」

「学園都市で話したと思うんだけど。次は、バウキス帝国のS級ダンジョンに行くよ。もちろんフォルマールもだぞ」

(貴重な超遠距離攻撃スキル持ちの上に、この件が片付いたら星4つが約束されているんだからな。ローゼンヘイムに残りたいのかもしれないが、これからも付き合ってもらうぞ)

「……そうだったな」

フォルマールもアレンと一緒に行動して、もう10カ月以上になる。ずっと寝食を共にし、ダンジョンを攻略し、ローゼンヘイムで魔王軍の侵攻を抑えてきた。

フォルマールは、これだけの力を持ったアレンが、今後ローゼンヘイムをどうするのか聞いておきたかった。しかし、アレンはこういう奴だったなと思い至り、愚問を投げかけてしまったと反省する。フォルマールはいつだって真面目だ。

フォルマールはほかにも色々聞きたいことがあったようで、ときどき思い出したかのようにポツリポツリとアレンに話を向ける。これまで意思疎通が足りなかったことに思い至り、アレンは反省した。リーダーとして、今後はもっと仲間とコミュニケーションを取っていこうと思った。

＊＊＊

翌日の昼ごろ、ラポルカ要塞にかなり迫ったところで全軍は降下した。ここから丸1日歩けば目的地に到着する。将軍に続いて、兵も物資も速やかに魔導船から下ろされた。

巨大な山脈の中にラポルカ要塞があるため、降下した場所も既にゴツゴツとした山の傾斜の中だ。

将軍たちやアレンの仲間が見つめる中、鳥Eの召喚獣で半径100キロメートルの範囲にどれだけの軍がいるか確認した。ラポルカの要塞外に4つほどの集団を発見し、地面に置いた地図に印をつけていく。大体1～3万の魔獣で編成された部隊を、複数待機させているようだ。要塞の攻略に集中したいのでこれらの掃討はセシルにお願いする。

「えっと、ここから北東に少し行ったところに1万の軍勢がいるから、セシルはプチメテオをお願い」

「分かったわ。アレンは来ないのね」

「ああ、魔導船が無事ティアモの街に戻るまでは護衛するよ」

魔導船にはティアモの街に戻る準備が整った。アレンとフォルマールがティアモまでの道中を護衛する。

　その後、ティアモに着いたら、アレンたちは鳥Bの召喚獣の覚醒スキル「天駆」を使ってラポルカ要塞付近まで一気に駆けつけ、エルフの行軍に合流した。

＊　＊　＊

「全軍前に進め!!」

「「「は！！！」」」

　エルフの行軍は、ラポルカ要塞をわずかに視界に捉えられるところまで近づいていた。

（結構な切り立った山だな。まさに天然の要塞だ。これは必ず奪還しないと）

　道幅はそれなりにあるので、相応の列数の縦隊を組んで行軍している。エルフと合流したアレンたちは隊列の最後尾にいた。

　傾斜の緩いところで魔導船を下りたのだが、直ぐに道も傾斜も険しくなっていく。

　ラポルカ要塞は2つの切り立った山脈が中腹で合わさったところにある。自然環境も重なり、見るからに強固な要塞だ。南北にある2つの大きな門が唯一の出入り口だが、閉ざされているようだ。

　人を寄せ付けぬと思わせるほどの巨大な山脈に囲まれたこの場所に、要塞を築くことができたのは、それほど大精霊使いの力が偉大であったのだろう。

（おお、かなり近づいてきたな。作戦を敢行しなくてはな）

　最後尾にいた仲間たちを置いて、アレンは鳥Bの召喚獣を出して、作戦のため、一旦最前列に追い付く。ティアモの街のざっと3倍に達する巨大な外壁の全容が見えてきた。既に鳥Eの召喚獣により、視点を上空モードに切り替えている。外壁の上を特技「鷹の目」で見ると、魔獣たちが偵察してきたときと同様に、ひっきりなしに移動している。

（開けたところに出てきたな。さて、ミラーたちの出番だな）

「ミラーたち。出てこい。エルフたちの壁となれ」

『『『……』』』

山道から開けた場所で、アレンは先頭に追い付き、エルフの行軍の先頭で石Bの召喚獣を召喚した。

ズウウウン

ズウウウン

岩肌を踏みしめる石Bの召喚獣たちの地響きが鳴る。

今回、エルフ軍の最前列には1列4体の石Bの召喚獣を2列、計8体を配することにした。エルフの軍隊が十分に外壁に近づく必要がある。エルフは耐久力が低い者が多いので作戦決行のための重要な壁役だ。

10メートルに達する石Bの召喚獣を見たエルフたちは一瞬驚いたが、すぐに受け入れたようだ。その理由は、これまでの攻防戦の話を聞く中で、アレンの召喚獣についても聞き及んでいたからだろう。祖国と女王陛下を守るため、いちいち疑問を持たず受け入れようと判断した者もいるようだ。

おおよそエルフ軍の態勢は整ったが、相手の出方をうかがうために少し距離を取っている。とっくに、魔王軍はエルフの行軍に気付いているようだが、防衛の構えを見せている。守りに徹した魔王軍は攻めて来ないようだ。その様子を見て焦れたセシルが、最後尾に戻ってきたアレンに話しかける。

「……まだ攻めて来ないわね」

「ああ、ここで攻めても旨味(うまみ)がないと判断したんだろう。もう少しお互い近づいてからだな」

ノーマルモードの１つ星であっても、レベルとスキルがカンストしていれば、エルフの弓の射程距離は１キロメートルに達する。当然、弓を使える魔獣の射程距離も同程度だ。距離が近づけば近づくほど、当然威力も命中率も上がるため、両者の間で睨み合いが続く。

（それにしても、なんて数だよ。１日で兵力を3倍にするとか行動早すぎなんですけど）

張り詰めた空気の中、アレンはラポルカ要塞に潜入させた霊Bからの情報を整理する。

このラポルカ要塞には現在30万体の魔獣がいる。昨日まで10万だったのを、エルフの進軍について情報を聞きつけて急遽増員したようだ。要塞を挟んで南北に配置されていた部隊をかき集めたらしい。お陰で城壁の上は夥(おびただ)しい数の魔獣で埋め尽くされている。

エルフ軍が緊張しながらじりじりと距離を詰め、外壁まで１００メートルのところまで迫ると、突然銅鑼(どら)の音が辺りに響き渡った。それを合図に、外壁の上にいた骸骨の魔獣たちが一斉に矢を構える。壁の上の魔獣は全てBランクであり、図体は大人の数倍あった。矢のサイズも大人の身長より長く、エルフたちを威圧するには十分な迫力だ。

ふいに魔獣の弓隊が巨大な矢を放ち、戦闘が始まった。矢の後方からは、爆音とともに魔獣によって放たれた火の玉が飛んで来る。それを石Bの召喚獣が必死に盾を使い防御する。

「精霊魔導士と精霊魔法使いは防御のため、石壁を作れ！」

「「は！！！」」

石Ｂの召喚獣はやられたら消えるし、魔獣は上から矢を放つので、攻撃は石Ｂの召喚獣を避けてエルフにも届く。兵たちは守りを固めるため、何層にもわたって防御の壁を生成した。

「我らも攻撃をするのだ、我らの要塞を奪った魔獣共を打ち滅ぼせ！」

「「は！！！」」

同時に弓部隊と魔法部隊は一斉に攻撃を開始する。外壁はエルフ用のサイズで作ってあるため、魔獣は体を隠しきることができない。標的が大きくはみ出したところを、エルフたちは必死に狙っていく。また、別の部隊は山なりの攻撃を放ち、魔王軍の後方部隊にも攻撃をする。

エルフの兵は魔力を温存することなく、惜しみなくスキルや魔法を使っている。魔力を回復し、全力で攻めるのに十分な数の天の恵みを事前に渡されているからだ。

アレンは鳥Ｅと鳥Ｆの召喚獣を使い、外壁を隔てた後方に控える魔獣の位置情報を捉える。そして、鳥Ｆの召喚獣の覚醒スキル「伝令」を使い、鷹の目で見た映像情報を、一気にエルフ軍全軍に伝える。

その情報を生かしてエルフたちは見えない敵を射抜いていった。とくに目玉蝙蝠は1キロメートル以内に入った時点で、最優先で撃ち落とす。索敵の役割を果たす目玉蝙蝠は撃ち漏らすと厄介だ。

「弩（いしゆみ）が来るぞ！　皆、防御壁に身を隠せ！！！」

「「は！！！」」

外壁の上に対大型魔獣用の巨大な弩が姿を現した。魔獣たちはエルフたちが魔王軍の襲撃に備えて用意していた設備もしっかり活用するようだ。やはり知能はそれなりに高い。

爆音とともに大きな矢が放たれる。

（ミラー、全反射しろ！）

『……』

石Ｂの召喚獣は無言で光沢を帯びた丸い盾を掲げる。石Ｂの召喚獣を狙った矢が命中すると衝撃で盾が震えるが、その威力は見る見る殺されていく。鏃（やじり）が潰れた矢が力なくドスンと落ちると、

ドオオオオオオン！


今度は石Ｂの召喚獣が防いだダメージが、広範囲に光る衝撃波となって盾から放たれる。

石Ｂの召喚獣の特技は「反射」、覚醒スキルは「全反射」。

特技「反射」は耐久力を補助も込みで２倍にする。そして、受けたダメージと同じダメージを攻撃した相手に弾き返す。覚醒スキル「全反射」は耐久力を補助込みで３倍にする。そして、受けたダメージを３倍にして、そのダメージを前方の広範囲に弾き返す。クールタイムは１日だ。

全反射使用による衝撃波の威力は広範囲の敵に及び、外壁の魔獣たちは次々に吹き飛んでいく。

（数百体は倒したかな。これでも外壁は無傷と）

攻撃の威力は外壁にも及ぶはずだが、鳥Ｅの召喚獣で確認してもヒビ一つなく頑強そのものだ。

ローゼンヘイムに１０００年に１度誕生する大精霊使いは、かつて土の精霊の力を借りて数々の城壁や街の外壁、要塞を作ったと言われている。きっとこの要塞も、そのとき造られたものなのだろう。大精霊使いの力は絶大で、その手で造られた建造物は風化することもなく、強固なまま在り

続けるとソフィーから聞いたことがあった。事実、魔王軍は今回の戦争で最北の要塞を攻め落としたが、その外壁はほとんど無傷であったという。外壁が壊せないので、魔王軍は数で押す作戦に切り替えたのだ。

（この要塞を奪還すれば、北部からやってくる魔王軍の予備兵とも十分戦えそうだ。……ってもうこんな時間か）

昼になり、ふと見上げると太陽は中天に達していた。魔導具で時間を確認すると12時を少し回ったところだ。今朝の行軍が開始してから、すでに3時間が経過している。ネストの街で会ったルキドラール大将軍が、指揮の傍らアレンに駆け寄ってきた。

「やはり、正攻法で落とすのは難しいですな。作戦はうまくいきますかな」

アレンの協力で被害を最小にして戦えているが、とてもじゃないが短期間で攻略するのは無理そうだ。当初の作戦より、魔獣が増えたこともあり、問題ないかと言いたそうだ。

前世における攻城戦では、攻めは守りの3倍の兵力というのが定石だった。この異世界においても守りの方が優位なのは常識だ。5万の軍勢で30万体もの魔獣が守る鉄壁の要塞を攻め落とすのは無謀だという意見が、攻略の作戦会議に出たのも当然だ。

それでも信じて5万の軍を出したのは、アレンが伝えた作戦によるものだ。そんなことが可能なのかという思いもあったが、ルキドラール将軍もエルフの女王も何度も奇跡を見ている。アレンの作戦に頼ることにした。

（失敗すれば、エルフ軍の主戦力を大きく失うことになるからな）

ルキドラール大将軍の心中を察しながら、アレンは自信をもって答える。

「全く問題ありません。少し魔獣が増えて驚きましたが、予定どおりいきます。このまま夕方前まで攻めて、ここへ戻って来てください」

「……あい分かった。我らは勝たねばならぬのだ」

ルキラドール大将軍の求めた答えを即答する。

「そうです。そうすれば勝利は間もなくです。ああ、それから事前にお伝えしたとおり、兵にはエクストラスキルを使わないよう念押ししてください」

アレンに念を押されたルキドラール大将軍は、ソフィーやアレンの仲間たちを見るが、全員がアレンの言葉を疑っていない、そんな眼差しだった。ルキドラール将軍も再度の奇跡が起きることを信じることにした。

＊　＊　＊

アレンはルキドラール大将軍に「ここでの戦いはよろしくお願いします」と伝えて、仲間たちと共にやってきた山道を戻っていく。

（さて、進軍から丸1日経ったし、ラポルカ要塞の南北の敵もしっかり動き始めたな）

鳥Eの召喚獣には、辺りの状況をこれまで以上にしっかり把握させている。まずラポルカ要塞の南だが、道中で意図的に放置した街からはぞろぞろ魔獣が出てきており、合流を繰り返して塊になりつつある。これは要塞の外壁を攻めているエルフ軍を後方から挟み撃ちにするためだろう。

そして要塞の北だが、1日中に参集できる範囲にいた魔獣が既に到着していた。その上、さらに多くの魔獣が結集しつつあるのが確認できた。北も南も、あと数日あればラポルカ要塞周辺の全勢力が集まりそうだ。

（相変わらず行動が早いな。しかし、3体の魔族共は出てこないと）

霊Bの召喚獣は現在も要塞に潜伏しているが、グラスター、ネフティラ、ヤゴフが前線に出てきそうな様子は未だにない。

「今のところ予想の範疇（はんちゅう）に収まってくれているが、相変わらず魔王軍は動きが早いぞ」

「そう、分かったわ」

山道を歩きながら、アレンは仲間たちに状況を伝える。

「セシル、フォルマールは周囲を警戒。目玉蝙蝠が出たら打ち落としてくれ」

「分かったわ」

「分かった」

アレンは中型犬くらいの大きさの、モグラのような獣Gの召喚獣を出す。

言葉を話せないが、役目がやって来てどこかうれしそうだ。

（よし、モグスケよ。お前の出番だ！）

「この子に掘らせるんだ。でもアレン、ここの地面硬いよ？」

クレナが興味津々といった様子で獣Gを眺める。

山肌は岩盤質でとても硬く、クレナが疑問を持つのも無理はない。

「モグスケ、穴を掘れ」

『……』

獣Gの召喚獣は、一瞬不安そうにアレンを見たが、特技「穴を掘る」を使って指定された大岩の近くの岩盤を掘り起こそうとする。

しかし、ガリガリいって掘り返せない。覚醒スキル「穴に暮らす」を使っても、岩盤が硬すぎて結果は同じだった。

「ほら、無理だよ。アレン」

「クレナ、モグスケの特技は『穴を掘る』だ。『土を掘る』なんて、魔導書には書いてないぞ」

「え？」

そう言うと、アレンは獣Gの召喚獣を強化した。攻撃力が1000増え、獣Gの召喚獣の大きな手に力が籠る。すると、先ほどとは打って変わってガリガリとものすごい勢いで穴を掘り始めた。削除と生成を繰り返し、覚醒スキル「穴に暮らす」で穴掘りを加速させる。

「すごい……」

岩盤とも言える硬い地面を掘り進める獣Gに付いていきながら、クレナの目には決意のようなものがみなぎる。クレナのエクストラスキル「限界突破」だって、発動すると通常攻撃のみになるなんてどこにも書かれていないのだ。

アレンのすぐ後ろにいたドゴラが、自嘲ぎみに呟いた。

「まあ俺は、書かれていることをできるようになるところからだけどな」

アレンは大人びた口調でドゴラに話しかける。

「そうだな。まずは、『理』を知ることだ。その後は『伸びしろ』を求めることが大事だな」

「理と伸びしろか」

アレンは学園にいたときから、常々スキルやレベル、ステータスについて説いてきた。それらの理を知ることで、最も効率よく強くなれるからだ。しかし、理に留まればそこで成長は止まる。それ以上の伸びしろを常に求めることが大切だ。

「ドゴラ。例えば俺の能力はモグスケに穴を掘らせることだ。まずは、自分の能力を知ることだな」

「……俺の能力か」

ドゴラは、獣Gに穴を掘らせるアレンの背中を見つめる。アレンは獣Gの召喚獣にどんどん穴を掘らせて、ときどき魚Dの召喚獣で位置確認しながら、最短で要塞までのトンネルを造っていく。

今日の戦いでは、霊Bの召喚獣たちからの情報で要塞のどこに魔獣たちが集まるのかも分かった。攻防戦中の魔王軍の陣形は鳥Eの召喚獣の働きで把握できたので、要塞のどこにトンネルの出口を造るかも、見当はつけてある。

「……俺の能力」

ドゴラはひとり言を呟いたが、穴掘りに夢中のアレンには聞こえていなかった。

＊　＊　＊

アレンはあと少しで要塞にたどり着く、というところで穴掘りを止めた。続きは明日、決戦に挑むときだ。そうこうしていると、大軍が歩く音が聞こえてくる。まもなく日が暮れる夕方なので、両軍とも今日の戦いを終えたようだ。

トロルやオーガと比べて骸骨の魔獣たちは疲れているように思えないが、エルフ軍が引いても追ってこないようだ。どうやら、あくまでも要塞での防衛戦に決め込むようだ。恐らくそうすれば、これからもっと集まってくる魔獣たちの増援による殲滅が可能だと判断したように思える。

アレンたちは、日が落ちてから自分らの野営の天幕に将軍たちを集めた。幕を張り、かがり火がたかれる。簡易ながらラポルカ要塞とその南北までを網羅した模型を皆が見つめる中、アレンがトンネルからラポルカを攻略する作戦の全容を明らかにする。

「なるほど、作戦はうまくいくということだな」

「はい、ルキドラール大将軍。さらに細かい作戦を詰めていきましょう」

アレンのパーティーであるソフィーがアレンの作戦の成功を信じて疑わないのを見て、退却が妥当と思われる状況でも黙って5万の軍を指揮したのだ。

ルキラドールとアレンが出会ったのはネストの街だったが、元は最北の要塞の指揮を任されていたという。大役を任されるだけあって、忠義に厚く器もでかい。

「あと、ラポルカ要塞周辺の動きについてもお伝えします」

魔王軍は北からの陸路で３００万、南からの海路でネストの街に１００万の軍勢で攻めてくることが、霊Ｂの召喚獣の報告で分かっていた。

(予備部隊４００万体の魔獣を一気に動かすとは思ってもみなかったぞ。そんなにローゼンヘイムが欲しいかね)

「……厳しいな」

「はい。しかし、ここが正念場だと思います」

ここで時間を稼げば勝てる状況を目の前に、魔王軍もなりふり構わず魔獣を集めている。逆に、エルフたちのラポルカ要塞奪還に残された時間は少ない。

それまでに巨大な天然要塞の中にあるこの要塞を自分らの手中に収めたい。

「はは、これはまさに完全に詰められた状況であるな。しかし、選択の余地はないと。アレン殿」

「はい」

「我らはアレン殿の作戦に従わせてもらう。ラポルカ要塞を取り戻そうぞ」

「ありがとうございます。では、詳しい作戦をお伝えします。まず、魔王軍の配置と潜入経路ですが……」

こうして、アレンと将軍たちの間で、夜遅くまで作戦の調整が行われたのだった。

＊＊＊

翌朝、仮眠から目を覚ましたアレンが支度をしている間、既に兵たちは隊列を組み始めている。

「それではアレン殿、よろしくお願いする」

将軍の１人がアレンに声をかける。

「こちらこそよろしくお願いします。定刻通り出発しましょう」

兵たちが次々に隊列を組んでいく様子を見て、アレンは少し慌てながら返事をした。

「あい分かった。十分間に合うので、ゆっくり準備してくれ」

アレンが睡眠時間を削ってローゼンヘイムのために戦っていることは知っている。決して急かしたりはしない。

「今日こそラポルカ要塞を奪還するぞ！！！」

「「「おおお！」」」

　5万の軍勢が昨日と同じ時間に出発する。このうち5000人はアレンを先頭に、エルフ軍の最後尾に付いた。彼らは全員2つ星の職業の兵たちだ。2つ星の残り1600人ほどは行軍の最前列に付いていた。

　ほどなくすると参道に岩が落ちている。そこで最後尾集団のアレンたちは先頭集団と別れ、クレナとドゴラがメキメキと岩をどかす。レベルがカンストしている2人の手にかかれば、多少の岩など造作もない。

　岩をどかした場所には、前日に獣Gが掘った坑道がぽっかりと口を開いていた。2人ずつの隊列が入っても十分な広さがある。ここでようやく、別働隊の5000人の兵にも作戦の全容が伝えられた。作戦を聞いたエルフたちから「おおお！」と感嘆の声が漏れる。同時に自分たちの動きでこの奇襲の成果が変わることに気付き、皆一様に身が引き締まるような緊張を感じた。

「では、行きましょう。順番を守ってください」

「「「は！！！」」」

　アレンは灯りの魔導具を取り出して、つづら折りの坑道の中を先導する。

「ソフィーこの坑道は後で精霊に埋めてもらうことできるかな？」

「もちろんです、アレン様。ただ、今後のことも考えて、坑道の始まりと最後を埋めるだけの方がいいかもしれません」

たしかに魔王軍が北から攻めてくるなら、ラポルカ要塞の南門からローゼンヘイムの南側に通じる坑道は今後も有用だ。後ろを振り返ると、魔導具で灯りを照らす者たちの中に、手から光の玉を出しているエルフが見えた。

（あれは2つ星の星霊魔導士だな。力を借りる精霊はランダムらしいけど、「光」属性は珍しいな）

1つ星の精霊魔法使いは精霊から、2つ星の精霊魔導士は大精霊から力を借りる。精霊と大精霊で、使える魔法の規模は大きく異なる。ノーマルモードはスキルを6つ覚えることができるのだが、そのうち2つのスキル枠はステータス増加で埋まってしまう。

したがって残り4つのスキル枠に、火・土・風・水・木・雷・光・闇・無・時など10種類を超える属性から、4属性の精霊が入る形になる。アレンがいう「ランダム」とはこの部分だ。ただし火・土・風・水の属性が入る確率がとても高いらしく、ソフィーもこの例に漏れない。

【名　前】　ソフィアローネ
【年　齢】　48
【職　業】　精霊魔法使い
【レベル】　60
【体　力】　723
【魔　力】　1621+1600
【攻撃力】　598
【耐久力】　657+1000
【素早さ】　844
【知　力】　903+600
【幸　運】　840
【スキル】　精霊〈6〉、火〈6〉、土〈6〉、風〈6〉、水〈6〉、幼精霊〈2〉
【エクストラ】　大精霊顕現
・スキルレベル
【精　霊】　6
【　火　】　6
【　土　】　6
【　風　】　6
【　水　】　6
　ソフィーは魔力+1000、耐久力+1000の指輪を装備している。

水と木の精霊からは回復魔法の力を、土と風の精霊からは守備魔法の力を借りられるため、火・土・風・水の精霊の力を借りている大部分の精霊使いは、自ずと回復が得意になる。エルフ兵の多くが回復役や守備役として重宝されているのはそのためだ。

何時間も歩くと、先頭が坑道の行き止まりに到着した。

「ここだな」

魔導具の灯りをかざすと、壁の質感が周囲と違う。この行き止まりは石垣で、これを押しのければラポルカ要塞の内部に入ることができる。頭上では魔獣がバタバタ動く足音が響いている。

アレンは魚系統の召喚獣を呼び出し、エルフ軍の全体にバフをかけていく。削除と再生成を繰り返し、惜しむことなく覚醒スキルを使用する。同時にエルフたちも、土や風の精霊の力を借りて自軍の強化を始める。

「よし、行くぞ。斥候部隊と南門守備隊は私たちについて来てください。南門を開放しましょう」

真後ろにいるエルフの兵たちにアレンは指示をする。

「「はい」」

小さな声で兵たちは返事をする。

「外壁占拠部隊はガトルーガについて行ってください」

「「はい」」ガトルーガには、外壁を占拠する部隊を任せた。

「よろしくお願いします」

「ああ、任せてくれ」

ガトルーガが応える。ティアモ攻防戦以来、ガトルーガのアレンに対する態度はかなり軟化していた。アレンの働きを認めてくれたということだろう。

アレンは魔導具の時計を確認する。

クレナとドゴラがそれぞれ1枚ずつ石を持ち上げ、勢いよく捲り返す。

(12時まであと10分と。さていこうか)

ここから先はタイミングを合わせないといけない。

「定刻です。じゃあ、行きます！」

「「「おおお！！！」」」

アレンを先頭にしたエルフ軍は、今度は自らを奮い立たせるように、轟くほどの大声と共に魔獣たちが跋扈するラポルカ要塞内へ躍り出た。

＊＊＊

アレンたちが出て来たのはラポルカ要塞の南門の西側の角だった。目の前には要塞を真四角に囲む外壁へ上がる階段があるが、それには目もくれず南門を目指して走って行く。

斥候部隊と南門守備隊、合わせて２０００人ほどのエルフ兵が押し寄せてくるのに気付き、魔獣たちは攻撃を仕掛けてくる。

「ドラドラ、ケロリン、アリポン、ミラー、テッコウ出て来い」

召喚獣たちが一斉に召喚され、周囲の魔獣たちを竜Bと獣Bの召喚獣たちが蹴散らした。

虫Bの召喚獣が近距離の魔獣からエルフたちを守り、石Bの召喚獣は大きな盾で遠距離攻撃を防ぐ。さらに石Cの召喚獣が、虫Bと石Bが守り切れなかった攻撃を覚醒スキル「自己犠牲」でカバーし、エルフたちが無事に穴から出られるようにする。こうして要塞内に出たエルフの兵は、速やかに行動を開始した。

アレンの後ろに斥候部隊と南門守備隊がぴったりと付いて、南門を開放するため壁沿いに進む。

（中に入ってみると、さすがに中々の魔獣の数だな。相手にしてられないんだが、マジで頼むよ）

魔獣が比較的少ない場所を前日から確認して入ってきたが、ワラワラと魔獣たちがアレンたち目掛けて襲って来る。先頭にいるクレナとドゴラが魔獣たちを蹴散らしていくが、その隙を見て外壁にいた魔獣が杖をかざす。ローブをまとった魔王軍魔法部隊だ。ある者は外壁の上で仲間を回復させ、そしてある者はエルフ部隊に遠距離攻撃を行っていた。

魔法部隊が壁際を走るアレンに狙いを定めたそのときだった。

（時間だ、死にさらすがよい）

まばゆい光がそこら中で膨らんだかと思うと、そこから無数の光の矢が放たれ魔法部隊を直撃していく。穴から出たときの比にならない、強力なエルフの兵たちの攻撃が要塞内部に降り注ぐ。Bランクの魔獣などものともしない威力で、魔法部隊をあっという間に殲滅した。

魔導具の時計は12時を指し示している。

「うし、タイミングはばっちりだ！」

「アレン、うまくいったわね」

セシルも喜んで、アレンに微笑みを投げかけた。光る無数の矢は外壁の内側にいる魔獣たちを次々に屠っていく。

「今のうちに門まで走れ！　壁沿いを走らないと巻き添えを食らうぞ!!」

「「「おお！！！」」」

光の矢の正体は、エルフたちのエクストラスキルだった。エルフたちのエクストラスキルのクールタイムは1日なので、このときのために、前日から12時以降のエクストラスキル使用を禁止していた。それを解放したのだ。

先ほど別れた1600人のエルフ軍を弓隊と魔法隊を先頭に、才能星1つも含めて計100人ほどで編成された1個隊に分ける。

順番にエクストラスキルを発動し、外壁内に出てきた仲間たちを援護するため、敵部隊を攻撃し次々と魔獣を蹴散らしていった。

「クレナとドゴラ、ケロリンは門番を倒すぞ」

「任せておけ」

『は！』

門番はAランクの魔獣2体だ。これらは近距離戦を得意とするクレナやドゴラ、獣Bの召喚獣で何とかする。

（おっと、戦況を兵たちに伝えないとな）

今のように部隊がいくつも別れた状況では、各部隊の戦況をそれぞれの部隊が知ることが最も大事だ。

刻一刻と変化する戦況にも鳥Eの「鷹の目」と鳥Fの「伝令」を駆使し、その状況はティアモ攻防戦同様、門の内外のエルフ軍全軍に一気に伝えていく。情報は力となる。

アレンたちに続いて穴から飛び出し、外壁に続く階段を駆け上がった外壁占拠部隊３０００人は外壁の上に通じる階段に向かって真っ直ぐ進む。彼らの援護によって大きく前進したアレンは南門に到達し、守備隊と陣形を組み始めた。その背後では数十人の斥候部隊が作業を始め、陣形が整うとほぼ同時に南門が開かれた。

ゴオオオオン

南門に向けて４５０００人のエルフの軍勢が、一斉に進軍を開始する。

「『仲間たちがやってくるぞ！　魔獣共を近づけるな！！！』」

門前のアレンと、外壁上のガトルーガの言葉が重なる。

今度は仲間たちが無事南門を抜けるための援護をしなくてはいけない。エクストラスキルを温存していた部隊が１００人単位で順次発動し、南門を突っ切るエルフ兵を狙い集まってくる魔獣を一掃する。

門を抜けたエルフたちは速やかに陣形を改める。

「門を抜けたぞ！　陣形を死守せよ!!」

「「「おおおお！！！」」」

門の前に巨大な陣ができ始め、組まれていく。

南門を奪還したアレンたちの戦いは続くのであった。

第十話　魔族との戦い

「はは、アレン殿やりましたな」

「ええ、作戦通り進んで良かったです」

アレンたちの部隊と合流したルキドラール大将軍が駆け寄って来る。作戦が首尾よく進み、喜びを抑えきれないといった様子だ。攻城戦はまず門を占拠することが大事。これはルキドラール大将軍も同じ認識のようだった。

「しかし、回復部隊を残してエクストラスキルを使い切ってしまいましたな」

「たしかにそうですね。しかし、エクストラスキルのお陰で要塞にいる軍も半分程度に減らせました。あと半日も掛ければ殲滅できるはずです」

今回の作戦は、門を奪うことに最も力を入れている。それで確実に要塞を落とせると判断したからだ。矢や魔法による遠距離攻撃を得意とするエルフの軍隊は、外壁や門を活用して守りを固めることができる。このためにエルフたちに攻撃系のエクストラスキルを惜しみなく使わせたのだ。その結果、南門を奪い取り、すでに要塞にいる魔王軍30万の半数までを討つことができた。

壁の内側に控えていた魔王軍の回復部隊や魔法部隊、遠距離攻撃部隊も、ガトルーガたちが最優先で狙い撃ちにしている。巨大な外壁があったので、魔王軍も油断していたのだろう。

それでも魔王軍の残存魔獣はまだエルフの軍の3倍はいる。ここからが本番だ。

「では、私たちは外壁の部隊に合流したいと思います。引き続き、５０００人ほど兵をお借りします」

「あい分かった。次の作戦だな」

手際よく将軍が隊長たちに指示を始める。人選は既に終えているので、アレンの元にエルフたちが集まって来る。完全制覇のために、次の行動を起こすときだ。

このラポルカ要塞は四方を外壁に囲まれているが、東西を険しい山に挟まれているため兵員が配置できるように整備してある外壁は南北のみだった。ガトルーガと３０００人の部隊は一足先に要塞南西の外壁から魔獣を倒しながら北へ向かって進んでおり、現在西の中央付近で交戦中だ。

「じゃあ、付いて来てください。東側の階段から攻めます!!」

「「「は！！！」」」

（ふむ、将軍でも指揮官でもないんだが）

今更エルフの部隊を引き連れることに違和感が生じたが、構わず壁沿いを殲滅しながら要塞の南東にある階段目指して、仲間とエルフの部隊と共に進んで行く。アレンは南東の階段周辺までたどり着くが、魔獣の増援が多く思うように進めない。

この要塞で最も高い南北の外壁を奪えば制空権はほぼエルフ軍のものとなり、魔王軍を狩ることが可能になるが、魔王軍もそのことは重々承知だ。重点を守るために怒濤（どとう）の勢いで援軍を出し続ける。アレンたちは時間をかけてようやく南東の階段に到着し、上から押し寄せる魔獣を倒しながら階段を少しずつ上がって行く。その間も、アレンは魔獣の激しい攻撃で倒された召喚獣を再召喚する。

（魔石は……この2日間で相当使ったから残り2万個くらいだな。こいつらを殲滅できれば30万個の魔石がゲットできると思えば頑張んないとな）

今回はエルフ部隊の活躍のお陰で、竜Bの召喚獣の覚醒スキルを連発する事態には至っていない。消し炭になる魔石もその分少なく、戦いに勝てばほぼ満額で魔石の回収ができそうだ。

そんなことを考えていたアレンに、霊Bから新たな情報が入る。

「む、南門に魔族共が向かって来るのか？」

アレンは、ラポルカ要塞中央の建物に控えていた3体の魔族が、戦闘の準備に入ったことを確認した。どうやらグラスターがブチ切れて、こちらに向かって来るようだ。

（おいおい、なんで来るんだよ。逃げてくれた方が、都合が良いんだが）

階段の上からでも、グラスターが正面からぽんと飛び出し、それをネフティラとヤゴフが追って、真っ直ぐ南門を目指して走ってくるのが確認できる。それを見たアレンは即決した。

「すまない、皆、このまま攻めていってくれ。俺たちはこの場を離れる。グリフたち出て来い！」

『『『グルル!!』』』

アレンは仲間たちに号令を掛け、セシルと一緒に鳥Bの召喚獣に跨ってその場を飛び出した。一直線に南門へ向かうと、門前でエルフ軍と魔王軍の死闘が続いているのが見える。アレンたちは門の内側、正面に降り立って魔族たちを待ち受ける。

3体の魔族はものの数分でやって来た。先頭のグラスターのただ事ではない形相に、両軍の手が止まる。鳥Bの召喚獣に跨るアレンたちを見るなり、グラスターが呟いた。

『貴様らか……？』

「え、何がでしょう？」

　突然の質問に要領を得ないまま、とりあえずアレンが答える。

『貴様らが、我らが軍をコケにし、この拠点を落とそうとしている首謀者かと聞いているのだ!!』

（熱くなっているな。このまま逃げたら連日の敗走だけでなく、ラポルカ要塞を攻め落とされた責任まで問われるんだから無理もない。ここで勝たなきゃ、お前たちに未来はもうないもんな。まさか、6倍差の兵数の中で、1日で南門を奪われるとは思ってもいなかっただろうがな）

「ああ、はい。エルフの皆さんのお陰でうまくいきました。助かりましたよ、敵将が馬鹿揃いで」

　ここで自分が何者か明かしてもメリットがないので、アレンは適当に返事をした。もちろん相手の判断が鈍るのは大歓迎なので、挑発も忘れない。

『こ、殺す!!　お前は絶対殺す!!　ネフティラ、ヤゴフ合わせよ！！！』

『はい、グラスター様』

『分かりましたゴフ』

　まんまと挑発に乗った3体の魔族が早くも攻撃態勢に入った。グラスターは大剣を、ネフティラは杖を、ヤゴフはナックルを装備している。魔族の立ち位置と装備からそれぞれの役割を推測し、アレンは瞬時に人選を終え、仲間たちに指示を出す。

「おっさんはクレナ、お兄さんはフォルマール、獣男はドゴラが担当して」

「うん。おっさんだね」

　アレンの言葉に、対象を見定め、クレナは大剣を握りしめる。

今後も魔王軍との戦いは続くので、諜報活動の事実は伏せておきたい。アレンたちはすでに彼らの名前を知っているが、それを悟られないようにした。連携されると面倒なので1対1になるよう位置取りをし、さらに相手を観察する。

（ネフティラ……あいつは位置取りがうまいな。ふむふむ、これはヤゴフを先に倒すかな）

魔法を使うであろうネフティラを先に倒したかったが、1対1のように見せて、その実いつでもグラスターを盾にできる位置を取っている。下手に刺激すれば混戦になるだろう。まずはヤゴフを倒すことにする。アレンたちも即座に臨戦態勢に入る。

『ぬん！』

「んぐ！」

初撃でグラスターの大剣を受けきれず、クレナが鳥Bの召喚獣ごと吹き飛ばされる。ドゴラも一発でヤゴフに吹き飛ばされた。

（やはり1対1はまだまだ厳しいか。クレナの限界突破が発動すれば別だけど、それでもAランクを1人で倒せるわけじゃないしな）

クレナとドゴラの戦いを数手見ただけでも、ステータス差は歴然だった。さすが魔族といったところだ。

「クレナ、そのまま粘ってくれ！　キールはクレナの回復と援護をよろしく！」

「うん、分かった！」「ああ」

2人が同時に返事をする。

「セシルは俺と一緒に、獣男を先に叩くぞ」

「分かったわ」

（とりあえず、1体ずつ確実に減らしていかないとな）

ヤゴフはドゴラとは倍近い身長差がある大型の魔族だ。アレンとセシルが援護に向かう最中、大きく振りかぶったドゴラの大斧と、ヤゴフの巨大なナックルがぶつかり合う。

「ぐっ」

ドゴラが完全に打ち合いに負けてしまい、鳥Bの召喚獣ごと吹き飛ばされた。それと同時に、セシルが巨大な火の塊をヤゴフにぶつける。ドゴラに攻撃したばかりで躱し切れないヤゴフに、火の塊が直撃する。

『ゴフッ！』

「もう一度……」

『させません。アイスショット！』

セシルがヤゴフに追撃をしようと杖に魔力を込めると、思わぬ方向から巨大な氷の塊が飛んでくる。

「あわっ！」

ネフティラが援護のために魔法を繰り出す。アレンが鳥Bの召喚獣に指示して、辛うじて躱す。

アレンは5体の鳥Bの召喚獣と、上空に飛ばしている鳥Eの召喚獣、さらに自らの視界も確認しているため、ほぼ死角がない状態だ。それでもネフティラの魔法は思いのほかモーションが少なく、到達速度も速かったため、躱すのが精一杯だった。

アレンは気を引き締めて、改めて鳥Bの召喚獣に指示を送り直し、セシルに攻撃が来ないようにする。これでセシルは魔法攻撃に専念できるはずだ。

（んっと、いま出せる召喚獣枠は残り3体か）

南門と外壁に制限いっぱいまで召喚獣を出していたが、盾になるようエルフ兵の前面に出していたので、いつの間にかやられてしまったようだ。この枠を使わない手はない。

「ドラドラ、ケロリン行くぞ！」

『『おう、任せよ！』』

『は！』

竜Bの召喚獣2体に獣Bの召喚獣1体を召喚し、1体ずつをヤゴフに配置した。もう1体の竜Bは、距離を置きつつネフティラに向けてブレス攻撃をし、魔法を牽制する。

（あくまでも、ヤゴフを先に倒すと）

ヤゴフに対して集中攻撃をする。手が回らなくなったヤゴフは、少しずつ攻撃を受けるようになってきた。

「おらあああ！」

隙を見て放ったドゴラの渾身の一撃が直撃する。吹っ飛ばされたヤゴフは壁に追突し、その衝撃で居住用の建物の外壁が粉砕した。

『ヤゴフ、何をしている!!』

『だ、大丈夫ゴフ』

遠くからヤゴフに檄を飛ばしたグラスターが、地を震わせるような声で新たな命令を発する。

『もう良い。エクストラの門を開け』

『はい、グラスター様ゴフ』

吹き飛ばされたヤゴフがゆっくり立ち上がると、体が陽炎のように揺らいだ。そして、一気にドゴラに向かって突っ込んで来る。

大きく振り上げられた拳がドゴラに迫った。

（魔族がエクストラスキルだと！　ドラドラ削除、ミラー出て来い）

アレンは瞬時に最適解を導いた。ヤゴフを攻撃していた竜Bの1体が一瞬に消え、ドゴラとヤゴフの間に石Bの召喚獣が現れる。

石Bは丸い鏡のような大盾をヤゴフに向かって掲げる。ヤゴフは突如現れた巨大な獣の盾を破壊すべく、渾身の力を込めてぶん殴った。

大盾にはヒビが入りながらも、攻撃の威力が完全に吸収される。一瞬の静寂の後、まばゆい閃光が放たれ、ヤゴフは再び吹き飛ばされる。

（おお！　さすが勇者もはね返しただけのことはある）

『ヤゴフ!!』

宙を舞うヤゴフにグラスターが叫ぶ。アレンはこの機を逃すまいと、残り2体の召喚獣に覚醒スキルを使わせた。ヤゴフを吹き飛ばすことを前提に、召喚獣を待機させていたのだ。

「怒りの業火、9連噛み砕きだ！」

2度も吹き飛ばされてさすがに参っているヤゴフがよろよろと立ち上がろうとするが、召喚獣は無慈悲にそれを追撃する。そして。

『魔族を1体倒しました。経験値6400000を取得しました』

（ふむ、魔族からは経験値が入ったな。分配ルールで8割になっているが、本来なら800万か）

ドラゴンを超える、これまでにない経験値を取得する。それにしても魔族がエクストラスキルを使えるとは意外だった。魔族の中では、エクストラスキルのことを「エクストラの門」と呼んでいるようだ。

『き、貴様ら！』

「さてと、あと2体か。もうちょいだね」

激昂するグラスターとは対照的に、アレンは平然としている。

『貴様、何者だ⁉　ローゼンヘイムのエルフではなかろう！』

「あ？　答えるわけないだろ。俺のことより、自分のことを気にしとけよ」

『なんだと⁉』

アレンとグラスターのやり取りで戦いが中断する。

仲間たちも、ネフティラも、周囲のエルフや魔獣たちも、2人の会話に耳を傾けた。

「生かして帰さない。お前らはここで倒されるんだよって意味だ。ローゼンヘイムを無茶苦茶にしやがって、死を以て償いやがれってことだ」

『ぬ……』

（ぶっちゃけ、逃げてくれた方が、旨味が多かったんだけどな。エリーに追わせれば、魔神レーゼルとかいう奴の情報も得られたし）

3体の魔族がほかの魔獣を引き連れて首都フォルテニアに退却すれば、そこにいるローゼンヘイム侵攻の最高責任者、魔神レーゼルのところに霊Bを紛れさせることができたかもしれないのだ。

しかし、激昂したグラスターがネフティラとヤゴフを引き連れて来た時点で、すっかりアテが外れてしまった。

「ドゴラもクレナと一緒にこいつの相手をしてくれ。攻撃力が馬鹿みたいに高いから、ちゃんと避けてくれよ」

「ああ、さっきは援護してくれてありがとな。助かったぜ」

ドゴラは再び大斧を構え、アレンに礼を伝える。

グラスターが大剣を構えたのを合図に、再び戦闘が始まった。ある程度距離を置きつつ、パーティーが囲むようにグラスターを攻撃する。

一方アレンはネフティラに標的を絞り、フォルマールの援護に回る。安全な立ち位置で身を守りつつグラスターを回復させ、ときにはグラスターの背後に回って攻撃魔法を仕掛けてくるネフティラに、フォルマールはかなり手こずっていた。

(召喚士の攻撃ってやつを見せてくれる)

「ドラドラ、ケロリン行け」

『おう』

『は！』

グラスターの後ろに身を隠していたネフティラのさらに背後に、突如2体の召喚獣が召喚される。

その気配を察して振り返ったネフティラに、2体の召喚獣が強烈な攻撃をお見舞いした。

『ぐは！』

ネフティラはもろに攻撃を受ける。

(うし。こいつもエクストラスキル使えるだろうし、さっさと倒すぞ)

「ドラドラ、怒りの業火を使え」

再生成した竜Bの召喚獣が覚醒スキルを使うと、ネフティラがブレスで吹き飛ばされた。その先には、再生成された獣Bの召喚獣がもう1体待ち受けていた。

その竜Bが、アレンの命令と同時に覚醒スキル「9連嚙み砕き」を発動する。アレンが敵と離れていても、召喚獣に命じれば近距離物理攻撃を繰り出すことができる。相手の弱点を突いてトリッキーに攻撃できるのが召喚士の強みだ。

しかし、召喚獣の覚醒スキルを含めた攻撃を受けながらも自らに全力で回復魔法を掛け続けているネフティラに、未だ止めは刺せないままだ。

「結構しぶといな。皆、先におっさんをやることになるかもしれないぞ。おっさんに回復魔法を掛ける余裕は与えないから、確実に体力を削ってくれ。エクストラスキルを発動されたら一旦下がれ」

「うん、分かった!」

クレナが作戦を理解する。後衛で耐久力が低く、すぐに倒せると踏んでいたネフティラが思いのほか粘るので、作戦を修正する。

『そうか、これほどの力、開放者か。人間の中に開放者が出てきたのか……』

「ん?『解放者?』俺のことか?　いやさっき、『エクストラの門』とか言っていたから、この場合は『開放者』ってことか」

グラスターが何かつぶやいた。アレンはその言葉の意味を分析する。先ほど「エクストラの門」と言っていたので、門を開放する的な魔王軍特融の表現なのかと思う。

『そうか、だから我々は何度も敗北を……。貴様らが、いや貴様が答えだったのか……』

グラスターがアレンを睨む。先ほどまでの激昂は一気に収まり、落ち着いた様子を見せる。

「おい、おっさん、開放者って何だ？」

（自分語りしていないで、色々教えてくれ）

『ほう、自らの立場を知らぬか。だが……開放者が現れたとなると話が違ってくるな』

グラスターの体が陽炎のように揺らぎ始める。

『ネフティラよ！　ここは我が時間を稼ぐ。魔神レーゼル様に開放者が出たことを伝えよ!!』

『は!?　畏まりました。グラスター様!!』

回復魔法を使っていたネフティラが驚愕するが、自らへの指示を理解する。

グラスターは「開放者が現れた」と言った。それに「時間を稼ぐ」とも。

グラスターは、命を懸けてこの戦いに挑むつもりだ。

『行け！』

『は、はい！』

アレンがグラスターと話している隙に回復を済ませたネフティラは、背中を見せて全力で逃げ始めた。ネフティラはアレンたちとの戦いの情報を持っている。戦闘の前に逃げるのは構わなかったが、すでに状況が変わっている。

（ま、まずいぞ）

アレンがネフティラを目で追っている隙に、グラスターが襲いかかってきた。

「クレナ、エクストラスキルを発動してくれ、早く！」

「うん、分かった！！！」

クレナがエクストラスキルを発動し、その身を陽炎のように揺らがせながらグラスターに斬りかかる。瞬時にそれを受けたグラスターの大剣からは、禍々（まがまが）しい闇が漏れ出ていた。

『ほう、貴様は剣聖だな』

アレンの元に行かせまいとするクレナと、何としてもアレンを討とうとするグラスターの間で、互いの大剣が引っ切りなしにぶつかり合った。グラスターは限界突破でステータスを底上げしたクレナと対等以上に渡り合っている。

（クレナでも厳しいか。……って、ネフティラ逃げ足速すぎ）

すでにネフティラははるか遠くに逃げている。アレンが追おうとするが、そこにグラスターが立ちふさがった。素早いグラスターに対しクレナは付いていくのが精一杯だ。やむなくアレンは召喚獣を使っていくらかの攻撃を試みるが、回復魔法を使い続けるネフティラを足止めすることはできず、とうとう視界から完全に消えてしまった。

これ以上召喚獣を追っ手に出しても、結局フォルテニアに逃げられるだけだろう。諦めたアレンはグラスターを倒すことに集中する。グラスターは回復魔法もない状況でアレンたちから集中攻撃を浴び、アレンたちを睨んだまま、崩れるように地に臥した。そして息を引き取る寸前、絞り出すように言い放つ。

『ははは、どうだ、我らの勝ちだ。貴様らには確実な死が待っているぞ。その程度の力で魔神レーゼル様にかなうと思うな……』

　ニヤリと不敵な笑みを浮かべると、グラスターの体は灰になって消えていった。

『上位魔族を1体倒しました。経験値３２００万を取得しました。経験値が１００億／１００億になりました。レベルが65になりました。体力が50上がりました。魔力が80上がりました。攻撃力が28上がりました。耐久力が28上がりました。素早さが52上がりました。知力が80上がりました。幸運が52上がりました。「指揮化」の封印が解けました』

　魔導書のログが淡々と流れていく。

（指揮化の封印が解けたみたいだな）

「逃げられてしまったわね」

　セシルがそう言って、ネフティラが逃げていった方向を見やる。その視線には、首都フォルテニアがある。

「……まあ、仕方ない。切り替えていくしかないな。外壁も完全に占拠したみたいだからな。戻って魔獣狩りに専念しよう」

　アレンはそう言うと、外壁を占拠して魔獣たちを殲滅するエルフ軍に合流し、魔獣の掃討戦に参加する。グラスターを失い、すっかり怯えてしまった魔獣は、もはやアレンたちの敵ではなかった。

こうして2体の魔族を倒したアレンたちとエルフ軍は、日暮れを待たず魔獣たちを一掃し、悲願のラポルカ要塞奪還を達成することができた。

　一方首都に向かうネフティラは、アレンの情報を伝えるべく一目散にフォルテニアを目指していた。その背後から、彼を呼び止める女の声がする。

振り返ると、要塞でお茶汲みをしていたエリーという少女がふわふわと追いかけてくる。足を止めたネフティラが、息を切らせながら自らに回復魔法をかけていると、エリーはようやく彼に追い付いた。

そしてエリーはにっこり微笑んでお供を申し出る。

『ネフティラ様ほどのお方を、お一人で行かせるわけにはゆきませんデスわ』

ネフティラはその殊勝な言葉に感激し、すんなり霊Bをお供につけたのだった。

第十一話　祈りが満ちて

「エルフ軍が5万の軍勢で30万体の魔獣を討ち、ラポルカ要塞奪還に成功した」

エルフにとって願ってもない朗報が、霊Bの召喚獣を通して瞬く間に全ての街へ広まった。奇跡のような知らせを聞いたエルフの民たちは、精霊王に感謝の祈りを捧げ、女王の安寧を願った。

こうしてラポルカ要塞での戦いには一区切りついたが、どこかに魔獣が潜(ひそ)んでいるとまずい。魔王軍は籠城も視野に入れていたのか、骸骨や鎧などの死霊系、つまり食事を不要とする魔獣をこの要塞の主力として配していた。何日も、あるいは何カ月、何年も魔獣が建物内に身を潜めていてはたまらないので、魔獣察知能力の高い斥候部隊と疲れ知らずの召喚獣が協力し、今も丹念に討伐を続けている。

一方、アレンたちは一旦ティアモの街に戻るため、ルキドラール大将軍を筆頭に将軍たちと一緒に要塞を後にしていた。前線も大事だが、ティアモに控える女王や将軍たちと今後の話をしなくてはならない。アレン一行は帰還を優先し、鳥Bの召喚獣の覚醒スキル「天駆」で今晩中にティアモの街に到着しようとしていた。

セシルかフォルマールを乗せて戻ろうと思ったが、今日はクレナが「一緒に乗る」と言うので、アレンの後ろにはクレナが乗っている。どうやらクレナは2人だけで話がしたかったようだ。

「ねえ、アレン。ごめんね」

「何が？」

「私がエクストラスキルをちゃんと使いこなしていたら、アレンのこと知られずに済んだのに」

（ああ、そういうことか。だからこんなに凹んでいるのか）

「まあ、どうだろうな。あの状況じゃ、スキルを使えても逃がしていたかもしれない」

ネフティラはすごい勢いで逃げていた。あれほど素早さがあり、しかも自分に回復魔法を掛けながら逃げる相手を倒すことは、とても難しい。

あのときエルフの兵と一緒に戦わせている召喚獣にネフティラを追わせれば、エルフの兵を見殺しにすることになっただろう。そして何より、エクストラスキルを発動したグラスターは、Aランク相当なんて思えないほど、とんでもない強敵だった。あのときアレンがネフティラを追えば、仲間の誰かがグラスターに命を奪われることになっただろう。

「それに……」

「それに？」

「ネフティラにはエリーを1体同行させることができた。まあ、魔神レーゼルに会う条件はちゃんと整ったよ」

そう言いながらアレンは霊Bと視界を共有した。今もネフティラは、すごい勢いでフォルテニアに向かって駆けている。

「……そっか」

「クレナもそんな話ができるようになったんだな。アレン先生うれしいよ」

「もお！」

身を乗り出したクレナに後ろから両頬をニギニギされる。

「冗談冗談。それに、アイツみたいに逃げるのも大事なんだぞ」

「え、逃げるのが？　頑張って戦うのが大事じゃないの？」

「当然。俺だって、よく分かんない相手がいたら逃げていたぞ。立ち向かうだけが戦い方じゃないからね」

常に初見の敵を必ず倒せるとは限らない。勝率を上げる努力をしても敵わないときは、逃げるに限る。アレンはそう言いながら、かつてセシルを誘拐した暗殺者ダグラハとの戦いも逃げ一択だったことを思い出していた。

「……そっか」

ずっと真っ直ぐ剣を振るってきたクレナには難しい話だったようだ。それでも首をかしげながら、アレンの話を理解しようとしている。

（遅かれ早かれ俺の情報は漏れていただろうからな。それにしても、得た情報も大きい。魔族はエクストラスキルを使うことができると。それに開放者って何だろうな。ソフィーも知らないって言っていたけど、精霊王なら知っているかな？）

そうして久しぶりにクレナとたくさん話していると、「天駆」を使っているため夜のうちにティアモの街に着いた。女王も将軍たちもお休みになっているとのことなので、今後の話は明日にする。

くたくたになったアレン一行をふかふかのベッドが出迎え、久しぶりにぐっすり眠って夜が明けた。

＊＊＊

目が覚めると、さっそく食堂に案内された。

朝飯がどんどん豪勢になっていくなと思いつつ、ややあっさり風味の味付けのエルフ料理を堪能する。食事を終えたアレン一行は、その足で女王のいる広間に通された。

「おはようございます。よく眠れましたか？」

「おはようございます。はい、ぐっすり眠れました」

ニコニコと女王が語りかける。将軍たちもなんだか上機嫌だ。ラポルカ要塞奪還が、よほどうれしかったのだろう。ふと見ると、モモンガの姿をした精霊王は、女王の膝の上ですやすやと寝ている。

（精霊王は朝から爆睡か。最近起きているとこを見ないな）

エルフたちの表情から感謝の気持ちが溢れ出ているのが、アレンには何となくむずがゆかった。開拓村でもグランヴェルの街でも随分感謝されてきたが、そのたびに居心地の悪さを感じる。アレンからすれば、必要だと思ったことをしただけで、英雄扱いしてほしいなどと思ったことは一度もない。今回だって、ローゼンヘイムの人たちが困っているから力を貸しているだけだ。

頃合いを見て今後の話をしたいと切り出し、アレンは話しだす。

「短期間でラポルカ要塞を奪還できた分、４００万の魔王軍の予備部隊がやってくるまでの時間を稼げました。どうやら南北２手に分かれた魔王軍のうち、北の部隊はまだローゼンヘイムに上陸したばかりのようです。北の端からラポルカ要塞までは、魔王軍をもってしても2、3日、あるいはそれ以上掛かるでしょう。海から攻めてくる魔王軍も、ネスト到達までには同程度の時間を要するかと思います」

「「「おおお！」」」

アレンの言葉を聞いた将軍たちから、改めて感嘆の声が上がる。女王がアレンに判断を仰いだ。

「アレン様、では何から始めましょうか？」

「そうですね。やるべきことは2つあると思います」

（何か……俺が全部決めてしまっていいのだろうか？）

ローゼンヘイムに来た当初は魔王軍と戦う一員として、遊軍的な立ち位置で協力するだけのつもりだったが、随分踏み込んだ立場になってしまった。もやもやした気持ちを押し殺し、アレンは考えていたことを口にする。

1つは、ラポルカ要塞以南を完全に勢力下におくこと。ラポルカ要塞以南の地は広大で、魔獣に落とされた街がいくつもある。現在放置している街の魔獣が集団で固まると困るので、早めに叩くべきだろう。

もう1つは、エルフ軍の本部をラポルカ要塞に移すこと。30万以上の軍勢をラポルカ要塞に派遣し、守りを固めて前線をティアモから押し上げる。

「しかし、ネストの街を攻めに来る魔王軍はどうするのですか？」

女王が不安そうに尋ねると、アレンが答える。

「私たちの方で応戦したいと思います。抜かれてしまったときのために、ネストの街には10万は兵が必要かと思います」

　つまりアレンの言うことはこうだ。60万人強いるエルフの軍のうち、30万人をラポルカ要塞に、10万人をネストの街に配備する。北から３００万の軍勢が、南から１００万の軍勢が迫るので、南北ともに10倍の戦力と戦うことになる。残り20万人の兵をティアモ含む４つの街に配置するという。

　そうですかと女王がうつむく。もちろん、エルフ兵も無事では済むまい。女王からすれば、他に選択肢らしい選択肢がないとはいえ、苦しい決断だ。

（これはかなり厳しい戦いになるが、さてどうするかな。指揮化スキルを１日も早く分析して作戦を組まないといけないいな）

　ローゼンヘイム最北の要塞は３００万の魔王軍によって陥落した。この最北の要塞は、ラポルカ要塞の倍の高さの外壁がある。これを乗り越えて、魔獣たちは攻め落とした。今回は、最北の要塞の半分しかないラポルカ要塞で守り切らないといけない。さらに海路から攻めてくる敵への対処も必要となる。

（高速召喚以上に有用なスキルであると信じるばかりだな）

　指揮化スキルの分析結果次第で、今後の作戦は変わってくるだろう。

　ここまで聞いて、女王は改めてアレンに謝意を伝える。

「何から何までありがとうございます。まだ戦いは終わっていませんが、ここ数日続いた勝利で、民の不安も幾分か和らいだことでしょう」

「いえいえ、みなさんと力を合わせたお陰です。そういえば、ラポルカ要塞で気になることを聞いたのですが、心当たりがないか伺ってもよろしいですか？」

「何でございましょう？」

「魔族が私のことを『開放者』と呼んでいました。開放者という言葉を聞いたことのある方はいませんか？」

女王も将軍たちも首をかしげる。誰も知らないらしい。

(精霊王なら知っているか？　呼んだら起きるかな)

そう思って、アレンが寝ている精霊王に呼び掛けようとしたそのとき。精霊王が目をつぶりヘソ天のまま、言葉を発した。そして、突然その体から光が溢れ始める。

『皆、長きにわたってありがとう。祈りが満ちるようだ』

「「「な!?」」」

にわかに周囲が騒がしくなる。

(お？　何だ、何だ？　何が始まった？)

「せ、精霊王様。もしや？」

『ああ、祈りの巫女の末裔(まつえい)よ。僕に対する祈りが間もなく満ちてしまうようだ。少し早かったが、目の前の少年が何度も僕の肩代わりをしてくれたからね。はは』

そう言いながら精霊王は宙に浮き、体から光を放ち続ける。

(肩代わり？　何かしたかな？)

あれこれ考えたが、アレンには思い当たるフシが全くない。

「ああ……精霊神になられるのですね」

女王の両目から大粒の涙が零(こぼ)れていく。

『そうだ。僕は間もなく精霊神になるようだ。あのときは、こんな日を迎えるとは想像もできなかったよ。己の運命の先見はどうも苦手だね。はは』

女王の言葉にうなずくと、精霊王は光を全身に宿したまま、再び女王の膝の上へゆっくりと降りる。

女王も将軍も、そしてアレンと一緒に並んでいたソフィーやフォルマールも、エルフたちの頬には歓喜の涙が伝っていた。

（む、俺も泣いた方がいいのか？　ついて行けない俺がいる）

アレンは光を放つ精霊王や感涙するエルフたちを前に、ただただ混乱している。精霊王なら「開放者」について知っているかなと期待していたが、どうやら精霊王は精霊神になろうとしている最中らしい。今度目が覚めたときにでも聞こうと考えるアレンなのであった。

＊＊＊

いつまでも泣いているソフィーとフォルマールを促し、アレンは仲間たちと共に女王の間から退出し、そのまま鳥Bの召喚獣を駆ってティアモの街とラポルカ要塞の中間地点へ移動した。

今日もアレンとセシルは2人乗りだ。ラポルカ要塞以南には今も魔王軍の残党が点在しており、この周囲にはまだまだ数万に及ぶ魔獣がうごめいている。これから、指揮化スキルの分析のためにこの残党たちを片っぱしから倒そうというわけだ。

次の戦いでアレンたちは、北部からやってくる３００万の予備部隊の魔王軍をエルフ軍に任せ、海洋から港町のネストへ攻めてくる１００万の魔王軍と戦う。前回ティアモの街で１００万の魔王軍の軍勢と戦ったときは３日で40万体しか倒せなかったが、今回の目標はネストに魔獣が到達する前に殲滅することだ。厳しい戦いに臨む前に、指揮化スキルについて知り尽くしておきたかった。

アレンの新スキルに興味が尽きないセシルが話しかけてくる。

「どんなスキルかしらね」

「ああ。どうだろうな。高速召喚以上に使えるスキルなのは間違いないだろうけど」

ノーマルモードはレベル60、スキルレベル６で成長限界に達する。アレンは召喚レベル７になりノーマルモードの限界を超えたときに、「高速召喚」と「指揮化」のスキルを手にした。ただ、高速召喚は覚えたと同時に使えたのに「指揮化」はなかなか解放されず、魔族グラスターを倒してレベルが65に達してようやく封印が解除された。

封印されたスキル制限を解除するには、レベル、スキルレベル、ステータスの上限など、いくつかの条件が関与することがある。今回のレベルによる制限も、その一環なのだろう。前世で様々なゲームをやり込んできたアレンには納得しやすかったし、入手条件が厳しいスキルほど有用なこともアレンは知っている。

【名　前】 アレン
【年　齢】 14
【職　業】 召喚士
【レベル】 65
【体　力】 1765
【魔　力】 2780+1000（指輪）
【攻撃力】 976
【耐久力】 976+1300
【素早さ】 1819+560
【知　力】 2790+1860
【幸　運】 1819
【スキル】 召喚〈7〉、生成〈7〉、合成〈7〉、強化〈7〉、覚醒〈7〉、拡張〈6〉、収納、共有、高速召喚、指揮化、削除、剣術〈3〉、投擲〈3〉
【経験値】 9,089,285/200億
・スキルレベル
【召　喚】 7
【生　成】 7
【合　成】 7
【強　化】 7
【覚　醒】 7
・スキル経験値
【生　成】 7,833,218/10億
【合　成】 7,756,875/10億
【強　化】 271,264,760/10億
【覚　醒】 12,765,800/10億
・取得可能召喚獣
【　虫　】 BCDEFGH
【　獣　】 BCDEFGH
【　鳥　】 BCDEFG
【　草　】 BCDEF
【　石　】 BCDE
【　魚　】 BCD
【　霊　】 BC
【　竜　】 B
・ホルダー
【　虫　】
【　獣　】
【　鳥　】 E6枚、B5枚
【　草　】
【　石　】
【　魚　】
【　霊　】 B13枚
【　竜　】
指輪は魔力+1000と魔力回復リングを装備

魔王軍との交戦を控え、アレンのカードのホルダーはガラガラだ。

(思い返せば、勇者と戦ったのはもう4カ月も前か。あれからレベルは10上がっているし、スキル経験値も3億ほど稼いだが……まだまだ先は遠いな)

アレンは変化が無くても朝昼晩と欠かさずステータスを確認している。レベル60までステータスはおしなべて一定のペースで上がり続けたが、レベル61に達してからは今までの倍のペースで上が

るようになった。おそらく、ノーマルモードの限界を超えたからだろう。

魔力回復リングのお陰で、冒険者ギルドで魔石を購入しなくてもスキル経験値を稼げるようになったが、少しでもスキル経験値を稼ぐため、今も魔石の購入は止めていない。

強化を優先してスキル経験値を稼ぐことも変更していない。強化スキルは召喚レベルに関係なく使うため、恩恵がとても大きいのだ。ちなみに覚醒スキルはいくら上げてもAランクの召喚獣を召喚できないので後回しというのがアレンのスタンスである。ただ、ローゼンヘイムにやって来てからの20日間ほどは、天の恵みを1日に２０００個生成するために、強化スキルより覚醒スキルを使うことが増えていた。

（ふむ、封印を解いてもスキル経験値不要……ということは、おそらく指揮化は効果が一定のスキルだな。魔力の消費もないと見ていいだろう）

これまで手にした共有や収納などのスキルは、スキル経験値が入らず、魔力を消費せず、効果も一定という共通の特徴を持っている。指揮化もきっと同じ括りなのだろう。

あれこれ考えていても始まらないので、鳥Eの召喚獣で試してみることにした。

「とりあえず、ホークに使ってみるか」

「うん」

移動中の中空で止まって検証を始めたアレンにセシルが返事をする。

アレンは鳥Eの召喚獣を側に呼んで、指揮化を発動した。

しかし、鳥Eの召喚獣には一切変化がない。

「あれ？　発動しない？」

もしかして、目には見えない効果なのだろうか。魔導書の表紙に何らかのログが流れることが多いので、困ったときは魔導書を確認する。

魔導書のログには、こんなことが書かれていた。

『Eランクの召喚獣には発動できません。指揮化スキルはBランクの召喚獣専用スキルです』

「何だ？　Bランクにしか使えないってさ」

「へ～。本当ね」

地上数百メートルの上で、安全ベルトもないのにセシルはアレンの背後から肩を摑み、魔導書を覗き込む。

「ん～、じゃあ、ドラドラ出て来い」

『どうされた、アレン殿？　戦闘ではないようだが……』

「今から新しいスキルを使うからね」

『ほう？』

指揮化スキルを発動してみる。

「どう……？」

アレンがスキルの効果を確認しようとすると、竜Bから強烈な波動が発せられる。その衝撃に驚いた、アレンとセシルは、思わず絶叫してしまう。それはすぐ近くにいた仲間たちも同じだった。

「うは！！！」

「き、きゃあああ！！！」

『お？　おおおおお!!　ち、力が湧いてくるぞ!!　我は『将』になったのか！！！』

10メートルはある竜Bの召喚獣の大きさが、指揮化スキル発動と同時に倍になった。体の筋肉はさらにゴツゴツとたくましくなり、角も牙も大きくなったことで一層狂暴に見える。

（え？　『将』になったってなんだ？）

アレンは驚きながらも、魔導書に新しいページが追加されたことに気付き、はやる気持ちを抑えながら確認する。

そこには指揮化を使った竜Bの召喚獣の、新たなステータスが書かれていた。

【種　類】竜
【階　級】将軍
【ランク】B
【名　前】ドラドラ
【体　力】5600
【魔　力】2000
【攻撃力】6000
【耐久力】5800
【素早さ】6000
【知　力】3600
【幸　運】3200
【加　護】攻撃力100、素早さ100、ブレス耐性強
【特　技】兵化、火を吐く
【覚　醒】怒りの業火

「おお、でかさだけじゃなく、全ステータスが倍になっている。これならAランクの最上位に匹敵するぞ」

アレンがステータスを一つひとつ確認すると、最後の方の特技欄に『兵化』というスキルが追加されている。

「ドラドラ、兵化ってスキルが追加されているぞ。何だこれ？」

『ん？　恐らくこれは……』

竜Bの召喚獣には、本能でこれが何だか分かったようだ。竜Bが言うには、同じ系統の召喚獣を兵化できる特技らしいが、今度は「兵化」がよく分からない。

「そうなのか……。とりあえず、もう一体ドラドラを出すから使ってみてくれ」

『あい分かった』

アレンがもう1体竜Bの召喚獣を出すと、指揮化した竜Bの召喚獣が兵化の特技を使う。

すると、兵化した竜Bにも変化が起きる。

「おお、でかくなった！」

「すごいわ！」

竜Bの召喚獣は、兵化によって1・5倍の大きさになった。

魔導書を見ると、さらに兵化した竜Bの召喚獣のステータスが追加されている。

【種　類】　竜
【階　級】　兵隊
【ランク】　B
【名　前】　ドラドラ
【体　力】　4200
【魔　力】　1500
【攻撃力】　4500
【耐久力】　4350
【素早さ】　4500
【知　力】　2700
【幸　運】　2400
【加　護】　攻撃力100、素早さ100、ブレス耐性強
【特　技】　火を吐く
【覚　醒】　怒りの業火

（兵化するとステータスが１・５倍になるのか。なるほど、指揮化っていうのは召喚獣を指揮官状態にして、兵隊を作れるようにするスキルってことみたいだな）

何となくスキルの全容が見えてきたが、これなら全員「指揮化」した方が、ステータス２倍でおトクな気がする。そんなうまい話はないだろう。

「これはかなり使えるスキルみたいだが、もう少し検証が必要だな」

「そうね」

実践に向けて、アレンの検証は続いていく。

＊　＊　＊

それからアレンはじっくり時間をかけ、ああでもないこうでもないと指揮化の検証を進めていた。

【指揮化で分かったこと】
・50メートルの範囲に召喚獣がいないと指揮化できない
・共有していれば解除は50メートル以上離れていてもできる
・1つの系統で1体しか指揮化できない
・スキル発動に魔力は消費しない

【兵化で分かったこと】
・指揮化した召喚獣が何体でも兵化できる
・兵化できるのは同じ系統の召喚獣だけ
・指揮化した召喚獣から100メートル離れると自動的に解除される

（何となく、共有に近いな。兵化した召喚獣は指揮化した召喚獣の近くにいないといけないのか。この辺が制約になっているみたいだな。あれ、じゃあ子アリポンはどうなるんだ……？）

アレンが夢中になって検証しているのを、セシルは背中越しに生暖かい目で見つめている。ダンジョン攻略中に召喚レベル6になったときも、こんな感じで検証に没頭していたアレンの姿を思い出したのだ。その様子は、初めて父から貰った剣を手にし、暇さえあればそれを必死に振るっていた兄のトマスに重なる。

「ちょっと、このままだと検証しきれないな。一旦実践で使ってみよう」

「そうね」

無邪気に目を輝かせて振り返るアレンに、ため息交じりでセシルが答える。

アレンは結局、1時間近くも仲間を待たせていた。鳥Bの召喚獣に跨って待機していた仲間たちも、やれやれという表情でアレンに了解のサインを送る。

実践とはつまり、周囲にいる数万の魔獣の掃討だ。鳥Eの召喚獣を使い、千里眼ではるか先にいる魔王軍を発見した。指揮化スキルをいろいろ試している間に魔王軍の残党は徒党を組み、数万の軍勢に膨れ上がっている。

一直線で敵の集団に向かい、一気に距離を詰めると、セシルがエクストラスキル「小隕石」を発動する。ある程度まとまった軍勢は、初撃に小隕石を当てると統率が乱れ、指揮も作戦もなくなるので戦いやすくなるのだ。

思惑通り慌てだした魔獣たちに向けて、さっそく指揮化した召喚獣たちを送り込む。選んだのは先ほど気になっていた子アリポンだ。

（ほうほう、将軍の子アリポンと、兵隊の子アリポンと、ノーマルの子アリポンはそれぞれステータスも大きさも全部違うと。そして、子アリポン自体には指揮化も兵化も使えないと）

魔導書で子アリポンのステータスを確認する。子アリポンは覚醒スキルを使った虫Bの召喚獣の半分のステータスになる。階級が将軍なのか兵隊なのか、それとも指揮化スキルの影響下にないのかによって違いがはっきりと分かる。

【指揮下による虫Aの召喚獣及び子アリポンの強さ・大きさ比較（虫Aの召喚獣を100とする）】
・虫Aの召喚獣100
・虫Aの召喚獣（兵隊）150
・虫Aの召喚獣（将軍）200
・虫Aの召喚獣の子アリポン50
・虫Aの召喚獣（兵隊）の子アリポン75
・虫Aの召喚獣（将軍）の子アリポン100

「指揮化ってすごいわね。召喚獣がかなり強くなったみたい」

魔王軍を蹴散らす召喚獣が明らかに強くなったことに、セシルも驚く。

獣系統や竜系統の特技の多くは攻撃力に依存しているので、ステータスが上がった将軍と兵隊の召喚獣が特技を連発すると、明らかに通常の召喚獣との殲滅速度に差が出る。

「たしかに、これで予備部隊との戦いに目途が立ってきたかな」

そのとき、ネフティラを追っていた霊Bと共有している視界に気になるものが映った。

「ん？」

「え？　どうしたの？」

「いや、そろそろエリーがフォルテニアに着きそうだ」

視界の奥には特徴的な巨大な木、そして手前には大きな外壁のある街が見える。ネフティラと霊Bはほぼ休みなく1日以上かけて移動し、今ようやく魔神レーゼルのいるローゼンヘイムの首都、フォルテニアに到着したのだ。

（たしか、この木が世界樹なんだよな。天まで届くとはこのことか）

アレンは世界樹についてソフィーから聞いたことを思い出す。この天まで届きそうな木は、エルフたちの信仰の対象らしい。精霊王や王女とはまた違った、祈りの対象のような感じであった。なんでも、この世界樹から精霊たちが生まれてくるという。

エルフは祈ってばかりなんだなって思った。そんなことを考えていると、巨大な建物が見えてきた。そこにネフティラと霊Bの召喚獣が入って行く。真っ直ぐひたすら進んだ階段の先、2階の奥の大きな広間に到着する。それは女王の間だ。

恐らくこの建物は、ソフィーから聞いた精霊王やエルフの女王を祀る神殿なのだろう。

一番奥には玉座が設けられ、そこに何者かが腰掛けている。

（こいつが魔神レーゼルか）

頬杖をついて偉そうに座っているそいつは、見るからに親玉の雰囲気だ。グラスターやネフティラのように、肌は浅黒く、頭からは厳つい角が生えている。血のように真っ赤な目がらんらんと光り、ネフティラたちを見据えている。

『魔神レーゼル様、ネフティラでございます。只今戻りました』

ネフティラが玉座から少し離れた位置で跪く。霊Bの召喚獣も、ネフティラの斜め後ろで同じように跪いた。

『……』

魔神レーゼルは頬杖を突いたまま、無言で2体を見つめ続ける。沈黙に耐えかねたネフティラが、矢継ぎ早に謝罪の言葉を発した。

『ま、魔神レーゼル様、も、申し訳ございません。敗北の責は我らにございます。任せられた軍勢も要塞もエルフの手に……』

しかし魔神レーゼルは手のひらを向けて、ネフティラの言葉を遮った。その行動に驚きながらも、ネフティラはすぐに黙って頭を下げる。ゆっくりと息を吸い込み、魔神レーゼルが話し始めた。

『そうか。敗れたのか。私は何故これだけの軍勢がいるのに、そして鉄壁の要塞を与えたにもかかわらず敗れたのか考えていた。原因はここにあったのか』

(敗北の内容はすでに伝わっているのか？　目玉蝙蝠は全て倒したはずだけど、ほかの通信方法でも持っているのか？)

アレンは魔神レーゼルの言葉から、少しでも魔王軍側の情報を収集しようとする。

『原因はここに……。はい、たしかに要塞を任せられた我らのせいで敗北してしまいました……』

全身を震わせながら、ネフティラは言う。

『……たしかにお前らの責任のようだ。私も愚かな配下を持ってしまったな。鼠(ねずみ)が侵入したことにも気付かぬとはな』

魔神の言葉は一つひとつに威圧感があり、神殿の壁もふるえんばかりだ。

『ね、鼠ですか？』

『そうだ』

そう言うと、魔神レーゼルは視線をネフティラから霊Bの召喚獣へと移す。

『……お前は何者だ？』

魔神レーゼルが霊Bの召喚獣に視線の先を移して問いかける。

（お？　バレたか？）

『は、エリーと申す者でございますデス』

『ふむ、この状況で一切の動揺が感じられないな。よくしつけられた鼠のようだな。それで、魔獣でも魔族でも精霊でもないお前は何者だ？』

（完全にバレているのか。バレるの早過ぎ。残念）

『な!?　え、エリーが鼠と？』

ネフティラが後ろを向き、信じられないという目で霊Bの召喚獣を見てしまう。

魔神レーゼルとネフティラが見つめる中、霊Bの召喚獣がゆっくりと立ち上がった。ふわふわと浮かび上がり、魔神レーゼルを見下ろす。

『ほう、お前たちの中にも少しは賢い者がいるのデスね』

『……』

『私はアレン様の召喚獣をしているエリーデスわ』

（ん？　何を言いだすの？）

アレンの想定を外れ、霊Bの召喚獣がアレンの名前を出してしまう。

『ほう。ずいぶん不遜な態度だな』

『いえいえ、むしろ当然の態度デスわ。世界を統べるアレン様の配下でございますデスから』

『世界をだと？』

（統べた覚えがない件について）

霊Ｂはアレンの心の言葉にも耳を貸さず話し続ける。

『然り。この世界は全てアレン様の物。レーゼルよ、お前は誰の許しを得て魔神など大層な肩書をつけているのデス？　アレン様の許しは得たのデスか？』

『世界を統べる者……か。そのアレンとやらは、こういう者を従えているのか』

『こういう者だと!?　アレン様のしもべに対して、魔神ごときが何を言うのデス!!』

霊Ｂがかつてないほど感情をあらわにして怒りだす。

『魔神ごときか。分かった分かった。お前は消えろ』

そこまで言うと、魔神レーゼルの手のひらから真っ赤な光の玉が現れ、真っ直ぐに霊Ｂの召喚獣の元へ飛んでいく。直撃を食らった霊Ｂの召喚獣は光る泡となって消え、アレンと共有した視界もそこで途切れた。

『そ、そんな……エリーが敵の間者だったとは。我々のせいで魔王軍の情報が、作戦のほとんどが漏れているのでは』

『ふむ……まあ、そうだろうな。だが過ぎたことはしょうがない。それで、アレンという奴の情報は持って帰ったのだろうな？』

『は、はい』

魔神レーゼルは無言でわずかに残る霊Ｂの泡がはらはらと落ちていくのを見つめている。恐る恐るネフティラが魔神レーゼルの顔色をうかがうと、突然口角が上がり笑いだした。

『くっくっく……魔神ごとき、魔神ごときか』

ネフティラは唖然とする。何しろ、魔神が笑うところなど一度も見たことがなかったのだ。

『そんなことを言われたのは100年ぶりだぞ。これは愉快だ！　ははは!!　そうかそうか、開放者がやってくるのか!!』

呆然とするネフティラを前に「開放者」と口にする魔神レーゼル。玉座の間に、その笑い声が響くのであった。

第十二話　光と影の歴史

ラポルカ要塞を攻略して3日が過ぎた。この日もアレンたちは残党狩りを続けていたが、今後についてエルフたちと話し合うために、日が沈むまで戦ったあとはティアモの街へ戻る。

ティアモに到着したアレン一行は、腹をすかせながらも食事より会議を優先し、真っ直ぐ女王の間へと向かった。女王の膝の上では、相変わらず精霊王がキラキラと輝きながら寝息を立てている。

あれ以来、精霊王はずっと眠ったままだ。

（まだ眠っているな。精霊神になるための蛹(さなぎ)のような状態なのか。機が熟したら変身でもするのか？）

視線を女王に戻し、いつものように報告を始めた。アレンとの受け答えは、エルフ軍最高幹部のシグール元帥が代表して行っている。

「今日もかなりの魔王軍を倒してくれたのだな」

「はい、これで南北両方から攻められることは避けられそうです。今日倒した魔王軍の場所については後でお伝えするので、魔石などの回収をお願いします」

「あい分かった。本当に助かるぞ」

エルフの斥候部隊は、魔石はもちろんのこと、魔王軍の武器や防具、さらには素材となる魔獣の骸そのものも回収している。戦うための武器を揃え、資金を稼ぐためだ。魔石は多めにアレンが貰う代わりに、ほかは全てローゼンヘイムの物になる。アレンはさらに話を続けた。

「これはあまりうれしくない情報ですが、魔王軍は進軍を早めているようです。ラポルカ要塞にやってくるまで、もう時間がありません。ラポルカ要塞への兵の配備を急いでください。私の仲間も協力します」

魔王軍の行軍速度からもラポルカ要塞での戦いまで時間はないと言う。

「ん、仲間？　では、アレン殿は……」

「はい。私は海洋の魔王軍との戦いに加勢します。そちらは敵も少ないですし、1人で何とかできる目途が立ちましたので」

アレンは鳥Eの召喚獣を使い、陸路と海路を南進する魔王軍の正確な位置を捉えている。魔王軍の作戦がエルフ側に漏れていたことを知り、進行速度をかなり早めたようだ。進行方向を見る限り、目標はラポルカ要塞とネストの街から変わっていないらしい。

シグール元帥や将軍たちは、アレンがたった1人でネストへ赴くことを決めたことに驚き、この無謀な行動を諫めようとしない仲間たち一人ひとりの顔を不思議そうに眺める。しかしアレンの仲間たちは、表情一つ変えずに女王の前で直立しているばかりだ。

指揮化の検証を概ね終えた後、アレンはすでに作戦について仲間たちと話をしていた。北から攻めてくる300万強の魔王軍とは、30万のエルフ軍とアレンの仲間たちが戦う。そして、海洋から侵攻する100万の魔王軍はアレン1人で相手をする。多くの兵をティアモに送り、防御が芳しくないネストの街には10万程度の兵しかいない。絶対に魔獣を踏み入らせてはならない。自ずと1人で100万の軍勢を殲滅するという話になる。

「明日の朝には出発したいと思います」

シグール元帥や女王、そしてここにいるエルフ全員が、アレンと仲間たちの目を見て、今回の作戦に賭けることを決めた。

「……そうか、では何か必要なものがあったら言って欲しい」

シグール元帥がせめてもの気持ちから、何かしらの援助を申し出る。アレンは遠慮なく、携帯用の食料をいくらか準備してもらえるようお願いした。

「ありがとうございます。ローゼンヘイムの食事は何でもおいしいですからね。それと、出発する前に1つだけ確認したい話があるのですが、よろしいですか？」

（まあ、完全なる憶測だがどう出るかな？）

アレンには明日出発する前にどうしても確認したいことがある。

「ぬ？　もちろんだ。何でも聞いてくれ」

「私はローゼンヘイムに来てエルフたちと共に戦う中で、2つほど気付いたことがあります。シグール元帥」

「ん？」

急に名前を呼ばれて、シグール元帥は怪訝(けげん)な顔をする。

「ソフィアローネ、フォルマール、ルキドラール大将軍、ガトルーガさん、それにシグール元帥。皆名前に長音が入りますよね。それに確か、精霊王様もローゼンというお名前だったはず。これって、偶然ですか？」

「う、うむ。まあ、我らエルフたちの昔からの名付けであるぞ」

なぜこんなときにと思いながらも、元帥が答えてくれる。将軍たちもアレンの仲間もざわざわし始める。それでもエルフたちは昔からの先祖伝来の名前を大切にしているという。

「ありがとうございます。ところで、いまは国に戻っているのでいませんが、私の仲間にはもう1人、メルルというドワーフがいます。彼女の父はネネク、母はカナナというそうです。やはり、お国によって名前の付け方には特徴があるのですね」

「う、うむ?」

アレンが何を言いたいのか見えてこないが、たしかに国によって名前に特徴があるものだとシグール元帥は思う。

「もう1つ教えていただいてもよろしいですか?」

「も、もちろんだ。さっきの話の答えは、あれでいいのか?」

「はい、結構です。もう1つの質問ですが、魔王軍と戦ってかれこれ60年ほど過ぎているかと思いますが、最北の要塞はとても堅牢で素晴らしいものだそうですね」

「うむ、ローゼンヘイムを何十年も守った要塞だからな」

シグール元帥は「今回ばかりは耐えられなかったが」と付け加える。

「魔王軍が攻めて来るので最北の要塞を作った、それは分かりました。でもフォルテニアの南を守るラポルカ要塞ができたのは魔王の出現よりはるか昔、大精霊使いがこの国に現れたときのことだと聞いております。かつてここに住んでいたエルフたちは、何のために要塞を作り、誰と戦っていたのでしょうか?」

「「「な!?」」」

魔王軍に関する軍議とはあまりにかけ離れたアレンの問いにエルフたちは戸惑う。

「な、何のため……というのはどういうことだ?」

シグール元帥が聞き返す。

「言葉通りの意味です。学園で中央大陸以外の国についても勉強をしましたが、ローゼンヘイムはここ1000年間、他国からの侵攻もなく平和な国だそうですね」

（まあ、5大陸同盟の盟主が運営している学園で、学長もローゼンヘイムの王族なら、どこまでローゼンヘイムの負の内情を教えてくれるんだという話になるんだが）

アレンが習ったローゼンヘイムは、政治的な支配体制であったり、文化的な特徴や主要な産業や都市についてがほとんどであった。

「あ、あの……どういうおつもりですか。話の趣旨が見えません」

たまりかねた女王が割って入る。

「すみません、回りくどい言い方をしてしまって。ですが、もう少し続けさせてください。私が力をお貸しする発端は、たしかに我が国ラターシュ王国の命によるものでした。しかし私にとって、それはきっかけでしかありません。今は仲間であるソフィーの、そして平和を愛するあなた方の国を守るために、私も戦っているのです」

「……それについては、心より感謝しております。そして仰るとおり、ローゼンヘイムのエルフたちは争いを好みません」

アレンの言葉に女王が答える。

「今回ローゼンヘイムを侵攻した魔王軍の最高指揮官は魔神レーゼルというそうです。誰か、この名前を聞いたことはありませんか？　エルフの名付けの特徴に随分似ているようですが」

「エルフの特徴を持つ名前……。そ、それはまさか……」

女王はアレンが言わんとすることの意味を理解したようだ。

「私が召喚獣を通して見た、魔神レーゼルは、全身が浅黒く角と牙が生え、醜悪な姿をしていました。一方で、長い耳と落ち着いた口ぶりが気になって、もしかしたらと思ったのです」

前世の記憶からすれば、あの長耳はどう見てもエルフだった。名前が長音だったのは、答えから逆算した結果寄せてしまったに過ぎない。実際に、ヤゴフやネフティアに長音もないし、キールにはある。なお、中央大陸には中央大陸独自の名前の特徴がそれぞれの国でもあるようだ。

女王の間が一層ざわざわし始める。

仲間たちも、アレンの言葉に顔を見合わせた。この話は仲間にもしていなかったのだ。

ソフィーがアレンに問いかける。

「……もしかしたらとは？」

アレンは一瞬ソフィーの方を向き、再び女王に進言した。

「私たちは知らないうちにエルフ同士の確執に加担していたのでは、と思ったのです。あの男……魔神レーゼルはエルフなのではないでしょうか。だとしたら、ローゼンヘイムを同族が攻める動機として、思い当たることはありますか？」

（中央大陸でも、かつて国民の間で排斥運動が起きたというからな）

アレンは学園で中央大陸の歴史を学んでおり、その歴史が全て明るい出来事で彩られているわけではないことを知っている。彼はこの話の本質に種族間の対立があると睨んでいた。

＊　＊　＊

アレンは農奴として開拓村に生まれたが、そこには人族しかいなかった。前世で読んだ異世界ものの小説では、異世界には色々な種族が登場していたのに、この世界には人族しかいないんだなと思っていた。

この世界にも人族以外の種族がいることを知ったのは、グランヴェル家でセシルの魔法の講師から魔王史を学んでからだ。そのとき、中央大陸の北東と北西にエルフやドワーフがいることを知った。

それから学園に入り、2年になって5大陸についての授業を受けた。中央大陸の南西と南東には、それぞれに大陸がある。南西の大陸には獣王国があり、南東の大陸には連合国があること、そして2つの国の成り立ちについても学んだ。このときアレンは、初めて異世界の影の部分を知ることになった。

獣王国は中央大陸、特にギアムート帝国の迫害を受けた獣人たちが南西の大陸に逃げ延びて作った国だった。何でも獣人は、魔獣の混血や末裔とされ、迫害の対象になったらしい。これが1000年ほど前に起こったことだ。そのため、今では中央大陸にはほとんど獣人がいない。

連合国は、中央大陸で住めなくなった者が移り住んで生まれた国だ。元々は流刑地だったらしく、ギアムート帝国内の政争で敗れた貴族や罪人の多くが南の大陸に流された。ほかにも魚人や鳥人も異形のものとして不当に差別され、この大陸に流されたという。そのころに多様な種族がそれぞれの国を作ったため、この大陸には他の4大陸のような大きな国はなく、連合国の盟主は加盟国の代表の合議によって決まると授業で習った。

こうした経緯もあり「5大陸同盟」とは言いながら、獣王国と連合国の盟主は何かにつけて軽んじられることが多い。それを快く思わない南の2つの大陸は、魔王との戦いにおいて全力で中央大陸を支援していなかった。救援は物資のみに止め、兵は一切出していない。

ギアムート帝国と魔王との戦いについてはこの態度が顕著で、同盟の規約上の最低限の援助のみを行い、どこか静観した態度で臨んでいるらしい。近接戦闘の得意な獣人たちが魔王軍との戦いに参加すれば戦況も変わるだろうに、そうはならないのには味方同士の根深い対立があったのだ。

＊＊＊

アレンと同じ授業を受けていたセシルが、彼の言わんとすることを理解し話しかける。

「あ、アレン。もしローゼンヘイムでエルフ同士が戦っているとしたら、エルフが魔王軍にいるのは何でなのよ?」

「それは分からない。でも、ここにいるエルフたちは……」

そのとき、何かを考え込んでいた女王が覚悟を決めたように口を開いた。

「アレン様の話とは関係ないかもしれませんが……よろしいですか?」

「もちろんです。これまで話したのは、全て私の憶測ですので」

「まず、分かってほしいことがあります。私たちはダークエルフとの共存を願ったのです」

（ダークエルフ……。やはり種族間の対立の話か）

女王はローゼンヘイムの光と影の歴史を語りだす。

「はるか昔、このローゼンヘイムには２つの国がありました。エルフの治める国と、ダークエルフの治める国です」

「そのダークエルフとずっと戦っていたと？」

「そうです。我らは共存を願ったのですが、彼らはそれを望まなかったのです。攻撃魔法に長けたダークエルフは、好んでエルフたちに攻撃を仕掛けてきました。それはとても厳しい戦いであったと先代の女王からも聞いております」

そこまで話すと、女王はダークエルフの特徴についても教えてくれた。肌は褐色で、精霊の力を借りた攻撃魔法が得意だという。何となくアレンが抱いていたダークエルフのイメージにぴったり合致する。それに、魔神レーゼルとも。

「……エルフは戦いを望まないはずなのに、なぜダークエルフは争いを仕掛けてきたのでしょうか？　ダークエルフはローゼンヘイムを支配したかったと？」

「フォルテニアには、世界樹と呼ばれる大きな木が生えています。精霊の生まれる樹として我々もダークエルフもその木を信仰の対象にしていますが、それをダークエルフが独占しようとしたのです。そして、世界樹をダークエルフに譲り、エルフは大陸から出て行くようにと……」

震えながら女王が話す。エルフたちはローゼンヘイムにたった１本の世界樹を、はるか昔から祀ってきた。同様に精霊の生まれる世界樹を神聖視していたダークエルフが、独占を狙ってエルフを相手に戦いを仕掛け、その争いは長いこと続いた。

ときにはエルフの指導者が停戦や共同管理といった話を持ちかけたが、そのたびにダークエルフが独占を主張し、交渉は決裂したという。

「「……」」

ローゼンヘイムの指導者に、代々語り継がれてきた話なのだろう。女王の間にいる全員が、話に耳を傾けている。そこへアレンがある疑問をぶつけた。

「でも、今ダークエルフはローゼンヘイムにいませんよね。結局、排除したんでしょうか？」

女王は静かにうなずいた。

「そうです。事は我らが望まぬ結末をたどりました。そこに至るまでに、我らエルフたちはダークエルフに滅ぼされる寸前まで追い込まれ、苦渋の決断だったと聞いています」

戦いはいつまでも続いた。そしてあるとき、ダークエルフの指導者に力と知恵のある者が出てきた。その結果エルフたちは街を奪われ、要塞はいくつも陥落し、彼らの自治が及ぶ場所は世界樹の側にある街のみになったという。

街を攻められれば明日にでもエルフが滅んでしまうというとき、彼らは世界樹に救いを求め一心に祈った。

「祈った？」

アレンが聞き返す。前世がごく平凡な日本人だったため、アレンには祈りという概念そのものが希薄だ。

「はい。絶望の中でエルフたちは世界樹に救いを求め、祈りを捧げました。そのとき私の祖先……

つまり後に初代の女王となられる少女が、大木のうろから顔を出す精霊の幼体を発見したのです」

エルフの少女が精霊の幼体に、この状況から救ってほしいと祈りを捧げると、精霊の幼体は『名前がほしい』と言ってきた。

「……それが、ローゼン様？」

「はい。エルフの少女は、精霊をローゼンと名付けることで契約を交わしました。私たちエルフは、精霊王と初めて契約を交わしたこの少女を『祈りの巫女』と呼んでいます」

少女と一緒に祈りを捧げていたエルフたちは驚きながら契約の様子を見ていたが、幼体の精霊の力については懐疑的であったそうだ。

というのも、精霊は一般的に年を重ねるほど力を増すと伝えられており、大精霊になるには何百年や何千年もかかるとも言われている。多くのエルフたちは、生まれたばかりの精霊と契約をしたところで、戦況を一変するような奇跡は起こらないと思っていたのだ。

「しかし、実際は形勢を逆転するほどの力があったと」

「はい。精霊王様は祈りの巫女をハイエルフに変え、これによりダークエルフとの戦いも一変しました」

契約を交わした祈りの巫女は、共に祈りを捧げていたエルフたちの目の前で金色の瞳と銀色の髪に変わったという。これがハイエルフの始まりであった。少女の力は、たった1人でダークエルフの軍勢を払いのけるほどのものとなり、形勢は完全に逆転した。

「その後、ダークエルフはどうなったのでしょうか」

話に引き込まれ、アレンは女王に続きを聞く。

「祈りの巫女はダークエルフを現在のネスト付近まで追いやり、今後二度とエルフを攻撃しないという命の契約を結びこの地に留まるか、この大陸から出ていくかの二択を迫りました」

(命の契約か、自分の意志にかかわらず強制する契約のことかな？)

「どちらを選んだのですか？」

「ダークエルフたちは出ていくことを選びました。そして彼らは追放されたのです」

ダークエルフは1人残らず船に乗せられ、現在の連合国がある大陸へ追放されたという。そしてエルフたちは、ダークエルフがローゼンヘイムの地を踏むことを二度と許さなかった。これが1000年以上前の話だというから、エルフとダークエルフの戦いが始まったのはどれほど昔なのか見当もつかない。

(なるほど、エルフたちは精霊王と祈りの巫女のお陰で滅亡を免れ、祈りの対象は世界樹から精霊王に移ったというわけか。しかし、追放されたダークエルフの末裔は、今も世界樹を信仰しているんじゃないか？)

エルフは事あるごとに精霊王や女王の名を挙げて奉るが、世界樹の話はほとんど聞いたことがない。精霊が生まれるという言い伝えレベルの話が伝承に残っている程度だ。

「魔神レーゼルについては何か分かりますか？　例えばダークエルフの指導者の名前がレーゼルだったりとか……」

「確認をしています。ただ、私が女王について300年。現代のダークエルフの王はオルバースと言います。その先代の王もレーゼルという名前ではなかったのですが……」

どうやら、女王に思い当たる節はないようだ。調べるよう配下のエルフたちに指示を出している。

「……そうですか」

残念そうな表情のアレンに、女王がおずおずと話かける。

「あの……」

「そ、そんな、女王陛下!!」

将軍たちは思わず声を上げた。

エルフの女王が自ら玉座を下り、すがるように頭を下げたのだ。

「ぜひ、力を貸してください。アレン様なくして、この戦いに勝利はありません！」

エルフ同士の戦いに介入するのは気が乗らないといった様子のアレンに、戦いを勝利へ導いてほしいという気持ちがこのような行動に駆り立てたのだろう。ともかく、これには仲間たちも、エルフたちも驚いて言葉を失った。

「当然です。女王陛下、顔を上げてください」

「……あ、ありがとうございます」

女王がアレンに対して心からのお礼を言い、駆け寄ったソフィーとフォルマールの肩を借りてゆっくりと立ち上がる。女王が落ち着くのを待ち、アレンはにっこりと笑いながら話しかけた。

「今分かっているのは、ちょっと耳が長い、エルフっぽい名前の魔神がいるってことだけですからね。あくまで、相手は魔王軍です」

（そもそも、俺の憶測から端を発した話だからな。ただ、今の話は聞いておいて良かったぞ）

こうして、ローゼンヘイムの光と影の話をアレンたちは聞き終えたのだった。

＊　＊　＊

次の日。アレンたちはティアモの街の開けた広場にいた。

ついに今日からは、アレンだけがパーティーと分かれて行動する。その前に、アレンはこれからラポルカ要塞へ赴き召喚獣を配置するのだ。

「ねえ、召喚獣をたくさん置いていってくれるのは助かるけど、そっちは大丈夫なの？」

珍しく、セシルが心配そうな表情でアレンを見る。

「多分いけると思う。まあ、どのみちアリポンは海上では戦えないし、せっかくの新スキルなんだから、生かせるところに置かないと勿体ないよ」

「そ、そう」

（魔王軍は本気みたいだからな。残った軍もラポルカ要塞攻略に動かすみたいだし）

アレンたちはローゼンヘイムにやって来てから２００万近い魔獣を倒してきたが、まだ１００万ほどの魔王軍が健在だ。どうやらその軍勢を全てラポルカ要塞攻略に当てるようで、続々とラポルカ要塞の北に集結しつつある。予備部隊のうち３００万の軍勢と一緒に、タイミングを合わせて攻めて来るつもりだろう。ラポルカ要塞には指揮化を使った虫Ｂの召喚獣を配備し、残りの枠でネストに迫る１００万の魔王軍を打ち滅ぼすつもりだ。

アレンはふとドゴラを見る。最近、ドゴラはすっかり元気がない。原因はエクストラスキルだ。

これに関してはクレナも凹んでいたが、ドゴラは先日のグラスターとの戦いでもエクストラスキルを発動することすらできず、かなり参っているようだ。

「ドゴラ」

「ん？」

「俺はお前のエクストラスキルに、期待しかしていないからな」

「ばっ⁉　お、お前……」

ドゴラはプレッシャーをかけられ、露骨に狼狽（ろうばい）する。

「ドゴラのエクストラスキルは、名前から察するに魔力を全消費して一発必中の攻撃を放つ技だと思う。多分その一撃は、セシルのプチメテオも超えるパーティー最強の一撃になるはずだ」

「あ？　プチメテオを超えるって……マジか？」

「そうだ。ドゴラのエクストラスキルは、全ての魔力を使い、単体の相手を全身全霊で叩きのめす技に違いないんだ。ぜひこの戦争で体得してくれ。俺はエクストラスキルを使えないし、お前が思っているほど強くないからな。俺には皆の力が必要だし、皆もドゴラの力を必要としているんだ」

同じ全魔力消費のセシルのプチメテオは、広範囲を攻める全体攻撃だ。

皆が黙ってうなずいたが、ドゴラだけが腑に落ちないと言った表情だ。

「アレン……お前が強くないだって？　あんだけ魔獣を倒しまくってそれはないだろ？」

「いや、ドゴラ。やっぱり俺は強くないよ。召喚獣の数が多いから魔獣をたくさん倒せるのは確かだが、俺の召喚獣の一撃ごとの攻撃は、ドゴラやクレナよりずいぶん軽いんだ」

アレンは、召喚獣は派手に見えるがあくまで補佐の立場だと捉えている。グラスターに致命傷を負わせたのはエクストラスキルを発動したクレナの攻撃だし、アレンの召喚獣の攻撃は、牽制にはなったがそれほど堪えていなかったように見える。

今や武器や装備品も合わせたドゴラの攻撃力は８０００に達し、竜Ｂや獣Ｂの攻撃を超えている。ノーマルモードの星1の職業でも、努力してステータスをカンストし、アダマンタイトの武器と防具で揃え、ステータスを１０００増やす指輪を2つ着ければ、強化と指揮化をしたＢランクの召喚獣を超えられるのだ。

「それに、エクストラスキルの覚醒は人によってタイミングが異なる。中には体得に2、3年かかる者もいるって学園で習っただろ？　だから他人と比べる必要なんてない。大切なのは自分にもできると信じ、諦めないことだ」

アレンはそう言って、指揮化によってさらに巨大化した鳥Ｂの召喚獣に自らをくわえさせ、背中まで運ばせた。仲間たちははるか下だ。

「……というわけで、これから別行動になるけど。ドゴラ、頼むぞ！　一発必中を意識して戦ってくれ！」

ドゴラとは6歳のころからの気のおけない仲だ。言いたいことはガンガン言うようにしている。

アレンはドゴラに声が届くよう、叫ぶように檄を飛ばすと、4体の鳥Ｂの召喚獣を残して飛び立った。

アレンはこれから1人で、ラポルカ要塞に召喚獣を一部配置し、そのまま海洋を移動する敵の元へ向かう。残った仲間たちは4体の鳥Ｂに乗り、魔導船でラポルカ要塞に移動するエルフ軍を援護する。ラポルカ要塞についたら攻防戦に備える運びだ。

＊　＊　＊

アレンは1人でラポルカ要塞に向かいながら、中央大陸北部の砦にある個室に待機させていた、霊Bの召喚獣に意識を傾ける。

（さて、もう余裕がほとんどないな。これから1人で100万の敵と戦わないといけないんだから。エリー、もう来たか？）

アレンが問いかけると、共有した意識から霊Bの召喚獣が応える。なお、魔神レーゼルとの会話ではこちらの指示を待たず色々と発言していたが、一応アレンはもちろんのこと、パーティーのためになるよう行動するようにとだけ伝えてある。それ以上は霊Bの召喚獣の個性なのかなと静観中だ。

『いえ、そろそろかと。すでに呼び出していますが、もう少々お待ちいただいてよろしいデスか？』

（問題ない）

霊Bの召喚獣を通して、その個室の様子を確認する。

蝋燭（ろうそく）の灯りのある6畳ほどの狭い部屋だ。

「ごめんごめん、遅れちゃったよ」

ふいに個室の扉が開き、水色の髪の青年がへらへらしながら中に入ってきた。その後ろからは、青年と同い年くらいの鎧を着た女性も入って来る。

『ヘルミオス様。お一人で来ていただくようお願いしたつもりデスが？』

霊Bの召喚獣が、部屋に入ってきた勇者ヘルミオスに対して非難じみた声を上げる。

「ごめんよ。僕1人で聞くより、シルビアが一緒の方が話が早いと思ってね。彼女は僕のパーティーメンバーだ。安心してほしい」

アレンはシルビアと呼ばれた女性に見覚えがあった。ドベルグと一緒に学園へやって来た帝国の剣聖だ。どうやら勇者と一緒にパーティーを組んでいるらしい。

（エリー、付いてきたものはしょうがない。そのまま通して）

『分かりました』

「ん？　ああ、そうか。アレン君もこの会話を聞いているんだね」

霊Bの召喚獣の様子からアレンが指示しているのだろうとヘルミオスは察した。

アレンはラポルカ要塞に控えていた霊Bの召喚獣の1体に、ヘルミオスを呼び出すように頼んでいた。あまり公に行動を明かしたくないのでヘルミオスだけを呼んだのだが、同じパーティーの剣聖シルビアも付いてきてしまったようだ。

部屋の丸テーブルに椅子を見つけたヘルミオスは、シルビアを促してそこに腰掛ける。それを見計らって霊Bの召喚獣がお茶を用意していると、ヘルミオスが話しだした。

「ローゼンヘイムはどう？」

ひとり言のように映るが、もちろんアレンに話しかけている。

（相変わらず軽いな。まあ、俺もその方が楽だけど。エルフの将軍は、年のせいかどうも話し方が重々しすぎるんだよな）

『ローゼンヘイムの状況デスが……』

ヘルミオスに背中を向けたまま、今度は霊Bの召喚獣が話し出す。

アレンが霊Bを通して、勇者にローゼンヘイムの現状を伝えた。

ローゼンヘイムにやって来て20日ほど、魔王軍との戦いが続いていること。エルフ軍も持ち直し、現在２００万体ほどの魔獣を倒したこと。ラポルカ要塞を奪還し、戦線を押し戻したこと。それに、これから海路と陸路など全て合わせて５００万の軍勢が攻めて来ること。

「たった20日で２００万の軍勢を……」

シルビアが、驚きを通り越して呆れたような顔をする。勇者とパーティーを組む剣聖でも、考えられない規模の数字のようだ。

「それだけ魔獣を倒せるなら、中央大陸にアレン君が来てくれれば僕もラクなんだけどね。それにしても、魔王軍の予備部隊は全て移動したっていう話は本当だったんだ」

『そのとおりデス。中央大陸には予備部隊が来ませんので、勇者様が今いる魔王軍を全て倒したら、勝利が確定デス』

（とはいえ、中央大陸も結構厳しい戦いをしているからな。俺が渡した回復薬じゃ魔力の回復はできないし）

「それはうれしいけど、魔王軍はしぶといからね。今回の戦いは少し長引きそうだ。それにしても、戦っているときに突然回復することがあったけど、アレン君のお陰だったんだね」

アレンが60万個にも及ぶEランクの魔石から作った命の葉は、エルフの霊薬として中央大陸に送られている。お陰で回復役であるエルフの部隊がいなくなっても、５大陸同盟軍の要塞は１つも落とされずに持ち堪えているようだ。

命の葉は半径50メートルの範囲で体力１０００回復するが、魔力は回復しない。だから戦闘時に、どうしても魔力を節約することになる。それが中央大陸の戦いが長引いている原因なのだろう。学園を発つとき、エルフ軍の本国帰還のためにすぐ渡せるものとしては、あれが精一杯だった。

アレンは命の葉以外に、召喚獣たちの増援という形でも中央大陸の戦いに協力している。激戦が繰り広げられる中央大陸北部に向かった召喚獣も、1体、また1体と倒され、今では霊Bの召喚獣4体と鳥Eの召喚獣1体のみとなった。

霊Bの召喚獣を送り出すとき、アレンは天の恵みを少しずつ持たせていた。中央大陸に着いた霊Bは要塞の壁に潜み、ここぞというときに天の恵みを使っている。そんなことを10日ほど前から繰り返しているので、同盟軍の中では「奇跡の回復」として結構な騒ぎになっているらしい。

ヘルミオスが言っていた突然の回復とは、このことを指しているのだろう。

『先にお送りした回復薬と同じくエルフの霊薬を使っているだけデスが、きっと誰も信じないデスから、そのまま奇跡ということにしておいてください。それより、ヘルミオス様にお願いしたいことと、確認したいことがございますデス』

「何だい？」

『ローゼンヘイムでは、これから3、4日のうちに500万の軍勢との戦いが始まります。手持ちの回復薬は差し上げますので、まずはこれを使い戦況を有利にしてくださいデス』

霊Bはそう言うと、こっそり使い続けて残り100個を切ってしまった天の恵みを袋ごとヘルミオスに差し出す。

「これは？」

『奇跡の回復……つまり、私たちが中央大陸の兵に使っているエルフの霊薬デス』

命の葉だけでは魔王軍との戦いで不十分なことは、ローゼンヘイムで戦っているアレンも重々承知だ。霊Bを通して、簡単に天の恵みの効果を説明すると、ヘルミオスが驚いた顔をする。

「そんな、体力と魔力を広範囲で全快するなんて……」

（ふむ、帝国にも同程度の回復薬はないか。さすが召喚レベル7の天の恵み）

召喚レベル7はノーマルの限界をすでに突破した数値だ。

剣聖シルビアが信じられないという顔で天の恵みを手に取り、しげしげと見つめる。

「なるほど、アレン君のこの力で、ローゼンヘイムを立て直したんだね」

ローゼンヘイムの戦況について聞いた勇者ヘルミオスが、納得してうなずいた。

『いえ、これはローゼンヘイムに伝わる秘蔵の霊薬デス』

霊Bの召喚獣は、あくまで「エルフの霊薬」で押し通すが、学園都市でアレンと戦ったヘルミオスは、その際にアレンが両腕を失いながらも、回復によって再生したのを目の当たりにしている。

ヘルミオスからすれば、この不思議な実もまた、アレンの能力の一環と見るのが自然だった。

「いやいや、なんでそんな嘘をつくのさ？　これ、エルフの回復魔法よりもすごいじゃない。本当のことを言えば、皆にもすっごく感謝されるよ。たぶん、うちの皇帝ならすぐにでも爵位を与えてくれるんじゃないかな。僕も公爵にしてもらったし」

そうでしょうね、と横でシルビアがうなずく。

（まあ、そうだろうな。お主のところの賢帝は、戦で活躍した兵に報酬を惜しまないらしいし）

ギアムート帝国の皇帝は、魔王軍との戦争で活躍した者への報酬を惜しまない。戦争で長年活躍したラターシュ王国の剣聖ドベルクには、帝国の剣聖ではないにもかかわらず専用の魔導船まで与えている。

『嘘も何も、ローゼンヘイムの女王にご確認されたらよろしいデス』

霊Bの召喚獣が微笑みながらも断言する。

「なるほど。う～ん、僕が前ローゼンヘイムに行ったときは、そんな霊薬があるなんて話、なかったんだけどな～。それで用件って？」

もう、「エルフの霊薬」について話していても埒が明かないと踏んだのだろう。

ヘルミオスが首をかしげながら話題を変える。

『お伝えする用件は2つデス。1つ、これからローゼンヘイムは激戦になるため、アレン様は中央大陸の手助けができなくなります。これより順次、私たちも全員ここからいなくなりますデス』

「なるほど。あとはこの薬を使って、自分らで頑張ってってことだね？」

『いいえ。今晩にも、今お渡ししたのと同じ霊薬を1000個届けに参ります。それを渡し終えたら、あとはあなた方で頑張ってください。とアレン様は仰ってますデス』

「1000個……」

聞いたこともないほど絶大な効果を持つ回復薬。これが手元に100個ほどあること自体信じられないのに、さらに1000個も届く。冗談のような話が続くので、シルビアは驚く代わりに笑ってしまった。それだけあれば、戦況がどれほど好転するか想像もつかない。

4日前、ラポルカ要塞を攻略した際にアレンは天の恵みの在庫を確認していた。そして必要な量を確保し、残りを鳥Bの召喚獣に託して中央大陸北部に向けて飛ばしたのだった。

覚醒スキル「天駆」をフル稼働し向かっている。

「いや、本当にありがとう。それなら大事に使えば20日は持ちそうだ」

『10日後、さらに1000個持ってくるので出し惜しみなく使ってほしいデス。これはギアムート帝国からの支援に対する、ローゼンヘイム女王陛下からの返礼であると、皇帝に伝えてください。アレン様はそう仰っていますデス』

アレンは女王に、彼女の名義で中央大陸に天の恵みを贈ることを伝えている。帝国からすれば、支援の何十倍もの返礼をローゼンヘイムから受けたことになるはずだ。

「ありがとう、伝えておくよ。こんなに素晴らしい贈り物をいただいたんじゃ、皇帝を困らせちゃうね」

ヘルミオスは、帝国が思惑を持ってローゼンヘイムを支援していることを聞いているようで、皮肉っぽく笑いながらそう言った。

『ありがとうございます。もう1つの用件もお伝えしてよろしいデスか？』

「もちろんだよ。おっと、これはもうシルビアに持って行かせていいかな？　一刻も早く皆に回復薬を届けたいんでね。シルビア、すまないけど先に行って、将軍たちに効果を説明しておいてくれないか？」

「分かったわ」

シルビアが天の恵みを戦場に届けるため、部屋から出る。これで部屋にいるのは、ヘルミオスと霊Bの召喚獣だけになった。

『……貴重なお時間を割いていただいて申し訳ないデスと、アレン様は仰ってます』

「構わないよ。それで何だい？」

『ローゼンヘイムの500万の魔王軍を束ねているのは、レーゼルという魔神のようなのデス。魔神の対策について、何かお話を伺えたらと仰ってますデス』

「なるほどね、魔神が出てきたんだ。まあ、そうだよね。狙いはローゼンヘイムの陥落だろうし」

魔王が予備軍を投入した今、魔神が出るなんて当然だといった口ぶりだ。

『はいデス。まず、魔神はこの500万の軍勢に加わって行動すると思いますデスか？』

魔神が直接攻めてくるのと、そうでないのとで、作戦は大幅に変わってくる。

「多分しないよ。魔神は軍の中に入ってこないからね。僕が戦った魔神なら皆、陣から離れた後ろに控えていたかな」

（よしよし。この前のグラスターみたいに、要塞を守っているときに攻め込んでこられたら困るしな。結構、ラスボス感的な振る舞いをするのか）

『なるほど。では倒し方や弱点はありますデスか？』

アレンが今回、一番聞き出したかったのはこれだ。

必要な情報を確実に仕入れ、より効率よく戦いに臨むことが大切だと考えている。

「えっ、魔神と戦うつもりなの？」

『もちろんデス』

「多分、話にならずに負けちゃう……っていうか殺されるよ？」

ヘルミオスはアレンでは勝てないと断言する。

『それはどういう意味ですか？』

「いま言ったとおりだよ。絶対に勝てない。何カ月か前にアレン君と戦ったから言わせてもらうけど、あの程度の力じゃとても無理だよ。魔神って僕より強いし」

　人類最強の男・勇者ヘルミオスが、あっさりと言い放つ。

『え？　では、今まで1度も魔神を倒したことがないのデスね？』

「いやいや、運良く2体ほど倒したかな」

『だったら……』

「……学園のころからの仲間を、何人も失ったよ。直接戦うのはお勧めしない。仲間を失いたくないなら、なおさらだ」

　いつものへらへらした調子ではなく、苦い表情でヘルミオスが忠告する。

『ヘルミオスさんより強いと言うのであれば、どうやって2体も魔神を倒したのデスか？』

「あれあれ、アレン君には武術大会で見せたと思うけどなあ。僕のエクストラスキルは、本来、人よりも魔神を狩るのに適しているんだ。エルメア様は僕に魔神を狩る力を与えてくださったんだよ」

（なるほど、あの『神切剣（しんせつけん）』って技は、対魔神用の技だってことか。神殺しの剣だもの、魔神にも効果があるってことだな）

　恐らくヘルミオスのエクストラスキルは魔神に抜群の効果が発揮されるのだろう。

『分かりましたデス。では、魔神の特徴や強さについてもう少し教えてくれませんデスか？』

「もちろんだよ」

　こうして、霊Bの召喚獣と勇者ヘルミオスの会話は、海での攻防戦が始まるギリギリまで続いたのであった。

第十三話　海上での戦い

アレンは鳥Bの召喚獣に乗って、海上にたどり着いた。３６０度、見渡す限り海だ。

水平線の先から、ぽつぽつと魔王軍の姿が見えて来る。それは瞬く間に海を覆いつくす軍勢となって、アレンの元へ接近してきた。

（来たか）

アレンはこれまで、鳥Eの召喚獣を使い、魔王軍の進行方向やどのような形でやってくるのかを調べていた。魔王軍はAランクと思われる大型の海棲魔獣の背中に数十体の魔獣を乗せ、大群となってネストを目指して今も進んでいる。

中央大陸の北に存在するという魔王の拠点「忘れ去られた大陸」は不毛の大地だ。そのためかAランクの魔獣の上にいる魔獣たちは、どこかやつれているようにも見える。

（さて、戦うなら徹底的にだ。中央大陸でもそうしてくれているはずだ。そのために天の恵みを配ったんだものな）

アレンはグランヴェル領でオークやゴブリンを根絶やしにしたことがある。一度滅ぼしたオークやゴブリンはその後新たに発生しなかったが、最近では隣領からやって来てまた増え始めたという話を父のロダンから聞いた。魔獣も一度全滅させれば、元の数まで増えるのに時間がかかる。

今回攻めてくる軍勢が、魔王軍の全体のうちどれほどの割合を占めているのかは分からないが、何しろ相手は４００万だ。全て倒せば立て直しに数年かかるのは間違いない。アレンは敵を撤退させることなく、必ず殲滅すると心に決めていた。

「生きて帰れると思うなよ」

アレンは魔導書を開いてホルダー内のカードを確認する。

(召喚枠は残り22体か。アリポンとドラドラとミラーの将軍はラポルカ要塞に配備だな)

指揮化スキルの制限は、Bランク召喚獣1系統につき1体ずつだ。そのうち、虫、竜、石系統の指揮化召喚獣はラポルカ要塞防衛に回している。

「エリー出てこい。出番だ」

『はい、アレン様』

指揮化した霊Bの召喚獣が現れる。

他の召喚獣はごつくデカくなるのが一般的だったが、指揮化した霊Bの召喚獣は20代半ばに、兵化した霊Bの召喚獣は10代後半に見える。どうも年齢が元の2倍と1・5倍になったようだ。

アレンは海上戦に向けて、霊Bと竜Bの召喚獣による召喚部隊を構成していく。さらに追加で召喚した魚D、C、Bの召喚獣は、海の中からアレンにバフを掛ける。思えば、魚系統の召喚獣が海の中を泳いでいるのを見るのは初めてだ。

アレンと召喚獣たちが魔王軍の方に向かうと、先頭の海棲魔獣に乗った魔獣たちがアレンに気付く。

(射程範囲に入ったな)

「いくぞ、まずは足を止めないとな。一番先頭のやつの頭を潰せ」

『はい、アレン様』

アレンは指揮化した霊Bの召喚獣に攻撃の指示を出す。

霊Bの召喚獣は手のひらを狙いの魔獣に向け、特技名を呟く。

『グラビティ！』

海竜のようなAランクの魔獣の目の前に漆黒の玉が現れ、次第に大きくなっていく。やがて膨らみ続けた玉が触れた魔獣の顔面を、押し潰すように砕き、絶命した魔獣は鮮血を海にまき散らす。潰された頭から首にかけてぐったりと海上に浮かび、魔獣たちを乗せたまま進行が止まる。

（さすがだな。指揮化すると、覚醒スキルではなく特技でもAランクの魔獣を一撃か。グラビティは触れた対象を攻撃する単体攻撃だから、ドラドラの全体攻撃と較べても威力は歴然だな）

グラビティの効果は、最大まで膨らむ半径10メートルの漆黒の玉を出現させ、最初に触れた対象に高重力による攻撃を行うというものだ。ただし使い手の霊Bの召喚獣の視界の範囲でないと使えない。

「ありがとう、皆もこのまま、まずは船の頭を潰してくれ」

『『はい、アレン様』』

残りの枠で最優先して召喚した霊Bの召喚獣の数は全部で20体。指揮化した霊Bに兵化の霊Bの召喚獣を使わせて、魔獣たちを乗せている海竜の魔獣を率先して攻撃させる。

「足場を確保したい。ドラドラたちは足元の魔獣を掃除してくれ」

『『おう！』』

残りの枠で2体出現させた竜Bの召喚獣は、海竜系の魔獣に乗った魔獣の掃除役に徹する。

（1人で魔獣を狩るのは、勇者との戦いに備えて別行動をしていたとき以来か。でもあのときは魔石集めがメインだったから、本格的な戦いとなるとグランヴェルで鎧アリを狩っていたころ以来になるな）

あのころは獣Dの召喚獣の連携がうまくいかない場面もあったが、今では兵化した霊Bの召喚獣が自ら2体1組になって連携し、効率よく敵を倒している。指揮化と兵化で、召喚獣の中で自然に序列が生まれるようだ。以前は召喚獣の間で指示が飛び交う光景など見られなかったが、明らかに指揮化した召喚獣が1つ上の立場で行動している。いわばオートバトルだ。

おそらくこれも、指揮化のメリットの一つなのだろう。

『アレン様、ご注意を！　敵陣から飛行部隊がやって来ます』

海棲魔獣に乗っていた中には、飛べる魔獣も多くいたようだ。

翼を広げ、上空から攻撃するアレンに向かって襲い掛かって来る。

（おっ、今回は俺らの相手をすると）

ティアモを１００万体の魔獣が攻めてきたときは無視されていたが、海獣の頭を潰し出したので、無視できないと判断してくれたようだ。

（飛行部隊も準備万全ってか？　馬鹿め）

「エリー、ブラックホールだ」

『はい、アレン様』

アレンが指揮化した霊Bの召喚獣に覚醒スキルの指示を出すと、海面スレスレに巨大な漆黒の塊が出現する。霊Bの覚醒スキル「ブラックホール」は漆黒の玉を生み出し、高重力により数十メートルの全体で敵を吸い寄せ、押し潰す。効果は知力依存、ブラックホールよりも数倍威力は高い。追加効果で敵の飛行能力を阻害する。クールタイムは1日だ。

巨大な海棲魔獣が魔王軍の兵を乗せたまま呑み込まれ、圧縮されるように潰されていく。同時に上空に飛んでいる魔獣たちも次から次へと呑み込まれて、黒い塊の表面には魔獣の死骸が貼り付き、早くもグロテスクな様相を呈している。よく見ると海棲魔獣に乗っていた者の中には、ぎりぎり捻り潰されずに済んだが、ブラックホールの引力で海に投げ出された魔獣も多い。

召喚獣の特技は、対象となる魔獣の特徴によって効果がまちまちだ。霊Bの召喚獣の特技と覚醒スキルは、明らかに飛行系の魔獣に抜群の効果がある。難を逃れたスライムなどの不定形の魔獣には、あまり効果が無いようだ。

「指揮化交代だ」

アレンは、覚醒スキルを使った霊Bの召喚獣の指揮化を解除し、別の霊Bの召喚獣を指揮化する。指揮化をすると素のステータスが2倍になるので、覚醒スキルの威力が格段に上がる。どうせ覚醒スキルを使うなら、指揮化してからだ。

（それにしても……）

魔王軍はアレンを完全に包囲しているので、召喚スキルをフルに発動し、周囲の敵を蹴散らし続ける。圧倒的な数の違いはいつものことだが、一方で何かがいつもと違う。違和感を覚えながら、アレンは戦い続けた。

そして半日ほどが過ぎ、違和感の正体が明らかになった。魔王軍は夜間の行動をしないはずなのに、敵の攻撃の手が止まないのだ。これまでは魔獣も戦い続けて疲れが限界に達したら、人間と同じで動けなくなっていた。1カ月間、少ない兵站で戦っていたならなおさらだ。

唯一の例外は召喚獣のみだったはずだ。

魔王軍としても消耗は激しいはずなのに、水平線に日が沈んでも魔王軍は戦いを挑んで来る。

(魔王軍め。これは完全に罠にかけられたな)

思えば、今回の目標がネストの攻略ならアレンなど無視して、一刻も早くネストの街に行けば良かったはずだ。魔王軍に兵站という考えがあるのなら、尚更ここで時間を食う理由はない。しかし実際は、魔王軍はアレンを発見するや魔法弾を空に飛ばし、全軍に敵の迎撃を伝えた。それに、アレンが竜Bなどの召喚獣を出して攻撃をしてくることを知っているかのように、あらかじめ多数の飛行部隊を準備していた。

しかも、どうやらアレンたちが来るまでローゼンヘイムではとってこなかった、交代制を設けているようだ。アレンたちと戦っていない奥の方では、休憩を取る魔獣たちすらいる。どうやら、夜通し攻めてきそうだ。これまで数の暴力でローゼンヘイムを侵攻してきたようだが、それだけでは対応できないものが出てきた。

「どうやら、エリーがやられた後、魔神レーゼルが作戦を変えたようだな」

アレンたちの把握していない作戦を取ってきた。

『どうされますか？　いったん離れて休まれますか？　お時間なら稼ぎます』

「いやいや、攻めてくるなら戦おう。昼夜を問わずの狩りか。こういうのも悪くないだろ」

相手が夜間も戦い続けるのは、正直想定外だった。しかし、こちらも殲滅を予定しているし、ここから離脱すればネストの街もローゼンヘイムも終わりだろう。

久々に全てを忘れて、戦いに集中できるとアレンはニヤリと笑った。漆黒の世界に、魔法や松明灯りが煌めく戦場で、アレンの戦いは続く。

＊　＊　＊

「そ、それは、真か？」

『はい、アレン様はそのように仰っていますデス』

ここはラポルカ要塞中央にある建物の中。先日までグラスターたちが占拠していた部屋だ。

ルキドラール大将軍の問いかけに、この地にとどまっている霊Bの召喚獣が答える。ルキドラールを筆頭とする将軍たちやアレンの仲間たちは、霊Bを通してアレンの状況について共有している。

アレンの戦いは昨日から始まったが、ラポルカに敵軍はまだ到達していなかった。皆、開戦を明日に見据えて準備を進めている。

「じゃあ、アレンは……」

「うん……アレンは休めないね」

セシルとクレナは魔王軍が不眠不休でアレンと戦う作戦を取っていることを知り、不安をあらわにする。鳥Bの存在を知ったためか飛行可能な魔獣が多く、弓矢や魔法などの遠距離攻撃ができる者の層も厚い。そんな状況で、アレンは常に魔王軍の攻撃にさらされているのだ。

しかし霊Bは、二人の不安を打ち消すようにこう続けた。

『いえ、アレン様は問題ないと仰っています。デスから、戦いについては問題ないのデスが……』

霊Bの召喚獣が、海上での戦いについて説明する。

アレンは現在四六時中戦闘モードだ。だから問題ないのだが、試しに魔王軍と距離を取ってみた所、魔王軍は南進し始めた。アレンがいなければ、ネストの街を攻撃するよう指示されていたようだ。

さすがに1日で殲滅は難しそうなので、ところどころ戦線離脱して仮眠は取るつもりだ。元からの殲滅作戦に変更はないが、状況については、ネストの街に連絡済みだ。

「それなら、そっちの方が厳しいいんじゃないのか。今ラポルカにいる召喚獣をネスト方面に戻せばいいんじゃ？」

ドゴラがアレンに提案すると、アレンの仲間たちはその通りだとうなずく。実際、アレンは召喚枠70体のうち、30体の召喚獣をラポルカ要塞に配置している。

『いえ、そちらではすでに由々しき事態が起きています。恐らく敵はラポルカ要塞を完全に囲む作戦を取っているようデス』

アレンは霊Bの召喚獣を通して、今起きている魔王軍の動きについて伝える。

魔王軍は400万の塊で陸路を南進してきたが、今日になって軍を200万、100万、100万の3つに分けた。200万体の軍勢はそのまま真っ直ぐ進んでいるが、2つの100万の軍勢はラポルカ要塞に接する山脈を、東西から登り始めた。

「ば、ばかな。あのような切り立った山を登るなど。あの山はこれまでも魔獣から要塞を守ってきたのだ」

ルキドラール将軍が信じられないという顔をする。

ラポルカ要塞は切り立った山の斜面に囲まれた天然の要塞だ。

アレンは前世では見たことがないほど、巨大な山脈だと感じた。エルフが軍として利用できるのは、土属性の精霊の力を借りて、要塞として使える状態にしたからだ。

当然、精霊の力を借りていない場所は、険しい山がいくつも連なって、簡単には回り込めない造りになっている。魔獣といえども簡単に攻略できないと踏んだからこそ、エルフ軍が最初に攻略する要塞として、白羽の矢が立ったのだ。

『たしかに……デス。しかし、南進する魔王軍には虫系統の魔獣が多く配備されているようデスね』

予備部隊として送られた100万の軍勢は、最初にやって来ていた300万の軍勢と魔獣の構成が違う。足の多いムカデや蜘蛛のような魔獣が軍を成し、山肌を埋め尽くすように登り始めている。

「で、では3方向を守らなければならないということか？」

ラポルカ要塞は構造上、南北からの攻撃しか想定されていない。想定外の東西からの攻撃は、守る方からしてもやりにくい。

『恐らく東西それぞれに、100万体の魔獣では多すぎますデス。東西を通り過ぎて南に集まる魔獣もいるだろうと予想されますデス』

（3日もかけてラポルカ要塞以南の魔獣を掃除したのに、分散して四方を攻めてくるとはな。魔王軍は過去の敗戦を生かしてきたってことか）

複数の街を同時に落とそうとして防がれ、1点集中で落とそうとして防がれた100万の軍勢によるティアモ防衛戦、この両方の反省を踏まえた戦法のように感じる。

「明日にはラポルカ要塞は戦場になる。い、急いで軍の編成を見直さねば……」

魔王軍はギリギリになって作戦を変更し、エルフたちはまんまと欺かれたことになる。

これから30万人いるエルフの兵を4カ所に分けなくてはいけない。指揮官を呼んで軍議をしようとするルキドラールを、霊Bの召喚獣が制した。

『まだ、お話が終わってませんデス。アレン様は作戦があると仰っていますデス』

＊＊＊

霊Bから伝えられた作戦は、最低でも5日間ラポルカ要塞を守る。それだけだった。作戦とも呼べないような、ごくシンプルな「司令」だ。

「い、いや……それは、可能なのか」

ルキドラールが不安そうに声を漏らす。

『守るだけなら可能デス。アレン様はどんなに急いでも、ラポルカ要塞に着くまでに5日は掛かると仰っていますデスので、それまでは何としても粘ってください』

「い、5日か……」

(早くて5日ね。なるべく早くで頑張るから)

内心アレンは付け加えた。

実際、殲滅には少なくともあと4日、そして移動には丸1日掛かる。

アレンはラポルカの面々に、予想される敵の数と、それを踏まえたベストな配備を手短に伝えた。

【東西南北の魔獣の数】
北：２００万
東：50万
西：50万
南：１００万

【望ましい配備】
北：アレンの仲間たち全員、精霊使いガトルーガ、エルフ軍９万
東：指揮化と兵化した竜Ｂの構成、エルフ軍６万
西：指揮化と兵化した虫Ｂの構成、エルフ軍６万
南：指揮化と兵化した石Ｂの構成、エルフ軍９万

「……なるほど、指揮化の効果を最大限発揮するわけね」

セシルが納得してうなずいた。兵化は指揮化した召喚獣の半径１００メートル以内にいないと効果がない。我が意を得たりと、霊Ｂの召喚獣がうれしそうに答える。

『その通りデス』

「なるほど、精霊魔導士や弓豪はどのように配置する？」

ルキドラール将軍が霊Bの召喚獣に確認する。星2つの精霊魔導士や弓豪が、ラポルカ要塞には7000人以上いる。魔獣の系統に合わせて配置の構成を考える必要がある。

『南にやや多め、それ以外は均等に配置してくださいデス』

守りに特化した石Bの召喚獣に寄る構成だ。攻めの部分で弱いため、多めに配置するように言う。

「なるほど、あい分かった。他に何かあるか？」

『はいデス。明日にはグリフが1体ここへやってきます。そのとき、エルフの霊薬2000個のほかにも、持ってくるものがあるのデス』

「「「持ってくるもの？」」」

霊Bの召喚獣はうなずいて、さらに説明を続ける。

『はい。おまたせしました、ここからが作戦デス』

霊Bから伝えられたアレンの作戦。それを聞いた将軍たちは、本当にうまくいくのか疑念を抱いたが、これまでの常識破りの作戦が功を奏してきたことを思い出し、黙って作戦を実行することを決めたのであった。

第十四話　ラポルカ要塞防衛戦

ラポルカ要塞での作戦を伝えてから1日が過ぎた。いよいよ今日から、ラポルカでも魔王軍との攻防戦が始まる。

魔王軍は予想通り要塞を囲い込む形で陣形を組んだ。

アレンたちは挟み撃ちを防ぐために3日もかけて南にいる魔王軍を掃討したが、敵の力技による地形攻略によって、その努力も無に帰したことになる。

そして魔王軍は夜明けとともに活動を開始した。魔獣たちが四方全ての外壁に距離を詰める中、ラポルカ要塞の外壁の東側ではエルフの兵たちが外壁に上り、攻撃の合図を待っていた。

東西の外壁は守りを想定していないため、南北の外壁と違いそこまで兵を置けない。それでもエルフたちは外壁の上で整然と隊列を組んでいる。

おぞましい形をした虫系の魔獣たちがぞろぞろと近づいてきた。思わず若い1人のエルフが振り返り、要塞内を不安そうに見る。

すると、中央の建物のはるか上空から厳しい声が降りてきた。

『戦いに集中せよ。ここはお前たちの国、これはお前たちの戦いであろう？』

「は、はい」

　若い兵が声の方を見上げると、顔だけで数メートルはあるドラゴンの顔がある。若いエルフに檄を飛ばしたのは、指揮化した竜Bの召喚獣だった。兵化した竜Bの召喚獣とともに自分の体高とほぼ同じ高さの外壁で戦いに備えるその姿は、いかめしくもあり、どこか滑稽でもあった。あまりに巨軀であるため、こちらへ向かってくる虫系統の魔獣が、文字通り虫けらに見える。

（さて、ドラドラ。ここにいる魔獣たちは外壁の上に登って攻撃してくるタイプだ。その前にしっかり焼き払え）

　まもなく敵が外壁に接するというタイミングで、アレンははるか海上から、指揮化した竜Bの召喚獣に指示を出した。

『おう、兵どもよ。焼き払うぞ！』

『『『おう!!』』』

　竜Bの召喚獣たちが特技を使い、一気に火を噴きだすと、魔獣の酸味があり鼻につく、焦げた臭いが煙とともに外壁の上にも上がっていく。

　それが一斉攻撃の合図となった。エルフの兵たちも竜Bに続いて矢を射る。

『スキルを使え！　ただひたすらにだ!!』

「「「は！」」」

　将軍や指揮官級の兵もいるのだが、指揮化した竜Bの召喚獣が率先して次々とエルフの兵たちに采配を振るう。

（指揮化や兵化した召喚獣は、行動パターンが将軍や兵隊っぽく修正されるんだな）

　海上にいるアレンが共有した召喚獣の視界を元に行動を分析していると、今度はサソリに羽の生えたような形をした魔獣たちが、体を覆う外骨格にしまっていた後ろ羽を広げる。

数千にも及ぶ虫系統の魔獣が一斉に空を飛び始めた。

「射よ！　中に入れてはならぬ」

「「は！」」

指揮化した竜Bに後れを取った将軍が、兵たちに指示を出す。その必死の形相には理由があった。

過去にエルフ軍が敗北したときは、決まって東西南北のうちどこか1カ所が落とされている。

そこから魔獣たちが何十万となだれ込み、防衛の体をなさなくなるのが、いわばお決まりの負けパターンだった。

ラポルカ要塞の倍の高さの外壁を誇る最北の要塞も、数にものを言わせて陥落させられたという。

過去の苦い経験を思い出し、恐怖に駆られたエルフの指揮官も慌てて兵に指示を出した。

とくに羽有サソリの魔獣のような敵が空中にいると、高さによる優位性が失われてしまうので、最優先に打ち落とすよう采配する。

(ドラドラ、怒りの業火を使え)

『虫けらどもが、我と同じ高さに陣取ろうとは！　身の程を知れ!!』

アレンが覚醒スキル「怒りの業火」を使うよう指示すると、指揮化した竜Bの召喚獣は言われるまでもないといった様子で光を口に集約させる。

そして一瞬閃光が爆発し、光線状の炎が口元から真っ直ぐ伸びた。その直線上にいた上空の数千もの魔獣は、灼熱の炎に巻き込まれ跡形も残さず消えていく。うごめきながら山肌を這う魔獣たちも熱線に巻き込まれてたちまち灰と化し、やがて溶けた山肌の岩盤に撒かれて無に帰してしまった。

「す、すごい。何て威力だ」

1人の兵があまりの光景に息を飲む。

『何をしている。この壁を死守するのだ！』

「は、はい！」

（ふむ、いい感じだ。この様子なら東側は大丈夫だな。早々に指揮化したドラドラに覚醒スキルを使わせてしまったけど、また上空に虫たちが飛んで攻めてきたら、兵化したドラドラたちに覚醒を頼めばいいか）

覚醒スキルは丸1日のクールタイムを要するため、何より使うタイミングが重要だ。

次にアレンは、西側の外壁の様子に意識を傾ける。

そこでは、あまりにも異質な戦いが繰り広げられていた。

『ギチギチギチ！』

『『『ギチギチギチ！』』』

指揮化して体長が10メートルに達した虫Bの召喚獣が、兵化した虫Bの召喚獣を従え、壁の外に出ている。外壁を背に楕円状の陣を組み、子アリポンを最前面に出して戦わせている。

「回復を欠かすな！　絶対に死守せよ!!」

「は!!」

外壁の上には、弓兵とほぼ同数の回復部隊がいる。虫系統の魔獣と直接地上で戦っている、10体の虫Bの召喚獣を援護するためだ。

（うしし、回復部隊はアリポン部隊の後ろにある程度固めたし、魔獣は壁の外の召喚獣を優先し

て殴ってくれるし。長期戦に持ち込めば勝ちだな）

火を噴き、魔獣を蹴散らす竜Bの召喚獣で構成する東側とは違い、西側では虫Bの召喚獣たちに頑張ってもらっている。アレンの作戦の下、エルフの回復部隊が虫Bの召喚獣たちと子アリポンたちに、範囲魔法を交互に唱える。全員の魔力が尽きたら天の恵みで全員の魔力を回復させる。

これを繰り返せば、限りある天の恵みを有効に使い、長時間にわたって虫Bの召喚獣に回復魔法を掛けられる。

それぞれの虫Bの召喚獣が覚醒スキル「産卵」を2回使い、２０００体の子アリポンが産まれた。指揮化や兵化した虫Bの召喚獣だけでなく、子アリポンも魔獣を相手によく戦っているようで、自軍の召喚獣はそれほど減っていない。

（兵化した子アリポンなら、守備力は２７５０だからな。半端な攻撃じゃやられなくなったぞ）

指揮化や兵化で強化したアリポンから産まれた子アリポンは、親の守備力増加に伴い強化されている。しかも魚系のバフやエルフたちの補助魔法によって、さらに強固になっている。結果として守備力が魔獣の攻撃力を大幅に上回り、魔獣の攻撃がほとんど通らないようになったのだ。

後方に控えるアリポンと子アリポンは、遠くの敵を狙ってシャワーのようにギ酸を振り撒いている。

特技「ギ酸」は、虫系統の魔獣の外骨格をも溶かしてしまう。防御力の下がった魔獣を砕くのは、獣や竜の召喚獣ほど攻撃力のない虫Bの召喚獣や子アリポンでも容易いことだった。最前面の子アリポンが、柔らかくなった魔獣の急所を大顎でかみ砕いていく。

エルフたちも、虫Bの召喚獣たちに群がる魔獣を優先して弓で射抜いていく。防御力が下がっているところに、エルフの全力を込めたスキルが襲い、一帯には魔獣の死骸の山ができつつあった。

（これはこれで、あとで魔石やら何やら回収しやすそうだ。少しずつ外壁に沿って移動させるか）

若干の作戦変更も考えたが、西側の外壁も問題ないように思える。虫Bの召喚獣は1日100体の子アリポンを生むので、24時間で1000体以上やられなければ数が減ることはない。今の調子なら子アリポンの数が増える速度の方が速いように思える。

（西と東の外壁はいい感じだな）

東西の状況を確認したアレンは召喚獣の視線の端で日の位置を確認する。

日の出とともに魔王軍との戦いが始まり、既に日は中天を過ぎている。戦闘開始から8時間ほど経過したようだ。

「そろそろ時間だ。戦闘を維持しつつ、移動を開始せよ!!」

「「「は！」」」

指揮官の指示を受け、エルフの兵たちは戦闘を続けながら外壁に設けられた階段から下り始める。

すると、今度は別の階段から新たな兵たちがゾロゾロ壁に上がり、下りる兵たちの持ち場を埋めていく。こうして階段を下りた兵士が新たに上がってきた兵たちに戦闘を任せると、階段の下には次の部隊が待機している。8時間ぶっ通しで戦い疲弊したエルフの兵たちは、そのままラポルカ要塞中央付近に設けられた休憩施設に向かっていった。

（いい流れだな。絶対にエルフたちを休ませない作戦だったんだろうが、そうはいくか）

魔王軍の動きは、以前に大軍でやって来たティアモ攻防戦と明らかに違う。海洋を南進する魔獣はアレンを休ませないように連続で攻め立ててきた。魔獣よりも疲労しやすい人間相手には有効な作戦だ。

ラポルカでも同様に1日24時間攻め続け、要塞を陥落させようとしている。これだけの数がいれば、交代制で戦闘要員を絞って、1日中エルフたちを攻め続けることができる。魔王軍は作戦の実行がとても早い。これは指揮系統がしっかりしているからだろう。

アレンはラポルカ要塞攻防戦より2日早く戦闘を開始していたので、魔王軍はラポルカでも海洋と同じ作戦を採るのではと予想することができた。そこでアレンが前日に伝えた作戦は、ラポルカに配備された30万人ほどのエルフ兵を10万人ずつに割って、戦闘、待機、休憩を8時間ごとにローテーションする方法だ。つまり異世界の戦争に三交代勤務のシフト制を導入したのである。

兵たちの中には、1度に10万しか戦わないと聞き、不安がる者もいた。そこで指揮化した召喚獣と天の恵みを惜しみなく使い、スキル使用制限なしで補うことにしたのもアレンの判断だ。

先ほどまで死闘を繰り広げて興奮していた兵たちは、すでに仮設の休憩施設で寝息を立てている。

このような戦いでは、体を休めて英気を養うのも立派な仕事のうちだ。休憩施設の中央には、2メートルほどの木の鉢植えがあった。草Fの覚醒スキル「ハーブ」の木だ。

『素晴らしいデスわ。さすがアレン様デス』

建物内の様子をアレンと一緒に確認していた連絡要員の霊Bが、感嘆の声を上げる。

指揮化した鳥Bの召喚獣が天の恵みと共に運んだもの。それが草Fの覚醒スキル「ハーブ」で作った木だった。覚醒スキル「ハーブ」は、草Fの召喚獣を2メートルほどの木に変えるというものだが、この木の香りには魔力の自然回復の速度を6時間から3時間に縮める効果があった。香りが届く範囲は半径100メートル。これを要塞の各所にある休憩施設に設置している。

また、覚醒スキル「ハーブ」の木は、特技「アロマ」から引き継いだ安息効果を併せ持っている。その効果は、アレンの父ロダンがグレイトボアから攻撃を受け、重傷を負った状態でも熟睡することができたことからも実証済みだ。実際、興奮状態の兵たちは床につくとすぐさま熟睡してしまった。

(今のところ各方面とも順調だが、南側の外壁の殲滅速度が一番遅いかな。召喚獣の数が少ないし、遠距離攻撃もないから仕方ないか)

改めてアレンが南の外壁をチェックすると、今も戦いが繰り広げられていた。

南の壁の外には石Bの召喚獣を4体配置しているが、その全てに虫系統の魔獣たちが群がり、纏わりついていた。

『『……』』

言葉を発しない石Bの召喚獣の全長は、指揮化したもので20メートル、兵化したものでも15メートルある。虫系統の魔獣たちは、巨大な足に踏み潰されていく。

指揮化した石Bの召喚獣の耐久力は7000。兵化した石Bの召喚獣の耐久力は5500。これに魚バフによる回避率アップにダメージ軽減と、エルフの補助魔法を受けている。

Bランクの魔獣は1000前後の攻撃力が多く、石Bの耐久力とは5倍以上の差が開いている。これだけ差があると、通常の攻撃だと基本的にダメージは通らない。

(とはいえ魔獣にもスキルを使える奴がいるから、耐久無効化や防御力低下のスキルには気をつけないとな。あと注意すべきはたまにいるAランクの魔獣か)

指揮化した石Bの召喚獣が、自分の高さほどもある外壁を這うように登る魔獣たちを、丸い盾を使いガリガリとこそげるように剝がしていく。それを阻止しようと、ローブを着た骸骨が後方からガラ空きの石Bの背中に向け、赤い宝石が先端についた杖を向ける。

（お？　こいつは確かAランクの魔獣だったな。ラッキー。全反射の準備だ）

『……』

骸骨の杖の先端には巨大な円状の炎が生まれ、石Bもろとも壁の上にいるエルフを焼き払わんと飛んできた。

石Bは壁をこすっていた盾で、その攻撃を弾き返す。弾かれた炎は威力を増し、前方の広範囲に広がった。骸骨も、周囲の虫系統の魔獣も、たちまち消し炭に変わってしまう。

＊＊＊

日が暮れても、魔獣たちは魔法や大きな松明で明かりを確保し、戦いを止めない。アレンの予想通り、夜通しで攻めてくるようだ。

16時間が経過したので待機していた兵が最前線の外壁に上り、速やかに持ち場の交代が進む。戦いはさらに続き、深夜になっても終わらない。海上で戦うアレンもそれは同じで、さすがに疲労を感じてきた。

「さて寝るかな」

『はい。アレン様、私たちに任せてごゆっくりお休みくださいデス』

霊Bの召喚獣がアレンの独り言を拾ってくれる。

（あと85万体くらいか。あと5日で戻るって豪語した手前、もっと効率を上げないとな。せっかく魔獣たちが向かってきてくれるんだから、明日の目標は20万体だな。もっと中心に入って戦うか）

シャワーが終わると、モルモの実を食べながら2日目の戦い方を反省し、より効率の良い殲滅方法を考える。この振り返りと、実践による検証が一番楽しい。

鳥Bの召喚獣の背中の上でしばしの仮眠を取ることにしたのであった。

＊　＊　＊

ラポルカ要塞での攻防戦が始まって5日が過ぎた。エルフの兵たちは終わりを信じて必死に戦っている。

アレンは定期的に天の恵みの補充分を鳥Bの召喚獣に運ばせ、ラポルカ要塞から天の恵みが無くならないように努めているが、それでも30万人いたエルフの兵は、その1割ほどがこの5日間で命を落とし、緩やかに防衛力が弱まりつつあった。ただ、5日間の攻防戦は苦しいばかりでなく大きな成果も見られた。

竜Bと虫Bの召喚獣が戦う東西の外壁では、それぞれ50万体いた魔獣を半減させる成果を得た。5日間ぶっ通しという前例のない戦いだったが、十分な回復魔法が使える状態に加えて3交代制を導入したことや、疲れ知らずの召喚獣の加勢が功を奏したようだ。

子アリポンは終始やられる数より増える数が上回り、当初よりも3000体ほど増えている。そのため今も、殲滅速度は上昇し続けていた。

現状で魔王軍の方針に変更はなく、東西南北の四方全てでエルフたちを殲滅するつもりのようだ。

魔王軍は南北から20万体ずつ魔獣を東西に振り分け、全体の調整を図っている。

上空ではアレンの仲間たちが鳥Bに跨り、魔獣たちとの戦いに勤しんでいた。4体の鳥Bの召喚獣に、フォルマールとソフィー、キールとセシルがペアになって乗り、ドゴラとクレナは単体で乗っている。

「おせーな、アレン。そろそろ戻って来るかな？」

「もうそろそろでしょ。昨日の夜、今日には戻れるって言っていたじゃない」

戦闘の最中、キールは後ろに座っているセシルにアレンのことを尋ねた。

アレンからは、エルフ兵が戦いやすいようにフォローしながら戦ってくれとだけ言われている。

「何やってんだあいつ……」

ぶつくさ言いながら、キールは傷ついたエルフ兵を見つけると即座に回復魔法を掛けた。

近接戦を担うクレナとドゴラは、鳥Bの召喚獣の上から外壁を這い上がろうとする魔獣の背中に狙いを定め、次々と斬りつけていた。彼らはエルフ兵の手に余るAランクの魔獣を優先して倒すなど、外壁を守る戦法を採っている。

外壁の敵に対処していたクレナが、離れたところにいたAランクのドラゴンの魔獣が3体、外壁めがけて突っ込んでくることに気付く。

「前方から3体のドラゴン！　ドゴラもお願い!!」

「おう!!」

クレナが1体、ドゴラとフォルマールが協力して1体を抑えるが、もう1体のドラゴンが外壁に急速に近づいてきた。エルフ兵が外壁の上から一斉に狙い撃ちにするが、とても間に合わない。

「わたくしが行きます！　クレナさん、ドゴラさん下がってください!!」

フォルマールの後ろからソフィーが顔を出し、皆に聞こえるよう声を張り上げる。すぐに指輪を耐久力上昇から魔力上昇に変え、これでソフィーの装備している指輪は2つとも魔力1000上昇に変わった。さらに天の恵みを掴み魔力を全快にし、両手で杖を握り締めて意識を集中する。

ソフィーの姿が陽炎のように揺らめくのを遠目で確認し、クレナとドゴラは急いで敵のドラゴンから離れた。

「大精霊よ。私の声にお応えください」

ソフィーの乗る鳥Bの召喚獣の前に、炎の塊ができる。その塊は見る見る大きくなり、巨大な人型に変わった。

『……我は火の大精霊イフリート。エルフの子よ、精霊王との契約に基づき我が力を貸さん』

ソフィーはエクストラスキル「大精霊顕現」を使い、火の大精霊イフリートをこの世界に顕現させた。口はどこにも見当たらないが、声はどこからともなく、はっきりと響いている。

「お願いします。イフリート様」

ソフィーの言葉をきっかけに、イフリートの全身を覆っていた炎がさらに激しく燃え盛る。そしてそのまま砦に迫りくるドラゴンに向かって突っ込んだ。イフリートの全身はドラゴンの腹にめり込み、そのままドラゴンは爆散する。

「……すごい威力ね」

火魔法を使えるセシルが一番驚いている。火に耐性のあるドラゴンを爆散させるなど、セシルには到底不可能だ。そのまま、残り2体のドラゴンも難なく倒し、さらに周辺の魔獣に向かう。

ソフィーの大精霊顕現は、火土風水のどれかの大精霊を呼び出し、大精霊が攻撃や回復などで戦闘をサポートしてくれる。クールタイムは1日だ。継続時間は魔力量の消費に比例するため、ソフィーは魔力上昇リングに指輪を交換して最大魔力を上げ、全ての魔力でエクストラスキルを発動させたのだった。

「おお、今回はイフリートだな」

ソフィーの背後で声がした。その声に気付いたソフィーはうれしそうに振り返る。

「アレン様！」

別行動をしていたのはほんの数日なのに、なんだかとても懐かしい。そこには指揮化した鳥Bの召喚獣に跨るアレンの姿があった。

「あ、戻って来たわね」

キールが駆る鳥Bの召喚獣がアレンに近づくと、セシルがアレンの鳥Bの召喚獣に移動する。近ごろはいつもアレンの後ろに乗っていたので、アレンの後ろの方が落ち着くらしい。

「やっぱり結構時間かかった？」

「ああ。まだ殲滅は終わっていないが、もう大丈夫だ」

アレンは当初の予定通り、ラポルカへやってきた。まだ魔獣は10万体近く残っているが、あとは召喚獣だけで殲滅が終わるだろうと踏んで、鳥Bに乗って急いで戻って来たのだ。

（さて、全体の残りはまだ３００万体ほどか。やはり北が一番魔獣の数が多いな。殲滅には結構時間がかかりそうだぞ）

召喚獣の共有で戦況は既に把握している。南側は指揮化した石Bの召喚獣4体だけで踏ん張っているので、竜Bの召喚獣を5体追加する。

「ドラドラたち、出てきて加勢するんだ」

『『『おう！』』』

そして魔獣の多い北側には7体の竜Bの召喚獣が新たに召喚される。

壁に張り付いた魔獣たちを、エルフ兵たちを焼かないよう器用に焼き払っていく。

（やはり、雑魚狩りは範囲攻撃のある竜Bをあてがうと殲滅が早いな）

「えっと……確か魔王軍の交代は済んだんだっけ？」

「え？　2時間ぐらい前に済んだわよ」

（なるほど、そうかそうか）

魔王軍は、エルフの兵たちを疲弊させるために12時間に1回のペースで戦闘を交代している。つまりあちらは2交代制だ。体力はエルフより魔獣の方が上とはいえ、12時間といえばこれまでフルに戦ってきた時間と変わらない。アレンはそこに目をつけた。

「皆、じゃあへとへとに疲れた魔獣たちを倒しに行くぞ。まだいけるか？」

「おお！　なんか、アレンっぽい」

（アレンだからな）

クレナはアレンの言葉を聞いて、なんだかうれしくなった。疲れた魔獣を攻めるなんて、アレンらしい作戦だ。

「じゃあ行くぞ」

「いこう!!」

クレナの返事と共に、アレンたちは狙った場所に向かっていく。アレンがラポルカ要塞の攻防戦に参加し、仲間たちに再び活気が戻ったのであった。

第十五話　代価と引き換えに

ラポルカ要塞の攻防戦は、アレンが合流すると目に見えて魔獣討伐の速度が上がった。アレンが海上戦から離れ、ラポルカの召喚獣の増減などコントロールに専念できるようになったことが大きい。これに伴い、エルフ兵の犠牲もかなり減った。

アレンは連日、疲弊した部隊を襲う作戦で仲間たちと共に戦い続けた。

そうしてついにラポルカ要塞を囲んでいた４００万体いた魔王軍はすっかりいなくなった。

アレンがラポルカ攻防戦に参加して８日後、ラポルカ要塞に魔王軍が攻めてきてから13日後の出来事だ。

10倍以上の魔王軍に打ち勝ったという事実に、エルフたちは歓喜した。要塞の中央で、布にくるまれて埋葬される戦友たちに、涙を浮かべ勝利を報告するエルフたちの姿も見られる。

魔王軍はラポルカ要塞の攻略に向け、ラポルカ要塞以北の部隊を全て招集した。それを殲滅したということは、ローゼンヘイムにおける魔王軍の脅威もまた、ほぼなくなったと言える。

「さて……。行ってくるぞ」

戦いで命を落とした戦友を丁重に弔ったエルフが口を結び、顔を上げる。

エルフ兵たちにはまだやることが残されていた。それはラポルカ要塞の周りの魔獣の屍骸処理だ。

魔石や素材の回収はもちろんのこと、腐敗する前に屍骸の処分をしなくてはいけない。

仲間の死を悼みながら、エルフ兵たちの作業は続く。

アレンも召喚獣を使役し、エルフたちを手伝っていた。虫Bの召喚獣と子アリポンには解体と搬送を、竜Bの召喚獣には焼却を任せる。

ローゼンヘイム上陸以前の戦いとは違い、仲間が失われる戦い。アレンは黙々と魔獣の処理に専念するのだった。

＊＊＊

それから2日ほど過ぎ、ラポルカでの仕事を粗方終えたアレンたちは、ティアモの街へ戻り、女王や将軍たちにラポルカ防衛戦の報告をした。

「……以上になります」

「そうですか、本当にありがとうございました。この御恩には必ず報います」

奇跡のような勝利の報告に言葉を失う将軍たちに代わり、女王が格別の礼を言い、深く頭を下げる。

「いえいえ、エルフの皆さんが国と女王陛下のため、献身的に戦ってくれたお陰です」

ラポルカ要塞の防衛戦においても、圧倒的な活躍を果たしたアレンから当たり前に出た言葉だった。

「……そうか、本当にありがとう。感謝する」

将軍たちがその言葉を無言で受け止める中、ルキドラール大将軍が代表して感謝の言葉を贈った。アレンがやってきて1カ月強の間に、魔王軍は予備部隊も含めて全て姿を消した。年間に攻めてくる魔王軍は例年だと50万程度だったので、このわずかな期間でその14倍もの魔王軍を倒したことになる。

もはや精霊王の預言が真実であることを疑うものは誰もいなかった。

そしてアレンがその精霊王を見ると、相変わらず女王の膝の上でキラキラと輝きながら、仰向けですやすやと寝息を立てている。

（進化に時間がかかるにしても、もう半月以上寝ているんじゃないか？　ああ、精霊神になるんだから「神化」か。ぷぷ）

前世で進化を繰り返すモンスターを集めるゲームをしたことを思い出した。アレンは精霊王が進化した状態を想像し、思わず笑ってしまった。

それを見ていた女王が怪訝な表情を浮かべたので、アレンは慌てて気を取り直し、話を続ける。

「女王陛下、それに皆さん。感謝のお言葉をいただくにはまだ早いかと」

「たしかに、首都フォルテニアはまだ魔王軍に奪われたままです」

「はい。魔王軍からフォルテニアを奪還し、魔神レーゼルを倒してこそ、今回の戦いの終結と言えると思います」

女王は大きくうなずき、ふと何かを思い出したように、不安げな表情でアレンに問いかける。

「そう言えばアレン様、例の件ですが……ギアムート皇帝に悪いことをしてしまったのでしょうか？」

「あん？　何のことだ？」

ドゴラは何の話か分からなかった。仲間たちと共にお互いに顔を見合わせる。

「何を仰います、女王陛下。五大陸同盟は持ちつ持たれつですよ。先行投資をしておいたお陰で、話が早く進んで良かったです」

その言葉に、仲間たちはアレンがまた「悪だくみ」をしたのだと悟る。

セシルがアレンを軽く小突いた。

「例の件？　先行投資？　何よそれ？」

（そっか、みんなには言ってなかったな）

先行投資とは、アレンが中央大陸に届けた天の恵みのことだ。内緒にするつもりはなかったが、みんながラポルカへ発った後だったので、今の今まで話しそびれていた。

「ああ。実は魔神レーゼルを倒すために、中央大陸へ事前に贈り物をしていたんだよ。で、女王陛下にお願いしていたことがあったんだ」

「え？　何よそれ？」

「助っ人が必要そうだから、女王陛下からギアムート皇帝陛下に何とかお願いできないかって聞いたんだ」

「助っ人？　中央大陸からの助っ人か？」

ドゴラがまだ意味が分からずオウム返ししてしまう。

「それにしても、その話が出るということは、助っ人が到着したってことですか？　それなら早く入ってくればいいのに」

「って、もう来てんのかよ」

話をようやく理解したところだったのに、既に助っ人は来ているようだ。

ドゴラは仲間たちと共に振り返ると、広間の扉が開き、霊Bの召喚獣に付き添われて水色の髪の青年が入ってきた。

アレンの仲間たちは、もちろんその青年のことを知っていた。

「も～。相変わらず先輩使いが荒いよ～。アレン君は、少しは目上の者を敬った方がいいよ」

「何を仰います。いや～こんな遠路はるばるローゼンヘイムの窮地にやって来てくれるとは、先輩は器が大きいな～」

アレンと青年は気さくに言葉を交わし合う。信じられない光景に、セシルが女王の前であることも忘れ、大声でアレンを問い詰める。

「ちょ！　な、なんでヘルミオス……ヘルミオス様がこんなところにいるのよ！」

両肩を揺さぶられながら、アレンがまあまあとセシルをなだめた。

「ああ、簡単に経緯を説明するけど……」

アレンは中央大陸の要塞にいるヘルミオスに、魔神レーゼルを倒す方法について相談したところから話を始める。

あのとき、ヘルミオスから聞いた魔神の強さはアレンの想像をはるかに上回っていた。指揮化した召喚獣を駆使してもかなり厳しい戦いになるのでは、というのが話を聞いて真っ先に感じたことだ。何とか倒せたとしても、仲間たちが何人も犠牲になってはたまらない。

そこで取った作戦が、ローゼンヘイムへの勇者召喚だった。

ヘルミオスは2体も魔神を倒した実績があり、魔神に有効打を与えるエクストラスキルを持っているという話を聞いたとき、アレンは即座に交渉の材料を整えた。

大量の天の恵みを届けた後、女王経由でギアムート皇帝に条件を付けたのだ。

「条件？　条件って何よ？」

セシルがアレンに問うと、代わりにヘルミオスが答える。

「勇者貸し出し10日間だって。僕の価値ってエルフの霊薬1000個分だったんだね……」

「勇者様と物々交換……」

セシルが絶句する。かけがえのない偉大な英雄のはずなのに、実際は取引の俎上（そじょう）にあげられ、あまつさえ交渉が成立してしまったことにヘルミオスはしょげている。その姿を見て、アレンの仲間たちは思わず憐みの目で彼を見てしまうのだった。しかし、アレンはどこ吹く風だ。

「ローゼンヘイムは厳しい戦いをしている最中ですからね。無償で貴重な霊薬を渡すわけにはいきませんから、ちゃんと代価をいただかないと」

「代価って……。あんたヘルミオス様をどうやって連れてきたの？　もしかして……」

セシルがヘルミオスを横目に見ながら、恐る恐るアレンに尋ねる。水色の長髪は乱れに乱れ、魔導船でやって来た感じではなさそうだ。

「この前の半透明な女性が突然やって来て、いきなり大きな鳥に乗せられて運ばれたんだけど。もう皇帝には既に話がつけてあるって言ってさ」

ヘルミオスが要塞にいるときの状況を教えてくれる。霊Bの召喚獣は手短に説明を済ませ、一方的に鳥Bの召喚獣に乗せて連れてきたようだ。

「いやいや、迅速な対応ありがとうございます」

アレンはヘルミオスに、ペコリと頭を下げた。

(野良勇者が中央大陸にいて良かったぜ。ボスを倒すには、それ相応のパーティーを組まないと)

ボスを倒すのに、入念な準備が必要なのは当然だ。初見のボスであるなら尚更慎重の上に慎重を期さなくてはならない。

今回もしギアムート帝国が勇者を寄こさないという決断をしていたなら、魔神との戦いを何年も先に延ばし、その間の犠牲も考慮する苦渋の決断も視野に入ったが、何と言っても天の恵みの提供の効果は絶大だった。ギアムート帝国の皇帝はふたつ返事で勇者を貸し出してくれたのである。

「でも、中央大陸の方は大丈夫なの？」

ヘルミオスが抜け、中央大陸の戦況が傾くことをセシルが心配する。

「ああ、あっちは問題ないよ。心配無用だね」

天の恵みの補給で戦況は既に変わっていた。ヘルミオスは、既に魔王軍は粗方退けたと話す。

(勝利の目星が付いたから、ギアムートの皇帝はローゼンヘイムとの関係を優先したと)

「じゃあ、立ち話も何ですから、会議室で話をしましょうか」

「そ、そうだね」

自分の頭越しに、いつの間にか取引の材料にされていたショックで肩を落とすヘルミオスの背中を叩き、アレンは女王に頭を下げて広間を後にするのであった。

＊　＊　＊

会議室へ移動したアレンたちは、さっそく勇者ヘルミオスを交えて対魔神戦に向けて話を詰める。

アレンたちが着席すると、女王にシグール元帥、ルキドラール大将軍、精霊使いガトルーガが部屋へ入ってきた。もちろん打ち合わせに参加するためだ。

この打ち合わせが、今後のローゼンヘイムの未来を変えると言っても過言ではないくらい大事な話になる。10人以上の人数が囲める円卓に着いた一同の顔は、真剣そのものだった。

まずは遠路はるばるやって来たヘルミオスを労う意味も込めて、食事が運ばれてくる。いわゆる、ランチミーティングというやつだ。

「おお、久々のエルフ料理だ！　うまそうだね」

そう言ってヘルミオスが、野菜多めの料理にワシャワシャと手を付ける。平民出ということもあり、マナーについては無頓着なようだ。

「久々って、そういえば、前から気になっていたことがあるんですけど」

もぐもぐと料理を食べながら、アレンが話しだす。

「うん？　アレン君何だい？」

「ヘルミオスさんって、ギアムート帝国の最前線で魔王軍と戦っているんですよね。どうやって、ローゼンヘイムやバウキス帝国に来る時間を作っているんですか？」

（ときどきローゼンヘイムで魔力回復リングを貰ったり、バウキス帝国のS級ダンジョンに行ったりしているみたいだし……普段ちゃんと戦ってんの？）

純粋な興味から、アレンは勇者の生態について調査を試みる。

「ああ、それはね」

皿の上の料理を口に詰め込みながら、ヘルミオスは話をする。

貴族のマナーを学んだセシルやキールは、勇者とはこんな感じなのかとびっくりしている。

「まあ、魔王軍とは年がら年中、戦っているわけじゃ、ないからね。皆が思っているより、戦っていない時間って、案外多いんだよ」

もぐもぐと口を動かしながら、ヘルミオスは日ごろの勇者の活動について教えてくれる。エルフや仲間たちも、普段は聞けない勇者の話とあって興味津々だ。ただ唯一、クレナだけはひたすら料理に夢中になっている。

ヘルミオスの話では、魔王軍との戦いは移動、作戦の共有、戦後の処理をひっくるめて年に2～3カ月程度で、ヘルミオス自身が実際に戦闘する期間はさらに短いという。

「それ以外の期間は何をしておられますの？」

「えっと、君はセシルさんだったね」

「そうです。アレンのパーティーメンバーのセシルと申します」

アレン以外も学園の学長室で勇者とは会っているが、アレンが普段会話をしていたので、セシルは面識がある程度だ。勇者ヘルミオスを相手に、そつなくセシルが名乗る。

「セシルさんね、よろしく。戦っていない間は、そうだなあ……。帝国には学園が20ほどあるから、実技指導のために学園を訪問してるね」

「20？　あんなでけえ学園が20以上あるのかよ」

「ふふ。すごいでしょ。でも、これは魔王に対抗するために新設された学園だけだからね。帝国には商業学校や貴族院も含めるともっとあるよ」

驚くドゴラに、ギアムート帝国の学校はさらに沢山あるとヘルミオスは言う。

何でも、魔王軍が存在する以前からも、軍事学校はあったものの、20校もなかった。魔王軍に対抗するため、今ある軍事学校を魔王軍特化の学園に換え、それでも足りないからと、学園を新設してきたそうだ。

（日本で言うなら防衛大学が20校もあるようなものなのか。たしかラターシュ王国と違って、ギアムート帝国には3種類の学園があるとか……）

アレンは、学園の同級生だったリフォルに聞いた話を思い出していた。

ギアムート帝国は、ラターシュ王国の数十倍の人口と領土を誇る。ラターシュには学園が1つしかないので、そもそも分類などないが、ギアムートの学園はカリキュラムが異なる3種類に分けられているそうだ。

1種類目は通学期間が1年。一般兵に戦闘訓練だけを施す。
2種類目は通学期間が3年。一般教養から細かい戦術までの教育を施す。
3種類目は通学期間が5年。貴族や貴重な才能を持った者に英才教育を施す。

アレンはこの話を聞いたとき、大半は1種類目で、上官の指示が絶対であることと戦闘訓練だけをガチガチに叩き込んで戦場に送るのかなと思っていたが、5大陸同盟が決めた1国1学園制度は2種類目の学園の教育内容になっている。ヘルミオスも2種類目の学園で教育を受けたそうだ。

「あとは装備を揃えるため、国内や他国のダンジョンに入ったりもする。だからバウキス帝国のことも知っているんだよ」

原則として、ヘルミオスはその立場から、ほとんどの国に顔パスで入国できるという。

「なるほど、シルビアさんと一緒に行動しているってことですよね」

「シルビアさん？　アレン、シルビアさんって誰？」

初めて聞く名前にクレナが反応した。エルフ飯を食べながらも、話は聞いていたようだ。

「ああ、ヘルミオスさんがパーティーを組んでいる剣聖だよ」

アレンがクレナに教えると、ヘルミオスがうなずく。

「そう。作戦によるけど、基本的に10人くらいのパーティーを組んでいるんだ。聖女や大魔導士、それに剣聖が基本的な構成だね」

（ほう、全員レア度星３つの職業で固めているのか。だから上級ダンジョンも攻略できるし、装備もいいものが揃うんだな）

魔王軍との戦いで大事なのは、当然勝つことなので、強くならなくてはいけない。そのためにはより強力な装備を手に入れることが命題となる。ノーマルモードではレベルなどすぐにカンストするからだ。

レベルが上がらないなら装備で強くなるというのは、アレンも考えたことだった。中央大陸で帝国が融通を利かせ、星３つの人材を率先して集める。そして、レア職のパーティーがＳ級ダンジョンを攻略することでさらに強化され、彼ら精鋭が戦場で活躍するということだろう。

「ありがとうございます。勇者の活動が分かったような気がします。ところで戦場はあらかた片付いたと言っていましたが、実際どんな状況なんですか？」

ラポルカ要塞の防衛のため、中央大陸北部から召喚獣をほとんど引き揚げてしまったため、アレンも現地の具体的な戦況は知らなかった。

「ああ、アレン君が届けてくれた霊薬のお陰で、10日間でほとんどの魔獣は倒せたよ」

「ほとんど？　具体的にはどれぐらいですか」

魔王軍は過度に魔獣がやられ、消耗すると逃げ出す傾向にある。これについては学園で習ったし、アレンは実際に何度も目の当たりにしている。

「7、8割かな。残りは撤退したから、追撃部隊が向かってくれているよ。霊薬がまだまだあるから戦えるしね」

魔王軍は撤退すると、必ず数を戻して再び襲い掛かってくる。逃げた魔獣もできるだけ倒しておきたいと、中央大陸北部の軍上層部は考えたようだ。

「その後、中央大陸の魔王軍から魔族や魔神は見つかりましたか？」

以前同じ質問をしたとき、ヘルミオスは「まだ分からない」と言っていた。

「ああ、上位魔族が1体と、魔族が3体いたよ。既に倒してある」

「パーティーで……ということですか？」

「そうだよ。そのためのパーティーだからね」

(なるほど、Aランク強の上位魔族や、それ以上の魔神は一般の兵では手に余るから、勇者はパーティーを組んでいるのか。そして、たまに魔神が控えていると)

ギアムート帝国では通常、ヘルミオスを要塞で他の兵と同様に戦わせるが、上位魔族や魔神が出現した場合は、勇者が少数精鋭のパーティーを組んで立ち向かうという作戦を展開しているらしい。

（そして剣聖や聖女がやられたら、代わりがやってくると）

ヘルミオスにとって活動しやすい人数がおそらく10人前後で、仲間がやられたら帝国が新たな仲間を補充するシステムが完成しているのだろう。

帝国はそのために、星3つの精鋭を囲い込んでいるのだ。

「それで、アレン君の召喚獣……だっけ？　どんなことができるのか教えてよ」

「もちろんです。これからは、背中を預けるわけですからね」

仲間たちが驚きの表情を浮かべながら、アレンの方を見ている。これまでアレンは、なるべく他人に召喚の能力を見せないよう努めていたからだ。

（そういえば、受験のときには教えるか教えないかで随分揉めたっけ。結局チョロスケを1体召喚して見せたけど）

アレンは必要だと思ったときは能力を開示するし、不要だと思ったときは開示しない。

シンプルにそれだけを考えている。

今回はヘルミオスがいないと勝てないと判断したため、ヘルミオスを引き入れて魔神と戦う。そのため召喚について教えることにしたが、戦いに必要な情報のみだ。

一通り説明すると、ヘルミオスは「ふ～ん」とだけ言った。全て説明していないことくらいお見通しのようだが、それ以上は何も言ってこない。

「他に何か聞いておかないといけないことはありますか？」

「いやない、まあ気になったことがあれば、思いついたときに聞くよ」

ヘルミオスはそう言いながら、何かに納得したようにうなずいている。

「じゃあ、今後の作戦を考えましょう」

「いや、その前にちょっと気になったことがあるんだけど」

「はい、何でしょうか？」

「みんなで話を聞いているけど、今回は僕とアレン君だけで戦うってことでいいんだよね？」

「な、なんだと！　どういうことだ‼」

激怒したドゴラが立ち上がり、テーブルに拳を叩きつける。テーブルは凹み、料理が一瞬皿ごと浮いた。ドゴラは立ち上がり、勇者ヘルミオスに噛みつく。

「そりゃ……足手まといってことだよ」

凄（すご）みを利かせるドゴラに、ヘルミオスはにべもなく答える。

「何だと！」

ドゴラ以外のアレンの仲間たちは「どういうこと？」とアレンの方を見る。だが、アレンにしてもヘルミオスのひと言は想定外だった。

（ふむ……別に俺だって勇者と2人で行くつもりじゃなかったが。まあ、だがみんなに話しておくべきことは、ここでちゃんと先に話しておかないとな）

アレンは仲間たちを見ながら語りだす。

「ヘルミオスさんは俺と2人で行くと言っているが、行く、行かないは各々で決めてほしい」

「魔神と戦うか、自分で決めて良いってこと？」

予想外の展開に、クレナはきょとんとしている。

「そういうことだ。ただ、これからヘルミオスさんから聞いた魔神の強さについて話をするから、その話を踏まえて決めてくれ」

ドゴラはアレンの真剣な表情を見て、一度椅子に深く座り直した。

アレンはその場にいる全員に、ヘルミオスがこれまで5体の魔神と戦っているが、倒せたのは2体だけだということ、そして剣聖や聖女など、レア度の高い仲間で構成したパーティーでも何度も死者が出ていることを話した。ヘルミオスは目をつぶり、だまってそれを聞いている。

アレンが話し終えると、会議室には長い長い沈黙が続いた。あごに手を当て、考え込むようなポーズをしていたセシルが口を開く。

「……なるほど、厳しいのは分かったわ。アレンは魔神との戦いの勝率はどれぐらいだと思うのかしら？」

勝率は、Aランクの魔獣などの強敵と初めて戦うときに、アレンがよく口にする言葉だ。

「多分ヘルミオスさんがいても五分と言ったところだ。ひと言で魔神と言っても、強さにはばらつきがあって、中にはすごく強い魔神もいるらしい。それどころか、魔神レーゼルが上位魔神だっていう可能性もある」

「上位魔神？」

セシルが聞き返す。

「言葉通り、魔神の上位版だ。恐らくこれが出てきたら勝てない。ヘルミオスさんも一度、上位魔神と戦ってたくさんの仲間を失ったそうだ」

「しかも彼らは、間違いなく君たちよりも強かった」

アレンの言葉にヘルミオスが付け足す。

「「「……」」」

全員が、また静まり返ってしまった。この戦いに勝てなかったら全員死ぬのだ。世界の英雄ヘルミオスがいても5割の確率で死ぬかもしれない、それがアレンの見込みだった。

沈黙の中、腕組みをしているドゴラにヘルミオスが話しかける。

「ドゴラ君っていったね。君はなんで魔神と戦うの？　君はローゼンヘイムの人間じゃないよね？」

その口調は、短気なドゴラを諭すような、とても静かなものだった。

「……仲間だからだ」

「え？」

「仲間の国が襲われた。仲間が強敵と戦う。他に理由がいるかよ」

「……そっか。そうだね」

ドゴラの頑なな態度を見て、ヘルミオスはどこか諦めたように答えた。

「……アレン、魔神が強くて勝てないと分かったらどうするの？」

クレナが空気を変えようとしてか、アレンに問いかける。

「当然逃げる。速攻で逃げの一択だ。これからの会議は、どうしたら逃げられるかという話になると言っておこう」

「ぶっ！」

アレンが決め顔で断言したので、思わずキールが吹き出した。張り詰めていた空気が和む。

「いや、真面目な話、ヘルミオスさんの話を聞くと勝てるっていう確証が持てない。エルフたちには悪いが、戦局次第では首都フォルテニアを奪還するのも、世界樹を拝むのも数年先まで待ってもらうことになる」

アレンが意味するところは、数年修行すれば魔神を超える力が手に入るということだ。ただ、この言葉からアレンの真意を汲み取ることができたのはパーティーの仲間たちだけだった。

「そ、それだと精霊王様との約束はどうなるの？　いつになったら大魔導士になれるのよ！」

（おい、本音が出ているぞ）

セシルは何年も大魔導士になれないケースを想定し、露骨に狼狽して立ち上がる。アレンはセシルをたしなめ、席に座らせた。

「それは問題ない。何故なら精霊王様との約束は既に果たしているからだ」

「「「え？」」」

円卓にいる全員の視線がアレンに集中する。

「思い出してほしい。俺が約束したのは、『ローゼンヘイムを救う』ことであって、フォルテニアや世界樹の奪還ではない。多くのエルフたちの救われたという認識だ」

アレンはさらに説明をする。ローゼンヘイムの存亡の危機はもう消え去ったも同然だ。７００万にも及ぶ魔王軍の魔獣たちはほぼ殲滅した。当面のエルフ滅亡の危機が去った今、ローゼンヘイムの国土の３分の２近くを数年失うなんて大した話ではないだろうと言う。

当面ラポルカ要塞を国境線として魔王軍と戦うことになるかもしれないが、現時点で攻めてきた魔王軍は粗方狩りつくしたので、直ぐには戦いにならないだろう。

「なるほど、そうね」

セシルはアレンと精霊王ローゼンとのやり取りを思い出し、アレンが何を言わんとしているか理解したようだ。

（達成が可能な範囲で、具体的な内容を言わずに精霊王とは約束したからな。魔神に勝てるか分からなかったし）

アレンは確実に精霊王から褒美を貰おうとした。そのためには、無駄にハードルを上げる必要はなかった。

「もちろん、これ以上を求めるわけではありません。たしかにアレン様の言う通りです」

精霊王を膝に置いた女王がローゼンへイムを代表して答えた。さっきまで、アレンが「魔神がいるので戦いは終わっていません」と言っていたことなど気にしないようだ。

「アレン君は本当に珍しい考え方をするね。その強さでその考え方は正直怖いかな。でも、蛮勇で無理されるよりいいかな」

ヘルミオスはアレンの考えに賛同する。

「ここまで言いましたが、少しでも安全性を上げて、なるべく勝てるように頑張りますよ。ただ厳しい戦いになることだけエルフの皆様に知っておいてほしかった。それでは、ヘルミオスさん。作戦の前に私のパーティーの基本情報ですけど……」

アレンの言葉にシグール元帥もルキドラール大将軍も何も言ってこない。命を懸けて死んでも戦えとはいえないだろうし、まだ決定していないが、魔神戦にソフィーも参加することは容易に想像がつく。

アレンはまず、パーティーの戦闘スタイルなどの説明を始める。ヘルミオスはなるほどと言いながら、熱心にアレンの話を聞く。途中でヘルミオスが、仲間の話も聞きたいと言うと、ドゴラやセシルも話に参加し、前衛、後衛それぞれの立場で話をする。

小一時間ほど話を聞くと、ヘルミオスはにこっと微笑んだ。

「そうか、ありがと。大体のことは分かったよ。あとは会議室じゃなくて、外に出てからでいいかな？」

実際に体を動かした方がいいだろうと、ヘルミオスが一同を促した。

「連携で動きを合わせるってことですか？」

「それもあるけど、皆の実際の強さが知りたいからね。ちょっと外に出て、皆の実力と戦い方を見せてよ。僕が相手するからさ」

「いいですよ。武術大会で戦ったのは私だけですから」

アレンは賛同する。言葉で語るより、実演の方がよっぽど身になる。これから魔神と戦うためには、連携が大切だ。ヘルミオスはドゴラに向き直った。

「ドゴラ君って言ったね」

「あ？」

「さっきあれだけ威勢が良かったんだ。私を唸(うな)らせるだけの物は当然あるんだろうね？」

ヘルミオスは腰に差した剣の柄に手をかけ、ドゴラを挑発する。

「……」

ドゴラは無言で足元に置いていた斧を肩に担ぎ、ヘルミオスと一緒に部屋の外に出る。

「なんだか、険悪ね？　大丈夫なの？」

２人の後ろを付いていくクレナが、心配そうな表情でアレンに耳打ちする。

「ヘルミオスさんも、ドゴラに死んでほしくないんだよ」

アレンはヘルミオスの気持ちを汲み取る。

一同は建物から少し離れたところにある広場に向かった。

「前衛は剣聖と斧使いか。本当にアレン君のパーティーは少数だね」

ヘルミオスは皆を見ながら一言呟く。

「バウキス帝国に帰った仲間がもう１人いますけど、まあそうですね」

「それじゃあ、ドゴラ君からでいいよ。まずはエクストラスキルを見せてくれ」

「……」

ドゴラは返事をしない。

その様子にヘルミオスが何かに気付いたようだ。

「ああ、なるほど。分かっていると思うけどエクストラスキルも使えないで、魔神と戦おうなんて考えていないよね？」

そう言いながら腰に差している金色に輝くオリハルコンの剣を抜く。

「……」

「どうしたの、無言で。来なよ。甘い考えを叩きのめしてあげるよ」

ヘルミオスがドゴラを挑発し続ける。

ドゴラは斧を握りしめ、全力で向かって行った。

＊＊＊

「やっぱり、ドゴラ君はここに残った方がいいよ」

「……う、うるせえ。絶対に行く」

ティアモの広場の中央では、今日もドゴラがうつ伏せになり、大きく息を吐いている。

ドゴラがヘルミオスの挑発に乗って、そのたびに叩きのめされる。そんな光景をアレンたちは、もう3日も見ていた。

(ドゴラのエクストラスキルは厳しいか、そろそろ決断を迫るときだな)

剣聖ドベルグとの特訓でエクストラスキルを使えるようになったクレナのように、ドゴラもエクストラスキルに目覚めないかと期待したが、3日かそこらでは無理だったようだ。

「ヘルミオスさん、学園でもエクストラスキルを使えるようになるまで何年もかかる者がいると聞きました。修得までの期間に差があるのはなぜなんですか?」

学園で実技指導を行っているヘルミオスに駆け寄り、アレンは何か覚醒のヒントになることがないか聞いてみる。ドゴラがヘルミオスに頭を下げて、それを聞くとは到底思えなかった。

「う～ん、知力や魔力が高い職業は覚えがいいと言われているね。魔力の使い方が、エクストラスキルの感覚に近いからという説が一般的かな。だから、そもそも剣士とか斧使いは修得が遅い。スキルの修得速度も魔法使いの方が剣士よりいいでしょ?」

(なるほど、たしかにそうだ。さすが教官として、学園をいくつも回っているだけあるな)

アレンはヘルミオスの分析に、自らの経験を当て嵌め納得する。

子供のころから魔導士による教育を受けていたセシルだけでなく、僧侶のキールも2、3カ月教会に通ってスキルを修得したと言っていた。しかし、クレナやドゴラは学園でみっちりスキル習得について教わったのに、かなり時間がかかったことを覚えている。

「なるほど、なんとなく分かる気がします。でもクレナはドベルグさんの特訓を受けたら、1日でエクストラスキルを使えるようになりましたけど」

「……」

ドゴラが深く呼吸しながら、無言でアレンとヘルミオスの会話に耳をそばだてている。

「まあ、何も考えない人……言葉を選ばずに言えば馬鹿な人の方がエクストラスキルの覚えが良いっていうのが帝国の通説だよ」

「ほえ？」

クレナが私のことと言って返事をする中、一同は「馬鹿」という身も蓋もない言葉に驚き、思わずクレナを見る。クレナだけは、しきりに感心しながらヘルミオスの話を聞いている。モルモの実を齧（かじ）りながら、「なるほどなるほど」とうなずくその姿を見ると、仲間たちはつい納得してしまった。

「それで言うと、ドゴラ君は頭が固いというか、常識に囚われているというか……」

「あれこれ、考え過ぎってことですか？」

「そういうこと。どうするの、まだ続けるの？　僕の貸し出し期限はあと7日だけど」

（両極端だな。知力が高い者が覚えやすく、後は難しく考えず柔軟性があるものか）

あえて「貸し出し期限」という言葉を使うあたり、ヘルミオスは軽く扱われたことを今も根に持っているようだ。

「もう作戦も決めましたし、あまり長いことここにいても仕方ないですね。明日にはフォルテニアに向けて出発しましょう」

「分かったわ。明日の出発ね」

セシルが真っ先にうなずいた。アレンの仲間たちは、結局全員が魔神レーゼル戦に参加すると申し出た。それにヘルミオスを加えた作戦も話し合い、すでに煮詰まっている。ドゴラの特訓のためだけに、いつまでも時間を割くことはできなかった。ヘルミオスに聞いたところ、クレナのようにステータス増加系のエクストラスキルを発動すると、スキルを使えるのか聞いたところ、事例が直ぐに出てこないと言う。あまり聞かない話だが、本当に無理なのかギアムート帝国に確認するにも時間がかかるらしい。

アレンたちはヘルミオスを交え、現状での戦力を元に、作戦を精査するのであった。

＊　＊　＊

翌日の朝、女王や将軍たちに出発の挨拶を済ませる。

「俺は行かなくていいのか」

ローゼンヘイム最強の男、精霊使いのガトルーガが別れ際に念押しをする。

「はい、私たちだけで行きます。ガトルーガさんは、ラポルカ要塞の警護をよろしくお願いします」

「そうか……分かった」

今回の作戦の人員に、ガトルーガは含まれていない。ガトルーガとしては魔神討伐に参加したかったようだが、ローゼンヘイムと女王のためを思えば、アレンから任された仕事も大切だ。ガトルーガは渋々ながら承知したといった感じだった。

（結局精霊王はキラキラ状態から変わらなかったな。さて）

女王の膝の上で眠る精霊王から視線を上げ、女王と目を合わせる。

「女王陛下」

「はい」

「我々の目的は魔神討伐です。激しい戦闘の末、フォルテニアがなくなるかもしれませんが、よろしいですね？」

「もちろんです。ローゼンヘイムから災いが振り払われることを思えば……」

「ありがとうございます。これで、全力で戦えます」

目的は魔神レーゼルを倒すこと。そのためにフォルテニアが灰燼（かいじん）に帰そうとも手加減をするつもりはない。

「救国の英雄たちに精霊王の祝福を」

最後に女王が両手を胸の前で組み、アレンたちの無事を祈る。アレンと仲間たちは、女王に深々と頭を下げた。

建物をあとにして、鳥Bの召喚獣たちに乗り、アレンのパーティー7人でフォルテニアを目指す。

ヘルミオスは作戦のため、既に前日に出発していた。

出発から2日目の夕方には、ラポルカ要塞に到着する。エルフたちが連日討伐に専念したお陰で周囲の魔獣たちはすっかり片付いていた。アレンの召喚獣も率先して魔獣の解体や焼却を手伝い、魔神との戦いに向けて魔石を回収し、その日はラポルカ要塞で夜を明かした。

翌朝ラポルカを発つと、夕方にはフォルテニアが見えてきた。夕焼けに照らされた世界樹はとても幻想的で、近くで見るとその木の大きさに圧倒される。

「フォルマールはここから別働だ」

アレンは作戦に基づき、てきぱきと指示をする。

「ああ、ソフィアローネ様をよろしく頼む」

アレンはうなずくと鳥Bの召喚獣を新たに召喚し、フォルマールがそれに乗って上空で待機する。

残りの6人は、鳥Bの召喚獣たちに乗ったまま、フォルテニアの高い外壁を越えて街中を飛んでいく。目指すは以前霊Bの召喚獣が魔神たちと対峙した、街の中央にある神殿だ。

魔神レーゼルは、神殿にある女王の玉座の間にいる。

「……誰もいないわね」

100万人はいたのではと思える広さのフォルテニアを見下ろしながら、セシルが呟く。

2カ月以上前に陥落し、街のところどころで火の手が上がったようで、今では炭のように焼け焦げている。元はエルフの国らしい情緒と歴史溢れる木造の建物が並ぶ、美しい街並みだったのだろうが、どこにも人の姿は見られない。

「魔獣もいないな。建物内に待機させているのか?」

魔獣が跋扈し、アレンたちに対して迎撃してくるのかと思ったが、そんなことは一切なかった。ただ寂寞とした光景が広がるばかりだ。

(隠れて俺らを油断させようとしているのか……?)

誰もいない街の神殿の前に降り立ったアレンたちは、注意深く鳥Bの召喚獣から降り、中へ入って行く。

平屋造りの神殿は木造で、樹齢何百年も経っていそうな1本の木から造られた、太く真っ直ぐな柱が等間隔に並び、その柱に支えられた高い天井があるだけだ。

奥には精霊王を祀る祭壇があり、中央に玉座がある。そこには、アレンを見据える真っ赤な目の異形の者が座っていた。傍らには、以前取り逃がした魔族のネフティラが、アレンたちを睨みつけるように立っている。

『とうとう来たな。お前がアレンか?』

「ああ、お前を倒しに来たぞ。魔神レーゼル」

『倒す……か。お前には、一切の恐怖もないのか』

品定めするようにアレンをジロジロと見ている。

「あ?　たかだか魔神に、選ばれし俺が負けるわけないだろう?」

アレンは、以前霊Bが勝手に口走った言葉を借り、あえて尊大な態度を示す。

『ほう、無知で怖いもの知らず……か。開放者も人間共の中にいると、自らを見誤るようになるらしい』

アレンの言葉にニヤリと口角を上げ、魔神レーゼルはゆっくり立ち上がったのであった。

第十六話　魔神レーゼルとの戦い

「あ？　開放者っていうのは俺のことを言っているのか？」

アレンは、訳の分からないことを言う魔神レーゼルに対して、苛立ちを見せる。

（ほうほう、立ち上がると結構大きいな。身長2・5メートルくらいか。体のサイズからすると、エルフらしさはないな。武器は持っていないみたいだけど、この筋肉質な体格からすると前衛タイプだよな？）

苛立ちを見せながらも、アレンは魔神レーゼルの体を上から下までしっかり観察する。物理攻撃が得意な前衛なのか、魔法が得意な後衛なのか。アレンには、相手の戦闘スタイルをなるべく把握するクセがついている。

魔神レーゼルが以前、霊Bの召喚獣を魔法で倒したことを思い出す。見た目と過去の情報からすると、前衛も後衛もできるタイプの敵なのだろうか。

『ふん。全く何も知らないのだな』

（開放者については何も教えてくれないと。まあいい、もう少し挑発しておくか）

「余裕ぶっこきやがって、俺は聞いているぞ。お前ダークエルフなんだってな？　転職で魔神になる方法、俺にも教えてくれよ」

『……ほう』

魔神レーゼルの表情が変わっていく。隣にいるネフティラが息を飲む。

「どうした、顔色が変わったぞ？　世界樹が欲しいとか抜かして、ローゼンヘイムを攻めてきやがって。世界樹が良く見えるフォルテニアは楽しめたか？」

『エルフの女王から聞いたのか？　世界樹は元来我らの物だったのだ。エルフ共が独占したのだろう』

努めて静かに語る魔神レーゼルだが、その言葉には怒気が籠っている。

「そんなことはありません！　世界樹はずっとエルフが管理をしておりました!!」

2人の会話に、怒りをあらわにしたソフィーが割って入る。

（おいおい、ソフィーが怒ってどうする）

『ふん、お前はハイエルフ……ローゼンヘイムの王族か。祈りの巫女の末裔も、何も知らないと見える。本当にエルフたちが世界樹を管理していたと、本気で信じているのか』

世界樹はエルフとダークエルフにとって大事なもののようだ。特にありがたみを感じないアレンには、彼らの事情はわからない。それにしても魔神レーゼルが世界樹を「ダークエルフの物」と断言するのはどういうことだろう。女王はそんなこと、何も言っていなかったはずだ。

もしかしたら、ダークエルフが本当に世界樹を管理していた時代が数千年前にあったのだろうか。

あるいは魔神レーゼルがはるか昔に、ダークエルフが世界樹を管理していたなんて吹聴され、それを信じているだけなのかもしれない。そんなことは分からないし、アレンがこれからやることに何ら変わりはなかった。

「そんな話、俺は知らんが、お前が魔獣を引きつれて何百万ってエルフを殺した事実ははっきりしているぞ」

『……たしかにそれは事実だな。これからもっと多くのエルフが死ぬことになるだろう。そのために我はここにいる。さて、お前はどうする？』

「もちろんお前を倒すに決まっているだろう!!」

アレンの言葉を合図に、全員が戦闘態勢に移行する。

ここへ来る前に、必要な補助は全て済ませている。クレナとドゴラは武器を構え、キールは回復の準備をする。

魔神レーゼルとネフティラも攻撃の態勢を取ろうとするが、高速召喚が使えるアレンが先手を取った。

ネフティラの真横に指揮化した竜Bの召喚獣が現れる。指揮化して体長20メートルになっている竜Bの召喚獣には、この神殿は小さすぎたようで、神殿の屋根は竜Bの召喚獣が動くだけでメリメリと剝がれていった。おかまいなしに竜Bは覚醒スキル「怒りの業火」を使う。

指揮化した竜Bの召喚獣が、光を宿した口元から光線のような炎を吐き出すと、炎はたちまち神殿の広範囲に及び、魔神レーゼルとネフティラを包み込んだ。

木造の神殿は炎に耐え切れず、消し炭になっていく。大きな丸太の柱も何本かが燃え崩れ、神殿は一瞬で半壊した。

『魔族を1体倒しました。経験値720000を取得しました』

（うし、ネフティラは倒したぞ。これで魔神レーゼルを残すのみだな）

ネフティラからすれば、何が起こったかも分からなかっただろう。前回は指揮化スキルを解放できていなかったため、召喚獣の攻撃を回復魔法で相殺できたかもしれないが、一撃必殺ではそれもかなわなかったようだ。魔導書の表紙には、1体の魔族を倒したというログが淡々と流れる。

『ほう、ネフティラを一撃か』

しかし、炎の中から魔神レーゼルがゆっくりと姿を現す。本体はおろか、装備品の防具すら全くの無傷だった。

（ダメージゼロかよ）

その平然とした態度に、前衛の仲間たちがたじろぐ。

「クレナ、ドゴラ強敵だぞ！　攻撃をもろに受けないようにしろ!!」

「分かった！」

「ああ！」

クレナとドゴラは得物を握り直し、気持ちを奮い立たせて突っ込んで行く。

魔神レーゼルは面倒くさそうに手を振り上げた。

「げふ！」

「がは！」

魔神レーゼルの拳がクレナの武器に激突する。するとクレナが耐えきれず吹き飛ばされていく。

ほとんど同時にドゴラも宙を舞う。

「キール、回復はドゴラを中心だ」

「ああ、分かっている」

指揮化した竜Bの覚醒スキルを魔神レーゼルにぶつけても、ほぼ無傷だった。

アレンはセシルやキールの後衛と、クレナやドゴラの前衛の間に移動し、中衛ポジションを取った。高速召喚で石Cの召喚獣の特技「みがわり」や覚醒スキル「自己犠牲」を使いながら、クレナとドゴラが死なないよう、体力の管理を最優先する。

クレナとドゴラは魚Bの召喚獣の特技「タートルシールド」及び覚醒スキル「タートルバリア」を既に受けているので、魔神レーゼルの攻撃は6割減のはずだ。それでも油断すればやられかねない攻撃を、魔神レーゼルは顔色一つ変えずに繰り出している。

(これでも本気を出していない感じか？　エクストラスキルを使われる前に勝負を決める方法は……)

上位魔族グラスターでさえエクストラスキルは脅威であった。魔神がエクストラスキルを発動したら全滅もありえる。なるべく早く勝負を決めたい。

「クレナ、エクストラスキルだ！」

「うん、分かった」

返事と同時に、クレナの全身の輪郭が陽炎のように屈折し始める。

『ほう、エクストラの門か』

クレナの変化を目の当たりにしても、魔神レーゼルの表情に動揺は一切ない。それどころか、クレナに向かって間合いを詰めて行く。

魔神レーゼルがエクストラモードのクレナに意識を向けた、そのときだった。

『よし、フォルマールもエクストラスキル頼むぞ』

鳥Fの召喚獣の覚醒スキル「伝令」を使い、1キロメートル離れたフォルマールに指示を出す。

半壊した神殿の隙間からゆっくりと弓矢を構えるフォルマールは、全身が陽炎のように屈折していく。

フォルマールがエクストラスキル「光の矢」を発動すると、構えた矢は光源を宿し、輝き始めた。

そして神殿の隙間から魔神の心臓付近を背中から狙い、輝きを保ったままの矢を渾身の力で射った。

光の矢は軌道を修正しながら、魔神レーゼルの背中の心臓付近を直撃した。

魔神レーゼルの全身が一瞬硬直する。

その瞬間にクレナは間合いを一気に詰め、両手で握りしめた大剣を魔神レーゼルの首元目掛けて振り落ろした。

「や!!」

クレナのエクストラスキル「限界突破」が首元を仕留めた。

(お？　無防備な首元に直撃だ！　やったか?)

『……なるほど、見た目通りの子供か。実力差も分からぬとはな』

クレナの大剣は魔神レーゼルの首元で微動だにせず止まっている。圧倒的な強さを誇り、学園都市のダンジョンやローゼンヘイムの戦争でも活躍したクレナのエクストラスキル「限界突破」が全く効かない。アレンの仲間たちを絶望感が襲う。

「クレナ！　攻撃を止めるな！　手数を増やせ!!」

「うん！　分かった!!」

むくむくと広がる絶望感を消し去るように、アレンは指示を出す。クレナは同じ場所を何度も狙って攻撃するが、全く歯が立たない。

（……思った以上に、耐久力と攻撃力に差があるな）

魔神の強さについては、前もってヘルミオスから聞いていた。ある程度の苦戦は予想していたが、クレナと魔神レーゼルのステータス差は想像以上だった。

ダメージは、攻撃するものの攻撃力と、攻撃を受けるものの耐久力で決まる。さらに厳密に言うと、以下のような条件が複合的に絡まり合い、最終的なダメージとなる。

・自らのステータスと武器の攻撃力の合計にスキルやエクストラスキルによる効果を計算した威力
・攻撃を受ける側のステータスや防具の合計の耐久力、物理耐性などの物理ダメージの減少
・急所を狙ったクリティカル

クレナの「限界突破」は、皮肉にも魔神レーゼルとのステータス差を思い知らされる一撃となった。魔神レーゼルとの距離を詰めたり、離れたりしながら、なおもクレナは剣戟を繰り返していく。エクストラスキルは一度使うと丸1日使えなくなる。そのためか、クレナに焦りが見え始めた。エクストラスキル発動時にスキルを使えないものか、必死に試行錯誤しているようだ。現状の圧倒的な力の差が、クレナを駆り立てているようだ。

魔神レーゼルは、クレナの必死の攻撃を虫でも振り払うかのように素手ではじいていく。魔神レーゼルの素早い動きと、大剣で渾身の一撃を繰り出すクレナの動きは全く合っていない。

「で、できないよ……」

肩で息をするクレナの周りを覆っていた陽炎のようなものが消えていく。とうとうエクストラスキルが終わってしまった。

『エクストラの門は閉じたか。剣聖であろうが、所詮は門の前にたたずむ者だ。その程度の力であろうな』

「門の前にたたずむ者？」

『そうだ。門を開き、そして越えた者だけが開放者と呼ばれる。……お前のようにな』

（門を開くから「開放者」って意味なのか。ってことは、エクストラスキルってもしかして……）

魔神レーゼルの言葉で、アレンはこの世界の理について理解が進んだ。

この世界にはノーマルモード、アレンはこの世界の理について理解が進んだ。

そして、エクストラスキルと呼ばれる、エクストラモード、ヘルモードなど、いくつかのモードがある。

魔神レーゼルと戦うまで、ずっと2つの疑問があった。1つはモードとスキルの間に、両方とも「エクストラ」という言葉があること。もう1つは、アレンがエクストラスキルを使えないことだ。

だが、今のアレンには分かる。

エクストラスキルとは、エクストラモードの力を一瞬だけ借りることができる能力なのだ。これが、魔神レーゼルがいうところの「エクストラの門」が開いた状態にあたる。

そして開放者とは、常に門を開いている者、つまりエクストラモードでこの世界に存在する者のことなのだ。アレンの高速召喚や指揮化は、まさにエクストラモードの能力である。そうと分かれば、アレンがエクストラスキルを使えないのも無理はなかった。そもそも常にエクストラを発動しているから、使える、使えないというものさしで考えること自体が間違っていたのだ。

ヘルモードでは成長過程でエクストラスキルに等しいスキルを体得し、クールタイムなしに使うことができる。だからわざわざスキルと別欄で表示する理由もない。

＊　＊　＊

「ちょっと、あいつ強すぎるわ！　アレンどうするの!?」

あれこれと考えを巡らせていたアレンが、セシルの声で我に返る。戦闘開始からずっと魔法を打ち続けているセシルが、アレンに指示を仰いでいた。

「ああ、これは思った以上に強い。退散する必要があるな」

アレンとセシルの話を聞いていた魔神レーゼルが、笑みを浮かべる。

『ふん、小賢しい作戦はもう終わりか。だが、今更逃がすと思ったか！』

その表情を見て、今度はアレンがニヤリと笑った。

(よし、完全に油断してくれたな)

そのとき、３つの頭のあるケルベロスの姿をした1体の獣Bの召喚獣が壊れた天井の隙間から突っ込んできた。凶悪な牙をむき出し、魔神レーゼルの背後目掛けて一直線に迫る。

『ぐるる！』

『ふん、何度も背中を取らせると思ったか!!』

獣Bの召喚獣が攻撃する前に、魔神レーゼルは片手で簡単に振り払う。獣Bの召喚獣は一撃で光る泡に変わってしまった。

『こんな雑魚を何体出しても……』

アレンに向かって、魔神レーゼルが何か言おうとしたそのときだった。

光る泡が消えると、その向こうから金色の鎧を着た水色の髪の青年が現れた。手には金色の剣を握りしめている。

勇者ヘルミオスが、獣Bの召喚獣の背中の陰に隠れていたのだ。

突然の出来事に、魔神レーゼルが初めて狼狽する。

『な、貴様はヘルミオス!?　な、なぜここに……』

「ああ、そうだ。死ぬといいよ?」

それだけ言うと、ヘルミオスは至近距離でエクストラスキルを発動する。

「神切剣!!」

『がはっ!!』

全身に陽炎をまとったヘルミオスが魔神レーゼルの背中にオリハルコンの剣を突き立てる。

魔神レーゼルの胸元から防具を貫通した剣が突き出た。

ヘルミオスは勢いそのままに、魔神レーゼルを地面に叩きつける。その衝撃で床材の石板は広い範囲で円状に粉砕され、魔神は深々と地面にめり込んだ。辺りが静寂に包まれる。

(相変わらずとんでもない威力だな。クレナじゃ全く歯が立たない相手だったんだけどな)

「……す、すごい」

クレナが魔神レーゼルを一撃で屠った神切剣に感動している。

ヘルミオスは魔神レーゼルの背中に突き立てた剣を悠々と引き抜き、剣に付いた紫色の血を振り払う。

「……アレン君の作戦がうまくいったね。お陰で確実に倒すことができたよ」

「いえいえ、こちらこそ助かりました」

アレンはパーティーだけでは魔神を倒すことはできないと考え、ヘルミオスのエクストラスキル「神切剣」に頼ることにしたが、1つだけ問題があった。

神切剣も1度使うと、1日のクールタイムを要する。確実に魔神の急所に当てるためには魔神レーゼルの油断を誘い、その隙を狙う必要があった。

だから今回の作戦で最も大切なのは、勇者の所在を誰にも知られないことだった。ヘルミオスがローゼンヘイムにいることは、魔王軍はおろか、ローゼンヘイムや中央大陸にもほとんど知る者がいない。

魔神レーゼルは、ティアモやラポルカで魔王軍を撃退したアレン一行が思い上がってのこのこ首都までやってきたと思っていただろう。自ら殺されに来たアレンたちが、数々の作戦を展開しても全く歯が立たないと気付き、絶望の表情を浮かべたとき。そのときこそが、魔神レーゼルに油断が生ずる瞬間だった。

フォルマールやクレナのエクストラスキルも、度重なるセシルの攻撃魔法も、全ては油断を誘うための餌だったのだ。

オリハルコンの剣を鞘に収めながら、ヘルミオスはアレンと仲間たちを称賛する。

「パーティー全員が囮だなんて作戦、簡単には思いつかないよ？　それにちゃんとついてきてくれる……いい仲間を持ったね」

「はい」

今回の作戦はアレン1人でも実行できた。だが仲間が皆ついてきてくれたことで、確実に成功率が上がったといえる。パーティーに力の差を見せつけ、絶望を植え付けるほど、魔神は慢心し油断するからだ。この作戦を会議室で伝えたとき、危険を顧みずに作戦の成功を信じてついてきてくれた仲間たち一人ひとりの顔をアレンは見つめる。

しかし、感傷に浸るにはまだ早かった。

（さて、中々しぶといな）

アレンは魔導書の表紙に表示されるログをさっきからずっと確認しているが、魔導書にはログが一切流れない。

「ヘルミオスさん。止めを刺しましょう」

「あれっ、まだ死んでない？」

アレンの言葉にヘルミオスが、腰に差した剣を引き抜こうとしたときだった。

『……いつの間にか勇者を連れてきていたのか。なるほど、これだけの準備をしてきたわけか。お陰で3つある心臓のうちの1つが潰されてしまったぞ』

ヘルミオスの背後の凹んだ地面から、聞き覚えのある声が聞こえる。

「うそ!?　まだ死んでいないわけ！」

セシルがあまりの驚きで騒ぐ中、胸元を大剣で貫通された魔神レーゼルがゆっくり立ち上がる。

あとは止めを刺すばかりだとアレンも、アレンの仲間たちも動揺しながら武器を手に取り身構える。

『どうした、もう来ないのか？　ならば見るがよい。我は力を得るために全てを捨てたのだ!!　我は世界樹を手に入れるために開放者になったのだ!!』

魔神レーゼルの体が防具を破りながら膨れ上がり、巨大になっていく。足は肉食恐竜のように太く巨大になり、背中からは爬虫類を思わせる翼が生え、肩と脇から新たな腕が生えてきて合計6本になった。魔獣のような顔にうごめくように変化したその顔から、エルフの面影が消えていく。

それはまるで、全身で憎悪を体現したかのように見るもおぞましい姿だった。

「こ、これは、ちょっとまずいね。僕が時間を稼ぐから逃げる算段を」

そう言うとヘルミオスが剣を握りしめ、魔神レーゼルに向かっていく。

『ふん、たかだか勇者が！　門も越えられぬ者が何人集まろうと我の相手ではないわ!!』

右の3本の腕が拳を作り、ヘルミオスを殴りつける。

「がはっ!!」

魔神レーゼルから一番離れているキールやセシルのさらに後ろの壁まで、ヘルミオスは吹き飛ばされる。轟音とともに壁は粉砕され、瓦礫の中でヘルミオスが動かなくなった。

『誰も逃がしはせぬわ！』

そう言うと変貌を遂げた魔神レーゼルは、アレンたち目掛けて気炎を吐いた。アレンはとっさに天の恵みを使ってヘルミオスの体力を全快させ、魔神レーゼルを真っ直ぐに見据える。

「開放者になればエクストラスキルを使う必要はない。そういうことだな？」

『……なるほど、今の態度が素の貴様か。騙しておったのだな』

「騙し合いはお互い様だ。魔神の癖に死んだふりなんかしやがって」

『ふん、勝てばいいのだ。そうだろう？』

ヘルミオスのエクストラスキル「神切剣」を受けた魔神レーゼルは、地面に伏して油断を誘いアレンたちを襲おうとしていたようだ。

(止めを刺すって俺が言ったから、死んだふりを止めたってわけだ)

アレンは背後のヘルミオスの気配を確認しながら、魔神レーゼルを挑発する。

「何千年も生きている奴が子供に騙されたり、子供を騙したり、みっともないな。それとも魔神になると成長が止まるのか？」

『……もう良い、そのような時間稼ぎなど。全ては無駄なことだ、死ぬがよい』

魔神レーゼルはアレンの時間稼ぎに気付いたようだが、させるがままにしておいた。天の恵みを使い回復したヘルミオスが前線に復帰する。

「すまない……。皆、行くぞ！」

「うん、そうだね！」

勇者ヘルミオスが圧倒的な力で吹き飛ばされたこの状況でもクレナの士気は衰えていない。

『そう、全ては無駄なことだ。我らが受けた絶望を思い知れ!!』

戦線に戻ったヘルミオスの号令が、戦いの再開の合図になった。クレナとドゴラもヘルミオスと一緒に応戦するが、魔神レーゼルとの力量差は以前以上にはっきりしていた。魔神は既にクレナとドゴラの攻撃を防ぐこともしない。２人の攻撃は、キンっと硬い音を響かせるだけだった。

(やばい、肩代わりさせても召喚獣が一瞬で消えてしまう)

石Cの召喚獣で仲間が受けるダメージを軽減しているが、一度仲間のダメージを肩代わりすると、一気に光る泡になって消えてしまう。

（やばい、これは無理だ。やはり神切剣のエクストラスキル以外で、魔神には勝てないぞ。しかも今回は魔神レーゼルも本気を出しているし、逃げることもままならないぞ）

魔神レーゼルもヘルミオスの攻撃だけには反応しているが、その様子は余裕そのもので全く相手にならない。

「ソフィー！」

「は、はい。アレン様」

「すまないが時間がほしい。大精霊を顕現してくれないか」

このままではジリ貧で全滅だ。それを避けるため、アレンはソフィーにエクストラスキル「大精霊顕現」を使うように頼む。

指揮化したBランクの召喚獣より圧倒的に強い大精霊を盾にして、ここは何とか逃げ出したい。

「あ、あの。さっきから出そうとしているのですが、ちょっとうまくいかなくて……」

「は？」

「す、すいません。最近こういうことはなかったのですが」

（ふぁ？　ここにきて大精霊さんの居留守か？　おい出て来いよ）

ピンチは重なるときに重なるものだと思う。ここにきて、最近はほとんどなくなったエクストラスキルの不発だ。

「分かった。とにかく出せるまで頑張ってくれ」

「は、はい」

ソフィーと会話している間にも戦況はさらに悪化していく。一発一発が重い攻撃を必死に堪え戦ってきた、ヘルミオス、クレナ、ドゴラの前線は崩壊寸前だ。

ついにクレナが吹き飛ばされ、その隙から魔神レーゼルが中衛のアレンに迫る。

「ミラー防げ!!」

とっさに、魔神レーゼルとの間に指揮化した石Bの召喚獣を召喚する。

『ネフティラから聞いたぞ。こいつは相手の攻撃をはじくのであったな』

そう言うと、魔神レーゼルは石Bを回り込むように避けてアレンに迫る。そのままアレンは拳を腹に叩きこまれた。

「がふっ!」

血を吐き出し、アレンが地面を転がりながら吹き飛ばされていく。

(やはり能力がバレていたか。遠距離攻撃を使わないなとは思っていたんだ)

魔神レーゼルが強力な遠距離攻撃を使うのを、アレンはずっと待っていた。しかし肉弾戦のみで戦う魔神レーゼルに対し、アレンの能力を知っているのではと、ある程度予想はしていた。

やはり、魔法をはね返されるのを警戒していたようだ。

吹き飛ばされながらも天の恵みで体力を回復する。クレナも全快し前線に復帰したが、さりとて状況が好転したわけではない。

(さて、決断のときだな。俺の命と引き換えなら、時間を稼ぐくらいはできるかな)

アレンが命と引き換えにしてでも魔神から仲間を逃がそうとしたそのとき、今度はドゴラが神殿に響き渡るほどの衝撃音をさせながら吹き飛ばされ、アレンの横に転がってくる。

「ドゴラ、大丈夫か!?」

天の恵みを使いドゴラの体力を全快する。

「ああ、問題ねえ」

「良かった……。残念だが厳しそうだからここは俺が……」

アレンの言葉を遮り、横になったままドゴラはニヤリと笑う。

「なんか懐かしいな」

「ん？」

「開拓村でよ、クレナの体力がとんでもなくて、俺もアレンもへとへとになったよな？　あのときも2人で横になって、庭で空を眺めたっけ……」

開拓村で騎士ごっこに夢中だったころ、クレナの相手をしてボロボロになったアレンとドゴラは、たしかに2人で開拓村の空を眺めたことがあった。

「あ？　何を言っているんだ？」

「アレンはあのときから不思議な奴だと思っていた。すげー奴だったんだよな？」

「だからさっきから、何を言っているんだ？」

(おいおい、変なフラグを立てるのはやめてくれ)

「俺が時間を稼ぐからその隙に逃げてくれ。村の親父に学園に行ってから1度も帰らずにごめんって言っておいてくれねえか？　アレン、約束したからな」

それだけ言うとドゴラはゆらりと立ち上がり、クレナとヘルミオスが戦っている魔神レーゼルに向かって走り出す。

「お、おい。ドゴラ！！」

もうアレンの声も届いていない。

「うああああああああぁぁあ！！！」

ドゴラは叫びながら全力で魔神レーゼルに猛然と向かって行く。もうエクストラスキルがどうとか、そんなことはドゴラの頭からきれいさっぱり無くなっていた。

自らの家族のことは、アレンがしっかりやってくれるだろう。何もかもがドゴラの頭から抜けて、頭が空っぽになっていく。もう、握り締めているはずのアダマンタイトの大斧の重さも感じない。

ただただ、魔神レーゼルにこの斧を叩きこむ。それだけをドゴラは考えていた。

『ふん、雑魚が、そろそろ死ね』

玉砕覚悟で突っ込んでくるドゴラを鼻で笑い、魔神レーゼルが拳を握りしめる。魔神レーゼルまであとわずかに迫ったとき、ドゴラの全身が陽炎のように屈折し始めた。

「くらええええええあぁぁあ！！！」

『ぬ？』

ドゴラの気迫に圧され、魔神レーゼルが右側２本の腕で防御の姿勢を取った。

ドゴラは無心に全ての力を斧に込め、全身全霊の一撃を繰り出す。

『がは!!　ば、馬鹿な！！！』

魔神レーゼルの腕が一瞬で粉砕される。さらに、斧が袈裟懸(けさが)けに肩からめり込んでいく。残された右側１本の腕で必死に引き抜こうとするが、ドゴラの攻撃に力負けしているようだ。

斧はさらに深くめり込み、胸にまで届いたドゴラのエクストラスキル「全身全霊」の一撃で、魔神レーゼルが膝を地面に突く。

「死ねえええ！！！」

『雑魚が、調子に乗るな!!』

魔神レーゼルが残り1本になった右側の腕を斧から離し、手刀を作ってドゴラの腹を突く。アレンはアダマンタイトの鎧が砕け、凶悪な爪がドゴラの背中から突き抜けるのを見た。

「ぶはっ！！！」

「ドゴラ！！！」

血まみれのドゴラが吹き飛ばされていく。叫びながらも、アレンはすぐに天の恵みでドゴラの体力を全快にするが反応がない。

地面に打ち付けられたまま、動かないドゴラに向かってアレンは走る。

「お、おい。起きろ！　ドゴラ!!」

攻撃を受けたドゴラの腹を見る。

腹に受けた傷はたしかに天の恵みで完治しているのだが、意識が戻らない。

(お、おいおい)

首元を探るが脈がなく、呼吸もない。

「キール、神の雫(しずく)を使ってくれ!!」

「わ、分かった!!」

遠くで呆然としていたキールにアレンが呼びかける。

キールが掛け寄り、ドゴラの胸に手を当てる。そして、目をつぶり祈るように意識を集中したキールの体がゆっくり陽炎のように揺らめく。

「絶対に成功させてくれよ」

(こんなときに失敗なんてありえんぞ)

そう言ってドゴラをキールに託すと、アレンは魔神レーゼルと向き合う。

身動きが取れないキールとドゴラのためにも、この場所は絶対に死守しなくてはいけない。

『あ、あんな雑魚に、また1つ心臓を潰されるなど……』

魔神レーゼルは片方の手を2本失い、3つある心臓の内さらに1つをドゴラの攻撃で潰されてしまったようだ。大量の血を流し、よろめきながらも立ち上がる。

「クレナさん、畳みかけるよ!!」

ヘルミオスはここがチャンスと、クレナに声を掛ける。

「うん！　分かった!!」

クレナもドゴラのことが心配だったが、今自分がやるべきことを思い直し、魔神レーゼルに剣を向ける。

魔神レーゼルは心臓を2つ、腕も2本失ってもなお戦いをやめようとしない。それどころか、クレナとヘルミオスによる近距離攻撃に、アレンの召喚獣、セシルの魔法、フォルマールの矢による遠距離攻撃を加えても、魔神は全てをいなしていく。

今、アレンのパーティーにドゴラほどの決定力を持つ攻撃を繰り出せる者はいない。唯一、1万の攻撃力に達したヘルミオスの攻撃に専念して魔神レーゼルは防御を続ける。

その間にもミチミチと音を立てながらドゴラが切りつけた傷口がうごめいている。どうやら失った腕を再生させるつもりのようだ。

（おいおい、ここで再生されたら、さっきの状況に逆戻りだぞ）

圧倒的強者である魔神レーゼル相手に、アレンが必死で打開策を考える。

「お、お願いします！　大精霊様出て来てください!!」

ソフィーはさっきから必死に懇願している。

この状況において切り札になるのが、指揮化した召喚獣より力のある大精霊の援護であることはほぼ間違いない。危機迫る状況の中、ソフィーはエクストラスキル「大精霊顕現」を発動しようとしていた。

「ソフィーもういいから。ここは回復に……」

アレンがソフィーに、回復に回るよう頼もうとしたとき。

「で、出ました!!」

全ての魔力が抜けていく感覚と共に、ソフィーの顔に安堵の表情が漏れる。

「大精霊が……出たのか？」

光の塊がだんだん形を作っていく。それは、今まで顕現したどの大精霊よりも小さかった。まるで小動物、というよりそれは、モモンガそのものだった。

「こ……このお方は……」

ソフィーもアレンも、目を丸くする。

『おお、やればできるってアレン君もいっていたけど、何事も挑戦してみるものだね。はは』

「あ、あなた様は……。せ、精霊王様？」

『うん、祈りの巫女の末裔よ。何を望む？』

『ば、馬鹿な!! 精霊王が我々の戦いに参戦するなど、この世の理を破るつもりか!!』

精霊王の顕現を目の当たりにし、魔神レーゼルが罵倒の言葉を浴びせる。

精霊王は魔神レーゼルの方を向いて、少しムッとしたように反論した。

『何を言うんだい？ 先に神の理を破り、神域を犯したのはお前たち魔神じゃないか？ ああ、精霊神に至るのを我慢していて良かったよ。さすがに今の末裔の力じゃ、精霊神の顕現は厳しかっただろうからね。はは』

（ヘソ天のままになっていたのは、俺たちに力を貸すために精霊神になるのを抑えていたってことか？）

であれば、精霊王は女王の膝の上で20日以上も、溢れそうになる力に抗っていたことになる。

アレンは呑気そうに寝ているなんて思っていたが、とんでもない話だった。

「精霊王様、力を！ 仲間を助ける力をお与えください」

そう言われた精霊王は、少しバツの悪そうな顔をする。

『まあ、あんな風に聞いておいてアレなんだけど。僕、つまり精霊王ローゼンが使うのは「精霊王の祝福」に決まっているんだよね。じゃあ、いくよ。はは』

そう言うと、精霊王は空中でお尻を左右に振り振りし始めた。アレンも仲間たちも、そのかわいらしい仕草に思わず目を奪われる。

すると、無数の光の泡がどこからともなく雪のようにふわふわと降ってきた。

その泡に触れた仲間たちは、全員の体が輝き始める。

「す、すごい。力が湧いてくるわ!!」

セシルが内から湧き出る力に驚く。

（ぶっ！　全員のステータスが３割上がっている）

アレンが魔導書で全員のステータスを確認すると、全員のステータスが３割アップしていた。

『ろ、ローゼンよ。また我らの望みを阻むのか!!』

『もちろんだよ。世界樹を血で汚そうとするなら、僕は何度でも君らの前に現れるよ。はは』

精霊王ローゼンが、幼体のころから始まりの巫女であるエルフと共にダークエルフと戦ってきたというのは、どうやら本当のことのようだ。魔神レーゼルはクレナとヘルミオスに応戦しながら、精霊王を睨みつける。

アレンがこの機を逃すまいと次の一手を考えようとすると、精霊王が何か言いたげな表情でアレンを見る。

『う～ん。あまりアレン君に助言すると、エルメア様に怒られそうなんだけど……』

アレンは食い気味に、かつきっぱりと言い放つ。

「いえ、黙っておきますので絶対怒られません。ぜひ助言をください」

『また、確証のないことを……。じゃあ、一言だけ。僕の祝福はクールタイムを１回だけ無くすよ。はは』

それだけ言えば分かるよね、と精霊王はすぐにそっぽを向き、知らん顔をした。

アレンはすぐさま、大声で全員に呼びかけた。

「皆！　エクストラスキルがもう一度使えるようになったぞ!!」

その場にいた全員が一瞬アレンの言葉の意味を理解できなかったが、「馬鹿正直」なクレナだけが早くもエクストラスキルを発動すると、全身が陽炎のように揺らめいた。

「本当だ!!　こ、今度こそ!!」

クレナは、どうしてもエクストラスキル「限界突破」発動時にスキルを使いたいようで、しきりにうんうん唸っている。

「ぐ!!　な、なんでできないの!?」

やむなく魔神レーゼルに向かっていくが、エクストラモードのクレナでも、まだステータスの全てにおいて力負けをしている。何度も吹き飛ばされながらも、クレナは必死にスキルの使用を試みる。何度も魔神レーゼルに立ち向かったクレナは、今ここでスキルを発動できれば優位に立てることを肌身で感じている。

アレンは心の中でクレナを応援しながら、キールに声を掛けた。

「どうだ、キール！　蘇生できそうか？」

「いや、無理だった」

キールは残念そうにかぶりを振る。ドゴラは目をつぶったまま、眠ったように動かない。

「精霊王のお陰で、もう一回神の雫を使えるはずだ。だから必ず蘇生させてくれ」

「ああ、分かっている。絶対に蘇生させる」

そこまで言うとキールは口を結び、再び祈るような姿勢になった。アレンはキールにドゴラを任せ、回復役がいなくなった戦況の穴埋めに専念する。ソフィーだけだと魔神レーゼルを相手にするには回復魔法が足りないのは目に見えている。

『クレナさん』

焦るクレナの背後から、精霊王が声を掛ける。

「う、うん？」

『仲間の言葉を信じよう。アレン君は何て言っていたかな？　彼は嘘を言ってはいないよ。はは』

アレンにはどこかそっけないことが多いのに、クレナには気の利いたアドバイスをしている。

（そうだ、いいぞ。その通りだ）

アレンは以前クレナに言ったことを、ありったけの声でもう一度叫んだ。

「クレナ！　絶対にスキルは使える！」

「う、うん。分かった!!」

（ヘルモードの俺が好きなときにスキルが使えるんだ。エクストラを発動したクレナが、ノーマルモードのスキルを使用できない理屈はないはずだ）

アレンの言葉を信じて、クレナが必死に大剣を振るう。

『何をいつまでも、訳の分からぬことをやっている!!』

スキルを試そうとするクレナに、魔神レーゼルははっきりと苛立っていた。

「がふっ！」

精霊王の登場でうろたえているのか、ダメージが堪えているのか、魔神の攻撃はクレナに致命傷を与えるには至らない。魔神の攻撃を受けながらもなお、クレナはスキル名を叫びながら大剣を振るい続けた。

（やばいな。クレナのエクストラスキルが終わってしまうぞ）

「クレナ、何やっているんだ!!　ドゴラだってエクストラスキルを使ったぞ!!」

アレンがクレナを激励する。

「使える。私は使える！」

もはや、クレナの耳にはアレンの言葉しか届かなかった。

『意味が分からぬわ!!』

魔神レーゼルは叫んだところでクレナを捻り潰そうとし、一瞬躊躇した。つい先ほど、雑魚だと思った人間の子供に手を2本と心臓を1つ奪われたばかりだ。

踏みとどまってクレナを見て、魔神レーゼルに悪寒が走った。クレナの大剣がバチバチと音を立て、雷を宿し始めた。

「豪雷剣(ごうらいけん)!!」

『ぐっ』

クレナの攻撃を受けた魔神レーゼルは苦痛に顔を歪める。

（お、やっと攻撃が通ったぞ）

精霊王の祝福とエクストラスキルのステータス上昇が合わさったクレナのスキルは、魔神レーゼルの耐久力をとうとう上回った。スキル発動の勢いそのままに、クレナはヘルミオスとの連携攻撃を開始する。

（おお！　やっと形になってきた。まだエクストラスキルは切れないでくれよ）

アレンは祈るような思いで、クレナとヘルミオスの戦いを見守る。

『がは！』

２人の連携技により、残り１本になっていた右腕が無残に砕ける。それでもアレンには、ドゴラのエクストラスキル「全身全霊」の方が、威力があるように思えた。

「や、やった!!」

「クレナ君、駄目だよ。よそ見しちゃ。でも、ここまで追い詰めれば僕の一撃で仕留めることができそうだ」

エクストラスキルをもう一度使えるのはヘルミオスも同じだった。魔神レーゼルの顔に、とうとう焦りが見え始める。

『わ、我は全てを捨てて魔神となったのだ。絶対に負けるわけにはいかぬ』

そこまで言うとクレナとヘルミオスを弾き飛ばすように巨大な翼を広げ、突如上空へ飛び立つ。

神殿からどんどん離れていく。

（えっ、ここで逃げるの？　まじで？）

アレンがそう思ったのは束の間だった。

上空で残った左腕３本を天に掲げた魔神レーゼルの頭上に、巨大な闇の玉のようなものができ始める。どうやら、強力な魔法で神殿もろとも吹き飛ばそうとしているようだ。

（お？　これはとんでもない威力だな。正真正銘最後の一撃か。これは反射できるか？　いやそれよりも……）

「セシル、あの魔神レーゼルの上に小隕石落とせるか？」

「え？　何言ってんのよ！　街が無くなっちゃうじゃない」

セシルはエクストラスキル「小隕石」を使うのをためらっていた。こんなところに小隕石を落とせば、首都の壊滅は免れない。

「大丈夫、女王陛下直々の許可を取ってある。それにあいつの魔法で相殺されて、多分そんなに壊れないと思うよ」

(多分だけど)

セシルは腹を決め、「分かったわ」と魔力を集中する。

「プチメテオ！」

漆黒の巨大な魔法球に負けないくらい巨大な、真っ赤に焼けた岩の塊が魔神レーゼルの頭上に落下する。

(おお！　プチメテオも精霊王の祝福で随分大きくなったな!!)

『ば、馬鹿な!!　お前らは、首都がどうなっても、いいと言うのか！　ぬ、ぐぐぐ』

魔神レーゼルは人間がこんなことをするとは思ってても見なかったようだ。

巨大な岩の塊を自分が作った漆黒の魔法の玉で相殺しようとするが、威力が拮抗しているので硬直状態になる。

「では、ヘルミオスさん。的が動かなくなったのでよろしくお願いします」

アレンは隙だらけの魔神レーゼルを見上げ、ヘルミオスに目配せした。

「なんだろう。アレン君らしいね」

ヘルミオスはやれやれと剣を担ぎ、投擲の構えをする。

その間にもヘルミオスの体は陽炎のように屈折を始めた。

「いくよ～、神切剣！」

ヘルミオスがオリハルコンの剣を全力で投擲する。

『な!?　我が心臓が!!』

剣が魔神レーゼルに吸い込まれていくように見えた。最後の心臓を貫いたようだ。

そして、全ての心臓を失った魔神レーゼルの体から黒い煙が出て行くように力がどんどん抜けていく。魔力を支えきれなくなった魔神の頭上に、自らの魔法で作った玉と、セシルのエクストラスキル「小隕石」の２つが落ちてくる。

２つの塊はそのままゆっくりと街の一部を崩壊させながら、魔神レーゼルを地面に押し潰すのであった。

第十七話　世界樹の下で

　魔神レーゼルを飲み込んだ２つの玉は街の一部を完全に壊滅させ、ようやく全てのエネルギーを放出して消え去った。

「ドゴラ、直ぐに回復させるからね！」

　クレナがドゴラの元へ駆け寄り、道具袋から回復薬を取り出そうとするが、袋の中身は魔神レーゼルとの激しい戦いで既に空っぽになっていた。そんなことは分かっていたはずなのに、それでも道具袋を逆さにして、何か落ちてこないかとクレナは袋を上下に振る。

　クレナとドゴラは、アレンが村を出てからもずっと一緒に騎士ごっこをしてきた仲だ。零れる涙をぬぐうことも忘れ、空の道具袋を反対側に捲り返す。

「キール、早く回復魔法をかけて。アレン、私の回復薬が切れちゃった。早く回復魔法をドゴラに！」

　仲間がクレナの周りに集まり、輪になってドゴラを囲んで覗き込む。アレンは落ち着き払ってドゴラに呼びかけた。

「魔神がいるところまで行くんだけどな。ドゴラ、起きないと置いていくぞ？」

　３つの心臓を全て貫いたはずだが、まだ魔導書には魔神を倒したログが流れていなかった。

「……」

「ドゴラ？　何だ、寝ていたいのか？」

地面に横たわっているドゴラは何も言わない。

「え？　アレンどういうこと？　ドゴラは無事なの!?」

アレンがキールの方を見ると、キールは困ったように肩をすくめている。

「キールがドゴラに使った2回目のエクストラスキルは、間違いなく成功している」

魔導書を見ながらアレンがそう言うと、クレナ以外の皆は状況を理解して安堵した。

「キール？」

どういうことかとクレナがキールを見る。

「精霊王の祝福を受けて、今回は成功したと思う。けど、何で起きないだろう？」

「成功って？」

「だから、ドゴラは無事に生き返ったはずなんだけど……」

「ほ、本当！」

クレナはキールの言葉を聞くと、ドゴラの体に飛びついて思いっきり揺らし始めた。

それを見ながら、アレンはキールのエクストラスキル「神の雫」の効果について分析する。

エクストラスキル「神の雫」は死者を蘇生する効果があることは分かっていた。ローゼンヘイムの戦争や、学園都市で、キールは1人でも多くの人を蘇生しようとしたからだ。その確率が定まらなかったが、前世のゲームで知力によって確率が変動する蘇生魔法があったので、これも同じだろうと直ぐにピンときた。

【エクストラスキル「神の雫」の特徴】
・死者を１人蘇生
・死亡から長時間が過ぎると蘇生不可
・蘇生の確率は知力１０００で１割、知力３０００で３割
・クールタイムは１日

（たぶん、今回ドゴラが２回目で蘇生したのは、精霊王の祝福によるステータス上昇でキールの知力が底上げされたからだな。それにしてもキールの知力を何が何でも１万にしないと。Ｓ級ダンジョンでの当面の目標は知力上昇の指輪探しになりそうだ）

分析結果と今後の課題を記録し、アレンは魔導書をしまった。

「ありがとうございます。精霊王様、お陰で仲間が助かりました」

『いいよ。別に。はは』

通常の大精霊ならすでに顕現が解けていなくなっているころなのに、精霊王は何故か今もソフィーの肩に乗っている。アレンは精霊王に深々と頭を下げた。

「ちょ、ちょっとアレン、ドゴラが起きないよ」

クレナはなおもドゴラを大いに揺さぶる。

「いや、ドゴラの体力は全快している。なぜだか知らないが、起きようとしないんだよ」

「え？　ドゴラ……」

クレナが両手の力を緩めると、仲間たちは改めてドゴラを見る。さっきからアレンがドゴラに話しかけているのは、ドゴラの体力が魔導書上では全快しているからだ。

どれどれとアレンがドゴラの顔を覗き込むと、ドゴラの両腕が伸びてアレンの襟元を掴んだ。

「……ドゴラだってエクストラスキルを使ったぞ」

目をつぶったままのドゴラが呟く。

「うん？」

ドゴラはカッと目を見開き、さっきまでクレナがやっていたように、今度はアレンのことを揺さぶる。

「聞こえてたぞ、アレン。お前クレナに『ドゴラだってスキルを使った』って言ってたじゃねえか！」

（うん？　そんなこと……言ったか）

どうやら、ドゴラはとっくに蘇生に成功していたのに、ずっと拗ねていたようだ。

何でも、蘇生に成功し、意識が戻りつつある中、アレンの言葉が聞こえたらしい。

「ああ、その……悪かったな」

「ふん」

ドゴラはアレンから手を離し、ゆっくりと立ち上がる。蘇生したばかりなのか、エクストラスキル「全身全霊」の発動の影響なのか、足元がまだおぼつかないように見える。

「ドゴラ!!」

するとドゴラの首元にクレナが飛びつく。ドゴラは仲間たちに心配され、生きていることを喜ばれ恥ずかしそうにしている。終盤、戦いに参加できなかったことをドゴラは謝った。

「それで、魔神は倒せたのか?」

「ああ、まだ止めを刺し切れていない。あれからどうなったか確認が必要だな」

「ソフィアローネ様ご無事ですか!?」

「さて、まだ魔神レーゼルは生きている。確実に止めを刺すぞ!!」

「うん!」

アレンの言葉にクレナが返事をする。鳥Bの召喚獣に乗って、魔神レーゼルの元へと向かう。

(これはひどい)

アレンが上空から魔神が落ちた辺りを見ると、その被害は想像以上だった。

「ちょっと、セシル、これはひどいんじゃないのか?」

「ちょ、なんで人のせいにしてんのよ! アレンがやれって言ったんじゃない!!」

アレンの後ろに乗っていたセシルが、アレンの首をぎゅうぎゅう絞める。

「ぐ、ぐるちい……」

セシルの小隕石と魔神レーゼルの魔法球が合わさり、とんでもない威力になったことが窺える。

落下点を中心に辺り一帯がごっそりと丸く凹み、フォルテニアの街のおよそ3分の1が、すっかり削り取られて無くなっている。そして、落下地点周辺の広範囲で、小隕石と魔法球が落ちた衝撃で建物が崩れ悲惨な状況だ。

「お、いたぞ!!」

アレンたちが鳥Bの召喚獣から降りてごっそりと凹んだ中心に近づいて行くと、魔神レーゼルが横たわっていた。

『……』

魔神は無言で空を見上げている。セシルのエクストラスキル「小隕石」と自らの魔法で全身はひどく傷つき、左胸にはヘルミオスのオリハルコンの剣が深々と突き刺さっている。

これでまだ生きているというのが信じがたかった。

「……魔神レーゼル」

アレンが抜身の剣を携えて静かに声をかける。魔神レーゼルはもう起き上がる体力も残っていないようだ。

『来たか……。もう少しこのままにしてくれ』

アレンは、「そうか」と言って剣を鞘に収める。

「ちょっと、アレン!?」

アレンの後ろについてきたセシルが、アレンの行動に驚く。

「いいんだ。もう助からない。体の崩壊が始まっている」

「え?」

セシルが魔神レーゼルの全身をよく見ると、体の至る所がくすぶって煙が上がっている。魔族のグラスターやヤゴフと同じで、倒すと灰となって、後には死体も何も残らないのだろう。

魔神レーゼルの見上げた先では、世界樹が風に揺れている。

『素晴らしい木だ。離れた地にいる同胞に見せたかった……』

目に焼き付けるように、魔神レーゼルは世界樹に見入っている。

「魔神レーゼル。これはお前の望む結果だったのか？」

アレンは思わず尋ねてしまう。

世界樹を奪取することは叶わず、自らも朽ちて灰になりつつある。どこからどう見ても満足な結果ではなさそうだが、世界樹を見つめるその表情はどこか満足げに見える。

『約束の地で死ねるのなら、それは悪くないのであろう。しかし、夢が叶わぬままの同胞らを思うと……』

魔神レーゼルの体全体の崩壊がどんどん進んでいく。

「そうか」

『祈りの巫女の末裔よ。覚えておくがいい、我が死んでも第二、第三の……いや、もう良いのだ』

「レーゼル？」

初めて対面したときのような憎しみがレーゼルの瞳から消えているようにソフィーは感じた。

レーゼルは最後に残った1つの手を必死に天に向かって伸ばそうとしている。

『そうか。まだ届かぬか。我はオルバースのために……すまない』

レーゼルは体が崩壊しかけたこの状況で何かを思い出したように見える。しかし、魔神レーゼルが何を言っているのかアレンたちには聞き取れなかった。

呟きながら手を掲げ、何かを掴もうとするが、そのまま体ごと崩れていく。

魔神レーゼルは静かに灰となって消えていった。

『魔神を1体倒しました。レベルが76になりました。体力が50上がりました。魔力が80上がりました。攻撃力が28上がりました。耐久力が28上がりました。素早さが52上がりました。知力が80上がりました。幸運が52上がりました』

（レベルが上がった？　まだずいぶん経験値が必要だったと思うけど。というか、経験値が表示されないな。もしかして、魔神を1体倒すと無条件でレベルが1上がるのか？）

アレンは魔神レーゼルとの戦いで分かったことを魔導書に記録し、ヘルミオスが灰の中からオリハルコンの剣を回収するのをぼんやりみていた。

「どうしたの、アレン？」

クレナが声をかける。こんなときのアレンは、たいてい考え事をしているのだ。

「ああ、クレナ。もしかしたら、エクストラの門ってやつが本当にあって、それを抜けたらエクストラモードになれるのかもしれないって考えてたんだ」

「え～、手が6本になっちゃうよ」

クレナが手をぶんぶんしながら答える。

（精霊王なら、当然その辺のことも知っていると思うけど……）

アレンはソフィーの肩の上に乗る精霊王に聞いてみようとして、思わず動きを止めた。いつも柔和な精霊王の顔つきが険しいものになり、中空を睨んでいる。

（どうした……）

アレンが声をかけようとすると、突然精霊王の全身が光を放つ。

「精霊王様!?　ま、まさか精霊神へと！」

ソフィーが目の前で輝き始めたので、驚きのあまり叫んでしまった。

光を放つ精霊王はソフィーの肩からゆっくり離れていく。光はどんどん巨大になり、それに伴って光の中の精霊王のシルエットが見る見る4足歩行の獣の姿に変わっていく。これまで神化を抑えていた精霊王が、魔神の討伐を果たしたことで気を開放し、精霊神になったようだ。

やがて光が止み、精霊神の姿が明らかになる。

（お、これが精霊神か。どこか熊っぽい見た目だな）

一同が唖然としていると精霊神は悠々と空を見上げ、誰もいない中空に話しかけた。

『はは。こそこそ見ているなんて趣味が悪いね。出てきたらどうだい？』

アレンたちの驚きなど他所に、精霊神は何もないところへ声をかけた。

『バレちゃったみたいだね。ちょっと覗きにきただけなんだけど……』

「ちょ!?　ちょっと、あんた誰よ!!」

突然ピエロのような格好をした者が中空から現れ、驚いたセシルが思わず叫ぶ。仮面を被っているので何者なのかは判別できないが、とりあえず人間ではない気がする。

ただ1人、勇者ヘルミオスだけが、その姿を見て露骨に驚愕していた。

「ば、馬鹿な！　上位魔神キュベルがなぜここに!!」

ヘルミオスはこのピエロのことを知っているようだ。どうやらキュベルという名前で、上位魔神らしい。

（えっ、上位魔神……？）

言うまでもなく、さっき倒したばかりのレーゼルの上位にあたる魔神ということになる。

『これはこれは勇者ヘルミオス様、お久し振りでございます。なんつって』

そう言って上位魔神キュベルはうやうやしく頭を下げる。慇懃無礼という言葉がぴったりだった。

ヘルミオスは見たことがないほど鋭い目つきで相手を睨みつけている。

「何をしに来た」

その声はいつになく太く鋭い、すごみのあるものだった。

『大丈夫だって。精霊神がいるこの状況で、戦ったりしないよ。それに、この前だって君は生かしておいてあげたでしょ？』

「き、貴様!!」

ヘルミオスが剣の柄に手をかけたそのとき、熊のような姿に変わった精霊神ローゼンが会話の間に入り、上位魔神キュベルににじり寄る。

『それで何をしに来たのかな？　事と場合によっては……ってこともあるからね。はは』

（お！　精霊神様～。やったれやったれ）

『だから、さっきも言ったじゃない。魔王軍の参謀として、今回敗北した理由を調べているだけ。本当にそれだけ！　僕だって精霊神と戦えば、さすがに骨が折れそうだからね』

『ふ～ん？　骨だけで済むか試してみてもいいよ。はは』

そう言うと、熊の姿をした精霊神が牙をむき狂暴な顔つきとなり、上位魔神キュベルを挑発する。

（とうとう魔王軍の参謀まで出てきたか。ていうことは、レーゼルは幹部ですらなかったと？）

あれだけぎりぎりの状態で、奇跡的に倒せた魔神レーゼルが幹部ですらないとは、魔王軍の組織はどれほどの規模なのだろうか。

『こわいこわい。それにしてもレーゼルは素質があったから、やられちゃって残念だな。結局は一番大事なものは捨てきれなかったんだよね』

灰の山となり、少しずつ風で飛んで消えていく魔神レーゼルを見て、一応残念には思っているようだ。ただ、仮面をつけているので表情こそ見えないが、壊れたおもちゃを見るようで慈愛のようなものは一切感じない。

「……」

仲間たちが身構える中、アレンは無言でどのような行動すべきか、突然現れた上位魔神に対して模索する。

しかし、上位魔神キュベルは、そんなことにはお構いなしとばかりに、ずっと視線を魔神レーゼルの灰に向けている。

(強者の余裕ってやつか。お、こっちを見た)

『それで……この中にアレン君がいますよね。はい、手を挙げてくださーい』

「……」

アレン含め、誰も返事をしない。

『あれれ～。怖がらないで出てきてくださいね。さあ、一歩前に出てみよう!』

相手を警戒し、アレンは名乗らない。仲間たちも一向に構えを崩さなかった。

上位魔神キュベルはおかしいなと、ここにいる全員に視線を移していく。

(道化師のようだな。ふむ仕方ない)

「……アレンはいません」

皆が沈黙する中、アレンが悲痛な表情で言葉を発する。

『え?』

上位魔神キュベルはアレンに視線を移す。

仲間たちはアレンが芝居を始めたことを察して、そのままの態勢を保つ。

「アレンは僕らのために、自らを犠牲にして魔神を倒してくれました……。もう影も形もありません」

そう言って、アレンは巨大な凹みを指差した。

『えっ、嘘？　じゃあアレンは粉みじんになって死んじゃったの？』

「はい。……魔神は強すぎました。もう僕らに希望はありません。これで満足ですか？」

（いけるか？　頼む。アレンのことは忘れてくれ）

『なわけあるか！　お前がアレンだろ。黒髪はてめえしかいねえし！　アレン、てめえのせいで作戦を立案した僕の身まで危ないんだよ!!』

両手の拳を天に上げ地団駄を踏みながら、上位魔神キュベルが全力でノリツッコミを入れる。

（ばれてしまったか。いや、それよりもこいつが今回の侵攻を計画した奴なのか）

「……」

正体が明らかになり、アレンは「俺がアレンだからなんだ」と言わんばかりに上位魔神キュベルと睨み合う。と、不意に相手が態度を崩した。

『ふむふむ、まあいい。また君を殺しに来る魔神もいるかもだけど、そのときは遊んであげてね。じゃあね～』

バイバイと手を振り、上位魔神キュベルは足元からゆっくりと消えていった。

（人相がバレてしまったか。まあ、仕方ない）

上位魔神キュベルがいなくなると、後には沈黙が生まれる。たまりかねたセシルが口を開いた。

「アレン、どうするのよ？」

「え？　そうだな。とりあえず帰るか。ヘルミオスさんも帰りは一緒に帰りましょう」

こうしてアレンたちは魔神レーゼルを倒し、女王の待つティアモの街へ戻った。魔神レーゼル討伐の知らせを受けた女王はアレンたちに心からのお礼を伝え、配下の者はすぐさま全ての街や避難場所にローゼンヘイムの勝利を伝えた。

２カ月近くにわたったつらい戦争の日々は、こうして終わりを迎えたのだった。

＊＊＊

魔神討伐から３日ほど過ぎた日の朝。アレンたちは女王が控える広間に通されていた。女王からローゼンヘイムを代表して、改めてお礼が言いたいとのことだった。

（軍議では見かけなかった長老たちも何人かいるな）

これまでは女王と軍部の将軍ばかりであったが、内政を司る長老たちもいるようだ。今回の席にも、長老たちは政治的な意味を含めて参加している。

「まずは、ローゼンヘイムを代表してお礼を言います。本当にありがとうございました」

「いえ。まだまだやることがたくさんあるかと思いますが、最後までお手伝いができず申し訳ありません」

「何を言いますか。魔獣だけでなく魔神まで倒し、エルフたちを世界樹の下に返していただいたお礼は必ずします」

ヘルミオスもこの場にいるのだが、女王がしきりにアレンの方を向いて話しかけるので、アレンが受け答えをする。ヘルミオスにしてもあまりこういった場が得意ではないらしく、一向に任せっきりの様子だ。

「あの、それについてですが……魔神は勇者ヘルミオスが倒しました。この点について、お忘れなきようにお願いします」

アレンの言葉に将軍や長老たちがざわざわする。魔神を倒したのがヘルミオスであると彼らがはっきり知ったのは、このときが初めてだ。

（実際、魔神の心臓の2つを潰した上に止めを刺したのは勇者だしな。残り1個はドゴラだけど）

アレンは女王への最初の報告の際、魔神討伐についてはヘルミオスに全面的な功績があると話をしていた。英雄と持て囃(はや)されては、自由に身動きが取れなくなるだろう。それでS級ダンジョンに行けなくなれば、困るのは自分たちだ。

やるべきことがたくさんあることを、アレンはローゼンヘイムで思い知った。

魔神は強かった。勝てたのは奇跡と言っていいだろう。それに、今の実力では上位魔神には勝てる気がしない。今大事なことは自由に動き回れること、そしてS級ダンジョンを回って仲間ともども強くなることだ。

『アレン君らしいね。ははは』

そういうとモモンガ姿の精霊神がソフィーの肩の上からフワフワと移動し、エルフの女王の膝の上に降りた。精霊神はどうやら、精霊王であったころのモモンガと、精霊神になったときの熊の2

つの姿でいられるようだ。ティアモに戻って以来、精霊神はエルフの女王だけでなく、ソフィーの肩の上にいることが多くなったような気がする。

「いえいえ、私は精霊神様と戦争中に交わしたお約束……パーティー全員を星4つにしていただけるという、この上ないご褒美を授かる予定でございますから」

アレンはわざと仰々しい言葉を並べる。

『そんなこと言ったっけ？　なんか既成事実を作ろうとしているね。……まあ、僕のかわいいエルフたちを救ってくれたし、いいか。はは』

たしかに精霊神は星4つまで上げるとは言っていなかった。あくまでも星4つというのは上限の話で、星1つずつしか上げないと言ったのだ。しかし、アレンがちゃっかり言った「星4つにしてもらう」というお願いを却下することもなかった。

(うしうし、あともう1つだ。これも断らないでくれよな)

「ありがとうございます。それと、私は以前『目の前の少年が、自らの行いを何度も肩代わりしてくれた』と精霊神様が仰っていたことが頭を離れないのです」

そう。初めて全身から光を放ったとき、精霊王はたしかにそう言った。

『はは？　それはどういうことかな？』

「いえ、大した話ではありません。私は精霊神様の神化へのお手伝いのお礼が何なのか、楽しみで仕方ないのです」

そこまで言って、みんなにも何が言いたいのか分かったようだ。

『お礼って……僕、結構魔神戦で役に立ったと思うけど。はは』

「おお、そうでした！　まだお礼言っていませんでしたね。エルフを救うために、久々に最前線に出てくださってありがとうございます!!」

大げさにアレンがお礼を言う。あくまでも精霊神が力を貸したのはエルフのためでしょう。精霊神の助力はアレンたちに対するお礼に入らないということだ。

「「「……」」」

アレンという者を知らない長老たちは、精霊神の御前で何事だと、露骨に眉をひそめる者もいる。女王も将軍たちも、なぜこの状況を止めないのだろうと思っているようだ。

『……前も言ったけど、モード変更は絶対にしないからね』

「でも、魔神はできるって……」

『絶対にしないよ。僕がエルメア様に消されちゃうから』

アレンの言葉を遮り、精霊神はモード変更の申し入れをきっぱり断る。

（「できない」ではなく「しない」と言っている時点で、何らかの方法はあると。遠回しにヒントをくれたんだ、精霊神なりのお礼とみて良いな）

「分かりました。モード変更はこちらで別の方法を考えます」

アレンが退いて、広間にいる一同は胸をなでおろす。

魔神との戦いを経て、アレンはエクストラモード、エクストラスキルの意味を理解した。そして、エクストラモードとなった魔神の強さも目の当たりにしている。今や、モード変更の方法を探す冒険は必須だと確信していた。

S級ダンジョンのほかにも目的ができたことに、ワクワクが止まらない。

『やれやれ……じゃあ僕が精霊神になって新しくできるようになったことがあるから。それで、お礼をしていいかな？』

読心術を使える精霊神が、追加のお礼を貰う気まんまんになっているアレンの思考を読んで折れたのかもしれない。

『星の数を5つの職業に転職できるようにするよ。はは』

「おお！　全員を……」

早合点するアレンを、精霊神がたしなめる。

『いやいや、1人だよ。アレン君の仲間の中で1人をだ。そんなにたくさんの人間を星5つにすることはできないよ。はは』

アレンの仲間たち全員を星4つにしてくれるだけでなく、1人は星5つにしてくれるというのだ。

（く、全員は無理なのか。世界に存在する星5つの数に制約があるのか、それとも精霊神の力が足りないのか。何にしろ、1人なら決まりだな）

エクストラモードにできないことと同様に、何らかの制約があるのかなと思う。

「では、クレナをお願いします」

「え？　私？」

「今回の魔神戦で前衛の壁役が崩壊するときついのは分かった」

星5つの勇者ヘルミオスがいても、魔神に防衛ラインを抜かれて中衛のアレンにまで攻撃が届いた。これはクレナとドゴラの力が足りなかったからだ。前衛には直接攻撃だけでなく、敵から後衛を守る大切な役目がある。今後も魔神と戦うことを想定するなら、前衛の強化は仲間全体の生存に関わる。

　ドゴラならこれから3回転職できるので、クレナは星5つの2回転職にしてもらうという話だ。

『まあ、転職するときに誰にするか言ってくれたらいいよ。はは』

「ありがとうございます」

『じゃあ約束通り、全員ここで転職ってことでいいのかな？』

「もちろん、お願いします」

（俺以外レベル1になると。レベルは少しどこかで上げないとな）

『じゃあ、ソフィー君』

　精霊神もソフィーのことは愛称で呼ぶようだ。

「は、はい」

『ソフィー君は精霊魔導士だね』

「ありがとうございます！」

　そう言うと、女王の膝に乗っていたモモンガの姿をした精霊神が中空に浮いて腰を振りだす。

（精霊王の祝福とモーションは同じ感じなのか？）

　あいかわらず、この動きをしている精霊神はかわいらしい。

　ソフィーの体が点滅するように光り、そして光が収まる。

（おお！　精霊魔導士になった）

　アレンはさっそくステータスを確認する。

【名　前】　ソフィアローネ
【年　齢】　48
【加　護】　精霊神
【職　業】　精霊魔導士
【レベル】　1
【体　力】　362
【魔　力】　811
【攻撃力】　299
【耐久力】　329
【素早さ】　422
【知　力】　452
【幸　運】　420
【スキル】　大精霊〈1〉、火〈1〉
【エクストラ】　大精霊顕現
【経験値】　0/10
・スキルレベル
【大精霊】　1
【　火　】　1
・スキル経験値
【　火　】　0/10

アレンは、指輪のステータス上昇値を除いた状態で、レベル1にしてはソフィーのステータスがかなり高いことに気付く。レベル1のステータスは一桁や二桁前半がほとんどであったと記憶している。しかし、ソフィーのステータスは既に3桁に達している。

（ぶっ！　ステータスは半分の引継ぎありか。これはありがたい！）

どうやらカンストしたステータスの半分をレベル1のステータスとして引き継げるようだ。それにソフィーの年齢の下には、他の仲間たちにはない精霊神の加護が付いている。ステータスの引継ぎも、そのお陰なのだろうか。魔神レーゼル戦の最中に付いたようだが、今のところ効果は分からない。

（エクストラスキルは引継ぎ、職業で覚えたスキルは消えると。職業で覚えたスキルが消えるのは

残念だな）

エクストラスキルは「大精霊顕現」から変わらない。どうやら転職しても、新たなエクストラスキルが追加されたり、変更されたりすることはないようだ。

そして、火や水の精霊魔法の表記がステータスから消えている。これはもう一度最初からスキルを覚えよと言うことなのだろうと思う。

（あとは、皆のレベルを成長させてみたら分かるということかな）

『じゃあ、次にフォルマール君ね。君は弓豪だね。はは』

「はい」

まだまだ検証したいことはたくさんある。分かったこと、検証したいことを魔導書にメモを取って、フォルマールの転職の様子を観察する。

ソフィー同様に転職してレベル１になる。スキルの表記は一旦リセットされる。

そして、ステータスはやはり弓使いのカンスト時の半分だ。

【名　前】　フォルマール
【年　齢】　68
【職　業】　弓豪
【レベル】　1
【体　力】　661
【魔　力】　358
【攻撃力】　865
【耐久力】　570
【素早さ】　364
【知　力】　241
【幸　運】　392
【スキル】　弓豪〈1〉、遠目〈1〉、弓術〈6〉
【エクストラ】　光の矢
【経験値】　0/10
・スキルレベル
【弓　豪】　1
【遠　目】　1
・スキル経験値
【遠　目】　0/10

（なるほど、ソフィーと同じ感じか。じゃあ、精霊神の加護でステータスの半分を引き継げたわけではないな。それにしても、遠距離攻撃の火力が上がるのは助かるな）

ソフィー同様に指輪無しの状態で記録する。ステータス半分引継ぎ効果で、遠距離攻撃のフォルマールの攻撃力がかなり上がった。

『どんどん行くよ。次はクレナ君ね。はは』

「はい！」

（お？　剣聖の次は何だろう？）

精霊神がクレナを転職させる。

「どう？」

クレナの転職を確認するアレンと仲間たちが魔導書をのぞき込む。

「剣王!!　クレナが剣王になった」

アレンが職業の響きから少年心をくすぐられ、叫んでしまった。

【名　前】 クレナ
【年　齢】 14
【職　業】 剣王
【レベル】 1
【体　力】 1220
【魔　力】 477
【攻撃力】 1220
【耐久力】 856
【素早さ】 824
【知　力】 487
【幸　運】 598
【スキル】 剣王〈1〉、斬撃〈1〉、剣術〈6〉
【エクストラ】 限界突破
【経験値】 0/10
・スキルレベル
【剣　王】 1
【斬　撃】 1
・スキル経験値
【斬　撃】 0/10

（うは！　レベル1で攻撃力1200ある件について。これ、すぐにでもマーダーガルシュを倒せるんじゃね？）

星3つの剣聖を超える職業は剣王だった。そして、アレンはクレナのステータスを見て驚愕する。

前職の剣聖レベル60のステータスを半分引き継いでいるため、驚異的な数値になっている。

「ほうほう」

クレナが手をグーパーしながら、自らの力の変化を確認している。

『うんうん、ステータスがいきなり変わったからね。今までと勝手が違うから注意するんだよ。では次はドゴラ君ね。ドゴラ君は狂戦士だね』

「狂戦士！！！」

（何だろう。ワクワクが止まらないな。狂戦士ってことは、バーサーカーなのか）

皆を代表してアレンが驚き続けている。アレンの中で斧使いはバーサーカーのイメージがあるので、狂戦士という職業名がしっくりくる。

「お！　狂戦士か。悪くねえな」

ドゴラもニヤニヤが止まらないようだ。「狂戦士」と言う言葉には少年心をくすぐる魔力のようなものがあるのだろう。

ドゴラが精霊神の腰振りの転職モーションで光り輝く。

【名　前】 ドゴラ
【年　齢】 14
【職　業】 狂戦士
【レベル】 1
【体　力】 661
【魔　力】 358
【攻撃力】 871
【耐久力】 573
【素早さ】 362
【知　力】 241
【幸　運】 392
【スキル】 狂斧〈1〉、渾身〈1〉、斧術〈6〉
【エクストラ】 全身全霊
【経験値】 0/10
・スキルレベル
【狂　斧】 1
【渾　身】 1
・スキル経験値
【渾　身】 0/10

ドゴラのレベル1のステータスも魔導書のメモに記録しておく。

星1つのドゴラはあと2回転職することになる。

『次はセシル君かな。セシル君には2つの選択肢があるよ。賢者と大魔導士だけど、どちらがいいか選んで』

（おっ、魔導士から職業が分かれたぞ。職業のツリーが枝分かれすることもあるのか）

「え？　大魔導士だけじゃないのね。う～ん、どっちがいいかしら？」

セシルが悩みだす。

「俺は大魔導士がいいかな。回復役なら、ソフィーもキールもいるし、何なら俺も回復できるしさ」

アレンは、セシルには大魔導士になってほしい。大魔導士は攻撃魔法一択で、広範囲の火力にも期待できる。

「そう？　アレンが大魔導士の方がいいなら、そうするわ」

セシルはアレンの希望を聞いて、元々なるつもりでいた大魔導士を選ぶ。

『大魔導士ね。じゃあいくよ』

そう言って、精霊神はセシルを大魔導士に転職させる。

【名　前】セシル=グランヴェル
【年　齢】14
【職　業】大魔導士
【レベル】1
【体　力】514
【魔　力】868
【攻撃力】330
【耐久力】421
【素早さ】510
【知　力】1195
【幸　運】480
【スキル】大魔導〈1〉、火〈1〉、組手〈3〉
【エクストラ】小隕石
【経験値】0/10
・スキルレベル
【大魔導】1
【火魔法】1
・スキル経験値
【火魔法】0/10

（ふむふむ。セシルは体力や耐久力が低いから、転職で体力や耐久力を底上げされるのは助かるな）

　引継ぎのお陰で、弱点となるステータスの底上げができるのは助かると、魔導書を見ながら心底思う。

「私大魔導士になれたの？　ちょっとアレン、見せなさいよ」

「ほら、なれているぞ」

　アレンの魔導書を覗き込むようにして、自分が大魔導士になれたかセシルが確認をしている。

　夢にまで見た大魔導士になれてうれしかったのだろう。

「大魔導士よ！　なれたわ!!　ぐふふ」

　さっきから仲間たちはキャッキャとはしゃぎながらアレンの魔導書を確認しているが、当然ほかの者には魔導書が見えないので、何やっているんだろうと女王も将軍たちも多少怪訝な表情を浮かべている。

『次はキール君だね。キール君も選択が2つある。聖者か武僧だね』

「俺も2つあるのか。う～ん」

（なるほど、攻撃もできる武僧か、それとも回復特化の聖者なのか）

「キールは金の聖者なんだから、聖者がいいんじゃないのかしら？」

　アレンはセシルの言葉に納得する。お金が大好きなキールは、仲間たちから「金の亡者」をもじって「金の聖者」と呼ばれている。セシルが言葉の響きだけで「聖者」を選択する。

「あ？　セシル、どういう意味だよ！」

「言葉通りの意味だけど」

「まあ、そうだな。キールは回復特化の職業の方が助かる」

セシルに大魔導士を選んでもらったように、キールには回復特化の聖者になってほしいとアレンはやんわり頼んだ。

（雑魚狩りなら、オールマイティーな職業の方が楽だと思うが、魔神戦はそうはいかないからな）

先の魔神戦はヘルミオスや精霊神の助力に加え、ここ一番でエクストラスキルを使えたドゴラや、エクストラスキル時にスキルを使えるようになったクレナのお陰で、奇跡的に勝利を手にすることができた。今後勝率を上げるには、奇跡に頼らず各々の職業を特化して成長させることが大事だ。

「そっか。じゃあ、聖者にします」

『聖者ね。じゃあ、転職するよ』

精霊神はキールを聖者にする。

【名　前】キール
【年　齢】14
【職　業】聖者
【レベル】1
【体　力】394
【魔　力】750
【攻撃力】299
【耐久力】421
【素早さ】480
【知　力】661
【幸　運】602
【スキル】聖者〈1〉、回復〈1〉、剣術〈3〉
【エクストラ】神の雫
【経験値】0/10
・スキルレベル
【聖　者】1
【回　復】1
・スキル経験値
【回　復】0/10

「おお！」

キールも聖者になってかなりうれしそうだ。

自分のステータスの変化を、体をポンポン叩きながら確認している。

「よしよし、これで全員の転職が終わったな」

(全員、今ある職をさらに特化させた感じだな。戦闘中の連携は今まで通りで大丈夫か)

・クレナ　剣王
・セシル　大魔導士
・ドゴラ　狂戦士
・キール　聖者
・ソフィー　精霊魔導士
・フォルマール　弓豪

アレンが心なしかたくましくなった仲間たちを見る中、精霊神が思いがけない言葉を発する。

『もう1人いるよ。ね、ヘルミオス君』

「え？　僕かい？」

(お？　勇者も転職させてくれるんか？　魔神討伐手伝ったご褒美的な)

『魔神を倒すのを手伝ってくれたお礼もそうだけど、ヘルミオス君の転職はエルメア様の御意志だね。ちょっと代わるね』

「え？　創造神様が僕の転職を？」

ヘルミオスと精霊神の会話をアレンたちは黙って聞いている。それにしても「代わる」とはどういうことだろう。

　精霊神を見ていると、今までフワフワしていたモモンガ姿の精霊神が、中空で脱力しピタッと静止した。すると今までと明らかに違う中性的な声が、体に染みるように聞こえてくる。

『私は創造神エルメアです。勇者ヘルミオスよ、我が子らを守るためよくここまで戦ってきました。本当にありがとうございます』

「な！　エルメア様」

　キールが、創造神エルメアが出てきたことに驚く。

（ふぁ？　創造神エルメアが精霊神ローゼンに乗り移ったぞ！）

　一同が驚く中、ヘルミオスだけは平然と創造神の乗り移った精霊神に向かって謙虚に受け答えをする。

「いえ、私の為（な）すべきことをしたまでのことです」

『ヘルミオスよ、これまで幾度となく苦難に満ちた道を歩んできたあなたにも、転職の機会を与えます。英雄王となり、今後も我が子らを守ってあげてください』

　そこまで言うと、精霊神の手がヘルミオスに向けられる。そして、暖かい光がヘルミオスを包み込んだ。

　ふっと光が消えても、ヘルミオスは元のままだった。見た目は変わらないが、きっと「英雄王」への転職が済んだのだろう。

『ヘルミオス君の新たな職は「英雄王」だね。はは』

ヘルミオスの転職を済ませたら、精霊神の口調が元に戻る。創造神はいなくなってしまったようだ。

（なるほど、星5つの勇者の上は、星6つの英雄王か。創造神なら星6つまで転職できるのか？）

アレンは魔導書に、創造神によるヘルミオスの転職のことを記録する。

「僕が英雄王か……」

転職が終わり英雄王になったヘルミオスは、何か考え事をし始める。

そして、アレンを見つめる。

「どうしました？　ヘルミオスさん」

「前、アレン君が言ったことを思い出したんだよ。絶望の先を超える方法ってあるんだなってね」

（絶望の先か、学園武術大会でも聞いたな）

ヘルミオスは新たな職を手にして無邪気に笑い合うアレンの仲間たちを遠目に見て、こんなふうに強くなる方法もあるんだと思っていたのだ。そして今、ヘルミオスもまた英雄王という新たな職業に就くことができた。

「そうですよ。だから、楽しみながらあの手、この手を模索しないといけないんですよ。でないと、絶望の先は越えられません」

「楽しみながら……か。アレン君らしいね」

ヘルミオスがそう言って微笑んだ。

（うんうん、勇者が強くなってくれて助かる。これで中央大陸は勇者様に任せていられるな）

ヘルミオスは転職しても勇者は勇者だろうとアレンは考える。これから中央大陸に戻り、すぐさまバウキス帝国に行ってS級ダンジョンを目指す。当面の目標である装備を揃え、仲間たちの職業ランクを上げていきたい。

（メルルとも合流して、今後のことを話し合わないと）

メルルは元気だろうか。ドワーフが治めるバウキス帝国も100万の魔王軍の軍勢に攻められているはずだが、メルルはきっとゴーレムを駆って、戦地で大活躍しているに違いない。

「女王陛下。バウキス帝国はどうなったのでしょうか？」

アレンが女王にバウキス帝国の状況を確認する。

「心配はございません。戦況はバウキス帝国側に優位に進んでいると、バウキス皇帝からの連絡も少し前にありました。これもエルフの霊薬のお陰であると」

「それは良かった」

そこまで言ったところでエルフの女王が困った表情を示す。

「ただ、エルフの霊薬がもっと欲しいと言われております」

（ほう、バウキス帝国は欲を出してきたな。それはちょうど良い）

アレンの仲間たちが、アレンの表情に気付く。良くないことを考えている前触れだ。

「エルフの霊薬がほしいなら、呑んでほしい条件があるとお伝えください」

（これはすんなりバウキス帝国に入れると見て良いな）

「え？　わ、分かりましたわ。そのようにバウキス皇帝に話をしておきましょう。アレン様、ローゼンヘイムにはしばらくいらっしゃるのですか？」

できれば、勝利に導き、エルフたちを救ってくれた英雄たちのために何か催しをしたいと女王は言う。

「いえいえ、魔王軍との戦いは終わっておりません。私たちがすべきことはたくさんあります。そのためにも、明日にでも中央大陸に戻りたいと思います」

(フォルテニアがぐちゃぐちゃになったことがバレる前に帰らねば)

そうですかとエルフの女王も残念そうに返事をした。

こうして、魔王軍が率いる数百万に及ぶ魔獣と、それを束ねる魔神や魔族との戦いは、ローゼンヘイム側の勝利という形で終わった。

そして、バウキス帝国のS級ダンジョン攻略に向け、アレンは仲間と共に行動を開始するのであった。

特別書き下ろしエピソード①　レーゼルの過去

1000年前のローゼンヘイムの南にある大陸にて。

この大陸は、湿潤な沼地から、森林や草原など、いくつもの気候や環境が存在する。

そして、大陸の東側には広大な砂漠があった。

人を拒むかのように隔絶された過酷な環境の中、ポツンと大きな木が生えている。

大木の周囲には緑が生い茂り、そうした緑の環境を守るように高い外壁が囲んでいる。

この外壁の中で、ダークエルフたちは緑を植え、畑を耕し生活を営んでいる。

ここはダークエルフの里だ。

里の中心となる大木――世界樹に比べたら半分の大きさにもならないその木の側に、木製の建造物がある。

この里を治める者たちが住む住居だ。

建物の一室でダークエルフたちが十数人集まっていた。

一段高くなった床の奥に1人のハイダークエルフが座っている。

顔には深い皺(しわ)があり、銀髪はちぢれ、かなり高齢に見える。

彼こそ、ダークエルフたちの王だ。

王が胡坐（あぐら）をかく足の中で、漆黒の毛並みをしたイタチが丸くなって寝息を立てていた。

王と同じくらい高齢のダークエルフが彼の目の前に座り、必死の形相でまくし立てる。

「王よ、儂（わし）にも親書を見せてくだされ！」

「う、うむ。確認してくれ」

王から手渡された手紙を見たダークエルフは目を見開く。

「こ、こんなバカな!?　王よ、国交回復など絶対にあり得ませぬぞ!!」

高齢のダークエルフが王へと怒気の籠った声で叫ぶ。

手紙はダークエルフの老人の手の中でぐしゃぐしゃに握り潰されている。

今この場で行われているのは、長老会議というものだ。

エルフと同様に、ダークエルフも長老を中心とした議会を作っている。

女王制のエルフとは違い、ダークエルフの里を収める者は王だ。

里の王は、長老たちからの「絶対にあり得ぬ！」という言葉を難しい顔をして聞いている。

ことの発端は、昨日エルフの使者が大陸を渡り、ダークエルフの里にやってきたところから始まる。ダークエルフの王に会わせてほしいという使者に対し、門番が里へ入ることを拒むと、王宛てに女王から国交回復を求める親書を渡されたのだ。

なぜエルフからの国交回復の申し出に対してダークエルフの長老たちが怒っているのか、その理由を知るにはまず、エルフとダークエルフが辿った歴史を語らなければいけない。

今から数千年前、ダークエルフたちは、祈りの巫女がエルフの中から現れて以降、エルフとの戦いに破れ続けていた。

敗北に次ぐ敗北で、とうとう2000年前、ダークエルフの数は万を割るほど減らしたが、それでも徹底抗戦に臨んだ。

その結果、最終的には全てのダークエルフたちが捕らえられ、和平か、さもなくばローゼンヘイムからの島流しか選ぶようエルフたちは求めた。

『和平よりも島流しを』

それがダークエルフたちの結論だった。

そして今の大陸に行き着いたダークエルフたちは、元々いた大陸の者たちとは交流を拒み、この砂漠で精霊魔法を駆使して里を作ったのだ。


「1000年も静観していたのに！」

「われらの力を監視するためだ！　いや、そもそも監視しておったのだ!!」

「エルフの外交官を里に置くなどあり得ませぬぞ！」

「攻め込まれる口実を作るだけだ！　王よ、絶対にお断りを!!」

長老たちが怒りをあらわにして王に発言する。

「国交はいらぬというのか？」

「もちろんです。一切の譲歩もなく全てお断りを!!」

里の王の言葉に長老の1人が即答する。

エルフの女王からの親書には、お互いの国と里に外交官を置き、定期的に使節団を派遣し交流を再開しようとある。

そして、政治的な交流だけでなく、交易など経済的な交流も再開できたらといった内容が書かれていた。

長老たちは経済的な交流はもちろんのこと、政治的な交流も断るべきだと口々に言う。

「突然このようなことを言ってきたのは、きっと我らが力を回復させてきたことを恐れてのことですぞ！」

長老の1人が断言すると、ほかの長老たちが「そうだそうだ」と賛同する。

ダークエルフはとても好戦的であった。

過去を知るものほど、エルフに対する憎しみを忘れていない。

１０００年もの間、エルフへの憎しみを抱えたまま、10万人を超えるところまで人口を回復させた。

エルフと同様に子供が生まれにくいダークエルフは、里の中で必死に繁栄のため努力をしてきたのだ。

その努力はエルフたちからすれば、不安の材料であったことは間違いがない。

当代の女王が国交回復を言い出したことに対する長老たちの反応も、あながち的外れとも言えないのである。

好戦的なダークエルフと対照的に、エルフは政治的な駆け引きを得意とした。

力を回復させつつあるダークエルフの状況を知るためという理由も、今回の申し出には含まれているのは確かだ。

「先ほどから何を黙っておる。レーゼルよ！　おぬしもそう思うであろう!!」

長老会を構成するメンバーの1人、レーゼルにも話に参加するように言う。

レーゼルは他の長老たちとは見た目が違っていた。

ほかの長老たちは灰色の髪に、赤褐色の瞳、褐色の肌をしているが、レーゼルは銀髪、金色の瞳、褐色の肌をしている。

そしてなによりも、長老たちが人間でいえば70歳や、中には100歳近い老人のような見た目である一方、レーゼルは40過ぎの壮年のような若い見た目をしているのだ。

なぜなら、レーゼルは里の王と同じくハイダークエルフだからである。

「国交を結んでも良い。ただし、世界樹の下にダークエルフたちが最期を迎えることができる施設を作るという条件を付け加えてみてはどうか」

条件付きで国交を結ぶのはどうかと、レーゼルは提案をする。

きっとローゼンヘイムからもある程度の譲歩を引き出すことはできるだろうとレーゼルは言った。

「じょ、条件。き、貴様は以前は徹底抗戦すべきだといっておったろうが!!　子供ができて日和ったか!!　こ、このふぬけが!!」

長老はあまりの怒りに握りしめた親書をレーゼルの膝下に投げつけた。

賛成すると思っていたレーゼルが軟化した態度を示したため、怒りの対象が里の王からレーゼルに代わる。

「ひい、お、お父様、怖いです」

親書が投げつけられたことに、レーゼルの隣に座る幼いハイダークエルフの子供が怯える。

レーゼルに寄り添うこの子の名はオルバースだ。

「怖がるな。オルバースよ。お前はもう15歳になったのだから。皆里のためを思って考えておるのだぞ」

投げつけられた親書にも、怯える我が子にも目を向けることなく、レーゼルは我が子オルバースに告げる。

ハイダークエルフの成人は50歳だが、レーゼルは幼いオルバースを長老会に参加させている。

「はい、お父様」

そう言って、震えながらも気丈に振る舞うオルバース。長老会での発言こそできないものの、真剣な顔で会議を見守る。

＊＊＊

それから半日ほど時間が過ぎた。

ゆっくりと日が沈む中、長老会は続いていく。

すでに、親書にある国交回復については断るという結論が出ているが、今後エルフ相手にどう対応するのか考えなくてはならない。

そんな中、レーゼルは胡坐をかく自らの足に重みを感じた。

「オルバース？」

「う、う～ん」

レーゼルが足元に視線を向けると、オルバースがレーゼルの足を枕に寝息を立てている。

オルバースは漆黒のイタチを抱き枕にするように抱えていた。

その光景に一瞬、口元が緩むが、今は大事な長老会議の最中である。

肩を揺さぶり起こそうと、レーゼルはオルバースへと手をゆっくり伸ばした。

しかし、オルバースに触れることは叶わなかった。

「も、申し訳ございません。レーゼル様！　今、オルバース様を寝かしつけてきます！」

レーゼルの手からどんどんオルバースが離れていく。

「ああ」

会議室にいた使用人のダークエルフが、オルバースの様子に気付き、抱きかかえて会議室から出て行った。

結局は、具体的なエルフへの対応について結論が出ないままその日の会議は終わった。

＊＊＊

会議が終わり、ようやくレーゼルが自らの部屋に戻ると、部屋の隅に人の気配を感じる。

「キュベルか」

レーゼルは何もないところを睨みつけ、語りかける。

『おっと、すごいね。もうバレちゃったよ』

「ふん」

部屋の隅から、道化師のような恰好をして、仮面をかぶった男がぬっと出てくる。

キュベル。1000年後には、魔王軍の参謀となる上位魔神キュベルだ。

『ふふ、まだ警戒しているね。それでどうだった？　結論は出たの？　1日待ってほしいというから待ったんだけどな』

怪訝そうに睨むレーゼルに対して、キュベルは身振り手振りを交えながら軽薄な態度で話す。

「結論など出ないわ。どうせ、力のない我らにできることは限られている」

まだまだエルフとの間には圧倒的な力の差がある。

具体的な対抗策など、このまま議論を重ねても出てこないだろうと自嘲ぎみに返事をする。

『あらら、そうなんだ』

「王も長老も年を取りすぎた。今の長老たちに何ができるというのだ」

レーゼルは長老会の間、席を離れることはなかった。

だが、会議にどれだけ時間を費やそうと内心では無駄なことだと思ってもいた。

『それは心配だね。じゃあ、どうする？　僕の提案断っちゃうのかな。え～やだよ～』

「断りはせぬさ。力をくれるのだろう？」

『もちろんだよ。僕と来れば、すっごい力が手に入るよ』

だから、僕の提案は断らないようにと身振り手振りでキュベルは言う。

「では、力をよこせ。我はエルフを滅ぼし……」

レーゼルはそこで言葉が詰まった。

『滅ぼし？』

「なんでもないわ。こっちの話だ」

レーゼルは「オルバースに世界樹を見せる」という言葉を飲み込んだ。

目の前で道化師のような態度をとるこの男のことを完全に信用しておらず、我が子について口にしたくなかったからだ。

「じゃあ、行こうか。もういいのかな」

里を出ようとキュベルは言う。

「そうだな」

一瞬、我が子オルバースの顔が頭をよぎる。

『あれ？　家族とかお別れの挨拶はいいの？　たしか子供がいるんじゃないの』

どこかレーゼルの心のうちを見透かすようにキュベルは言ってくる。

「不要だ。早くいくぞ」

しかし、レーゼルはその提案を退ける。

最後に寝顔だけでもと思ったが、首を振ってその考えを頭から追い出した。

今、オルバースの顔を見たら、決断が揺らいでしまいそうだったから。

レーゼルはキュベルと共にダークエルフの里を後にしたのであった。

＊　＊　＊

星空の下、レーゼルはキュベルのあとを追うように砂漠の砂地を歩いている。

「どこまで歩くのだ？」

『そうだね。もうこの辺でいいかな？』

レーゼルの不満げな口調にキュベルは同意する。

後ろを歩くレーゼルの方へとキュベルは体を反転させた。

そして、手をポケットに突っ込み、ごそごそと玉のようなものを取り出す。

「それが我を魔神に変えてくれるのか？」

星空の下でも分かるほど、真黒な玉だった。

玉からは闇が溢れている。

本当に魔神になれるのか確信を持てないレーゼルは、キュベルを疑いの目でにらみつける。

『もちろんだよ。数に限りがある、貴重な魔神石だよ』

自らの口で貴重だと言っておきながら、お手玉のように魔神石を放り始める。

「それをどうするのだ。早くやってほしいのだが」

レーゼルはキュベルの人を煙に巻くような言動にさらに苛立ちを覚える。

『こうするんだよ』

ズンッ
「ば、馬鹿な!? あぐあ!!」

キュベルは微笑みながら、レーゼルの胸元へと魔神石を力任せに突っ込んだ。

おびただしい血が胸元から流れ、地面に伏したレーゼル。その体に異変が生じる。

服を突き破るように肉体がメリメリと変容していく。

『ん、心臓が３つに分裂したね。おやおや、これは珍しい』

キュベルは何か実験動物を見るような口ぶりで冷静に観察する。

『あ、あがががが!!　ぐ、ぐあああああ!!』

そんなキュベルの言葉も、変容が続くレーゼルにはもう届かない。

絶叫と共に、角が生え、手が左右合わせて６本になり、下半身は爬虫類のように変わっていく。

邪悪になっていく顔からは、理性のようなものは感じられない。

レーゼルの心の中では、大切にしていたものが、まるで体の変容に合わせるように壊れていく。

一つひとつ、すり潰すように崩れ落ちていく。

『ふふ、全てを捨てたんだ。君には僕の計画のために働いてもらうよ。そろそろなんだ。そろそろ、待望の魔王が誕生しそうなんだよ』

目の前でもだえ苦しみながら魔神になっていくレーゼルを見ながら、軽快に踊るキュベルであった。

特別書き下ろしエピソード②　精霊の宴

レーゼルを倒したアレンたちは、未だ首都フォルテニアに滞在していた。

転職も済んだので、その日のうちにでもローゼンヘイムを発って、メルルと合流し、バウキス帝国にあるというS級ダンジョンに向かいたいとアレンは思っていた。

しかし、明日にもローゼンヘイムが滅びるかもしれないという状況から救われたエルフたちから、女王を筆頭に勝利の宴がしたいとの申し出があった。

しかも、この世界樹の下で、宴を催したいとのことだった。

エルフたちにとって、世界樹の下で何かを行うことは神事のようなものかもしれない。

転職後、レベル上げもかねて首都フォルテニア周辺の魔獣狩りをしていたこともあり、安全にフォルテニアにエルフたちを迎え入れることができた。

女王や長老、将軍たち、そのほかフォルテニアで女王に仕えるエルフたちは夕方近くにフォルテニアに到着した。

そして、魔神レーゼルと戦った女王の間で宴は執り行われる。

「それでは、皆さん、長い苦難が私たちに訪れました。しかし、アレン様、ヘルミオス様がた英雄たちのお陰で私たちエルフは本日を迎えることができました」

パチパチパチ

勝利の宴の始まりの挨拶ということで、女王がアレンやヘルミオスへの感謝の言葉を口にしている。

「良かった。本当に良かった。これは奇跡でしかない」

女王の言葉に改めて勝利を実感したルキドラール大将軍がおいおいと泣いている。

将軍たちへの作戦指揮を行う立場であったため、ようやく気を緩めることができたのだろう。

「ではアレン様、皆さんに一言お願いします」

魔導書を見ながら仲間たちのステータスの増加について検証を進めていたアレンに、女王から声がかかる。

宴の挨拶として、女王の次に一言求められるのは、アレンの功績があまりにも大きいからだろう。

ではと、アレンが女王の横に移動し、口を開く。

「宴にお招きいただきありがとうございます。魔神との戦いによって、首都は大きく損壊しました。復興の助力をさせていただきますので、共にこれからも困難を乗り越えていきましょう！」

首都フォルテニアの建物を破壊したのは自分たちではなく、あくまで魔王軍であるということを強調することは忘れない。

その発言にアレンの仲間たちは苦笑いをしている。

「魔王軍の残党からもエルフを救っていただき本当に感謝する。これでようやくエルフたちが自らの土地に帰ることができる」

その後、勇者ヘルミオスからも一言貰い、シグール元帥も挨拶をする。

長老からも1人代表として一言貫った後、ようやく宴は始まった。

宴が盛り上がる中、お酒を飲まないアレンは果実水を飲みながら、感謝の言葉を伝えようと声をかけてくるエルフたちに対応する。

外は随分暗くなったなと、アレンは不意に外を見た。

「ん？　あれは？」

もう随分暗くなったはずなのに世界樹がまだ見えることに気付いた。

なにやらたくさんの物体が世界樹の周りを照らしている。

色とりどりの光源を放ちながら、不規則な動きで何かが世界樹とその周辺で飛んでいるようだ。

「あちらは、精霊様がエルフたちの気持ちに呼応して楽しんでいるのです」

ソフィーがアレンの疑問に答えてくれる。

前世でいうところのホタルか何かのようだと思ったが精霊たちであった。

ソフィーの話では、世界樹の木に住み着いていた精霊や、ローゼンヘイムの大陸にいる精霊たちがこの勝利の宴に参加しているという。

エルフたちは久しぶりにフォルテニアへと帰還し、そして歓喜の中で宴を行っている。

そんなエルフたちの感情に呼応するかのように、精霊たちなりに宴に参加しているというのだ。

「なるほど。勝利の宴というより、これは精霊の宴のようだな。精霊たちが集まるこの世界樹の下で宴がしたかったのか」

「そのとおりでございます。私たちは精霊様と共にあるのです」

エルフと精霊のつながりがよく分かる光景なのかもしれないな、とアレンは思った。

「ほうほう。これは、ふむふむ。もっと近くで見てみないか」

「あら？　アレンにしては珍しいわね。こういうものに興味があるなんて」

遠くで光る精霊たちが見たいというアレンに対して、アレンらしくない一面だなとセシルは思った。

アレンは、お金にも、娯楽にも興味がなく、美しいものに価値を見出すとは思えなかったからだ。

「ほえ、どこにいくの？」

欲望のまま両手に食べ物を握りしめたクレナが、アレンやセシル、ソフィーのやり取りに気付いた。

クレナとドゴラは、外の景色より宴に用意された料理に夢中になっている。

「ああ、そうだ。せっかくなので、精霊たちを見に行こう」

「おお！　精霊!!」

（さすがに、ルキドラール将軍にでも一言、精霊を見に行くと言っておくか）

お呼ばれした宴の席なので一応報告をしておこうと、ルキドラール大将軍に「精霊を見に行きたい」と伝えると「おお、それは素晴らしい。どうぞ、精霊様にご挨拶をなさってください」と言ってくれた。

どうやら、アレンが精霊に興味を持ってくれたことが、宴に参加してくれた以上にうれしかったようだ。

アレンの仲間たちも、アレンとともに一時宴を離脱し、精霊たちの元へと向かうことになった。

みんなで夜道を歩いていく。

神殿はもともと世界樹の近くに建てられているので、そこまで遠くはない。

「なんか、すげえな」

近くまで来ると、動物や子供の姿をした精霊たちがきらめきながら宙で踊っている様子がはっきりと見えた。

「お？　ドゴラもこういうの綺麗って思うんだな」

「あん？　それほめてねえだろ」

アレンがセシルに言われたことを、今度はアレンがドゴラに言う。

「そんなことはないぞ。なるほど、色が違うのは属性の違いか」

『くすくす』

そんなアレンたちの様子に精霊たちが笑いながら反応しているようだ。

よく見たら、特にソフィーの周りに集まる精霊が多いことに気付く。

アレンたちよりもソフィーへの反応が随分いいようだ。

「そういえば、ソフィー。精霊使いになったら、こういった精霊と契約を交わすってことでいいのか？」

かつて祈りの巫女は精霊神ローゼンの幼体と契約を交わしたという。

精霊使いは召喚士と違って、元から存在する精霊と何らかの契約をするものなのかと、アレンは考察する。

「たしか、そうです。ただ、わたくしも詳しいことは知らないのですが」

精霊魔導士に転職したソフィーだが、精霊使いではないので、そこまで詳しく分からないという。

「ちょっと、アレン何を企んでいるのよ」

このときようやく、アレンがなんで精霊を見に行きたいと言いだしたのか、セシルが気付いた。

何やら思案顔で分析する様は、召喚獣の考察時によく見せる顔だ。

まず間違いなく、綺麗な光景や精霊に会いたいというロマンチックな話ではないだろう。

「いや、せっかく、こんなに精霊がいるんだから、精霊と触れ合える良い機会なんじゃないのか」

アレンは仲間たちに説明する。

後半年から1年もすれば、ソフィーはさらに転職して精霊使いになる予定だ。

これから目指すS級ダンジョンは学園に通っていたころよりも経験値効率がいいだろう。

今のうちに元気な精霊の目星をつけておけば、転職をした際にすぐに精霊と契約を交わせる。

せっかく精霊の宴に多くの精霊たちが集まっているのだから、今なら効率がいいだろうとアレンは考えたのだ。

「どうなのでしょう？　私は詳しく分からないですが」

精霊魔法使いから精霊魔導士になったソフィーだが、契約についてはよく知らないらしい。

「分からないか。じゃあ、ガトルーガさんに契約の仕方を詳しく聞きたいな」

勝利の宴には精霊使いのガトルーガも参加している。

「じゃあ、俺が呼んできてやるよ」

アレンの作戦を理解したキールがガトルーガを呼んでくるためにもと来た道を戻っていく。

「さて、あとはどうやって捕まえるかだが。ホロウ、様子を見てくれ」

『ホー！』

「ちょっと、捕まえるって駄目よ。精霊様なのに」

セシルがアレンの行動をたしなめる中、ふよふよ踊るように遊ぶ精霊たちをもっとよく観察するため、鳥Dの召喚獣を使い特技「夜目」を使わせる。

「どう？　精霊見えた？」

興味津々の様子でクレナが聞く。

「なんか、世界樹になっている実の周りに集まっているのが多いな」

「それは、世界樹の実ですわ」

「ああ、たしかエルフの霊薬の原料になっている実か。ちょっと、エリーたち。何個かよく熟れた実を採ってきてくれ」

『はい。お任せくださいデス』

世界樹の実がエルフの霊薬の原料になっていることを思い出す。

どうやら、精霊たちは世界樹の実が好物のようだ。

前世でも餌の肉をちらつかせモンスターを仲間にするゲームをやったことがある。

この世界では、世界樹の実で精霊を仲間にするものかと容易に想像できた。

ブチブチ

たくさんの実が世界樹に実っていたので、少しくらい良いだろうと、霊Bの召喚獣によく熟れた実を採ってくるように指示を出す。

「なんか甘いいい匂いがするな」

ドゴラがすんすんと世界樹の実を嗅ぐと、甘い匂いが鼻孔を満たした。

「どうしたんだ？　これで精霊が捕まえられるぞ」

みんなで精霊を捕まえるため、世界樹の実を1人1個持たせたところ、ソフィーが気まずそうな顔をしている。

「あ、あの。実は世界樹の実は採ってはならないのです」

「ん？」

不思議そうな顔をするアレンに対し、ソフィーが説明をしてくれる。

なんでも、世界樹の枝を折ったり、実を採ることはローゼンヘイムでは重罪という。

「え、そうなの。まあ、私たちは精霊にこの実を上げるだけだし」

重罪になると聞いたセシルは、アレンがしたことなのに慌てて言い訳をする。

決して自分たちのために世界樹の実を採ったわけではないと。

なんだか、ローゼンヘイムでアレンと一緒にいると首都は破壊するわ、世界樹の実は採るわで罪が重くなっていく気がするとセシルは思った。

「そうだぞ。ソフィー、俺たちは元気な精霊の個体を探すためにやっているんだ。ドゴラも甘い匂いがするからって食べるんじゃないぞ」

「って、俺が食うわけないだろ」

この状況で食うバカはいないとドゴラは不満顔だ。

そのときだった。

シャリシャリ

「え？」

仲間たちを代表してアレンが声を上げた。

まるで果実をかじるような音が隣から聞こえてくる。

よく見たら、クレナが甘い匂いのする世界樹の実を本能のままにかじっていた。

「そ、そんな!?　世界樹の実を!!」

ソフィーの顔から血の気が引いていく。

ここ１０００年くらい世界樹の実を食べたエルフなど存在しないからだ。

頬をパンパンに膨らませたクレナに、仲間たちの視線が集中する。

「え？　お、美味しいよ？」

クレナも責めるような仲間たちの視線に耐えきれず、皆にも世界樹の実を勧めようとする。

さすがにアレンが注意しようとすると、足跡が聞こえてきた。

「ガトルーガさんを連れてきたぞ」

松明を片手にキールがガトルーガを連れてきた。

「お前たち、分かっているな！」

「はい、アレン様！」

アレンのとっさの掛け声にソフィーは答える。

「へ？　ははば!?」

アレンと仲間たちは、その時、自然と体が動いた。

魔神レーゼルと戦った時よりも、仲間たちとの一体感を感じる。

クレナが絶叫する中、証拠隠滅のため、半分ほどになってしまった世界樹の実を、皆で全てクレナの口の中に押し込んだ。

「ソフィアローネ様？　どうかされましたか？」

もっと味わって食べたかったと呟きながら涙目で飲み込んだクレナには気付かず、ガトルーガがソフィーに声をかける。

「い、いえ。わたくしのためにわざわざ来てくださってありがとうございます。おほほ」

「は、はあ。それで、何用でしょうか？　精霊を仲間にしたいとか？」

乾いた笑いでごまかすソフィーに違和感を覚えながらも、呼ばれた理由を確認する。

「実は、精霊使いになったときのために……」

そう言って改めて、ソフィーはガトルーガを呼んだ理由を説明した。

「なるほど。たしかに、精霊の力を借りられるようになるためには精霊と心を通わせないといけません。私も世界樹の木の下で精霊が懐くまでずっと待っていたものです」

世界樹の実を餌にするのはどうかな、とガトルーガは付け加えつつ、やっていることに間違いはないと言う。

今仲良くなれば、もしかしたら精霊使いになったとき、契約を交わし、すぐにでも精霊の力を借りることができるようになるかもしれない。

「どんな精霊が良いのでしょうか？」

「そうですね。精霊使いが契約できるのは幼精霊ですので……。ああ、近くにサラマンダーがいますね」

精霊使いが契約できるのは幼精霊に限られるらしい。

近くに赤く光るオオサンショウウオのようなものが見える。

ガトルーガも契約を交わした火の幼精霊だという。

「お、そうなのか。いいね。世界樹の実だぞ。くえくえ」

ドゴラが、世界樹の実を、近くを浮遊する火の幼精霊サラマンダーに近づけた。

『あうあう』

火の幼精霊サラマンダーが鼻をすんすんと鳴らし、世界樹の実を大きな口でかじり始めた。

その瞬間、ドゴラが世界樹の実に食いついた火の幼精霊を捕まえようと両手で抱きついた。

まるでクレナ村で角ウサギを捕まえる。そんなノリだ。

「よし、捕まえた！」

「な、なにを⁉　すぐに離すのだ‼」

体を大きくくねらせて暴れる火の幼精霊をドゴラは抱きかかえている。

「え？　うまく捕まえたけど？」

ガトルーガは慌ててドゴラに精霊を離すよう叫ぶが、何がまずいのかドゴラは理解できないようだ。

するとと、火の幼精霊サラマンダーを覆う赤い光がどんどん強くなっていく。

『あうあう!!』

火の幼精霊サラマンダーはドゴラに抗議するように大きく鳴いた。

「って、あちち!?　あばばば!!」

真っ赤に燃えた火の幼精霊サラマンダーが自らを火の塊に変え、ドゴラは大きな炎に包まれる。

「ふむ。活きの良い精霊だな」

「おい、だれか水をかけてくれ!」

ドゴラが地面に転がり火を消そうとする中、アレンは元気な精霊を見つけたぞと満足そうにする。

ドゴラにはガトルーガが契約した、水の幼精霊が生成した水をかけて鎮火してあげる。

こうして、世界樹の木の下でアレンたちと精霊たちの宴は続いていくのであった。

あとがき

本書をご購入いただきありがとうございます。

皆さまのお陰でとうとうヘルモードの4巻を刊行する運びとなりました。

これも皆様に応援していただいたおかげです。

重ね重ねになりますが本当にありがとうございます。


毎回あとがきで分厚い分厚い言いながらも、今回の4巻も同じくらいの分厚さに収まりました。

本文のページ数だけでもかなりのものだったのですが、文字数のある書き下ろしを2点追加することをお許しいただきました。ご理解いただいた担当編集様、ありがとうございます。

本編だけではどうしても伝えきれなかった部分を、今回の書き下ろしでは掲載しています。


ひとつめの書き下ろしはレーゼルの過去についてのお話です。

魔神になる前の、レーゼルの過去に触れておきたかったのです。

ローゼンヘイムでの戦いとは何だったのか、その背景について、理解しやすくなったかなと思います。

ふたつめの書き下ろしは、精霊についてのお話です。４巻はエルフと精霊がテーマになっているのですが、本編では精霊王を除いて精霊があまり出てこないのがもったいないなと思っていました。なので、４巻のラストにふさわしいエピソードを追加させていただきました。


あとがきということで、今回も作者であるハム男の半生に触れていこうかなと思います。ハム男がなぜ、「小説家になろう」に小説を投稿し始めたのかについては、１巻のあとがきでお話ししたかと思います。

今回は、ハム男の人生において、小説を書くことの下地になったのかな、と思うエピソードを紹介したいと思います。

あくまで自分で思ったことなので、話半分に聞いてください。


ハム男の親は転勤族で、九州内のいくつかの県をまたいで転勤がありました。

数年に１回くらいの転勤を、幼稚園、小学生のころ体験しておりました。

それ自体に一切の不満はないのですが、とある事件が小学校低学年のころにありました。

この事件をきっかけにして、学生時代の転勤は最後になりました。

転勤の多い会社ということもあり、会社は福利厚生の一環で社宅を提供しております。

いくつもの転勤先に用意された社宅には築年数の新しい綺麗なものもあれば、そうでないものもありました。

そうでない社宅に住むことになった時、火山が爆発するかのように母の我慢が限界に達したのです。

「私、こんな○○な社宅には住みたくないわ。家を買って！　お父さん!!」

「わ、分かった。週末、住宅展示場を見に行こうか。だから、落ち着いてくれ母さん」

今、父の勤める会社を守るため、あわてて伏せ字にしましたが、こんな会話が家族のだんらんの際に起きたのです。

いわゆる「ハム男家、社宅への不満で家を買う」事件でございます。

あれこれ展示場を見て回って、ここにしようと新しく土地を分譲した戸建ての住宅地に、ハム男は事件から2年後くらいに住むことになったのです。

家を建て、家族を守り、兄弟が何人もいる中、育て上げてくれた両親には感謝してもしきれません。

そして、社宅暮らしから実家暮らしになったハム男に、1つの問題が生まれました。

それは家から学校が遠いということです。

新しく住み始めた実家は山の中を切り開いて作られたのか、ふもとの小学校まで結構な距離がありました。

もちろん遠いといっても家から学校まで1．5キロメートルくらいだったと記憶しています。

電車や船に乗って移動する小学生に比べたらそこまででもありませんが、ハム男の行動というより頭の使い方に変化が生じました。

それは、通学中に普段読んでいる漫画やアニメについて空想するということでした。

印象に残った場面や良かった場面を振り返ってみたり、物語の続きを想像したりすることが、通学中の習慣になったのです。

頭の中で登場人物を動かしたり、自分ならではの話を考えたりするのは、とても楽しかったです。

中学校も高校も実家から遠かったハム男は、この習慣が随分長く続きました。

物語を作り上げるための考え方は、この時の習慣がルーツだったのかな、と思います。

もし、子供に小説家になってほしいと願っている方は、年季の入った社宅に住むことをお勧めします。


それでは、本書のあとがきはこのあたりにしましょう。


コミカライズ版ヘルモードも1巻が刊行されました。連載版も熱い展開を見せております。

なんと、コミカライズ版ヘルモードの連載ペースを上げてくださるという話もいただいております。

漫画家の鉄田猿児先生、本当にありがとうございます。

ぜひとも、ヘルモードの世界観をコミックでも楽しんでいただければと思います。

次回は5巻でお会いしましょう。

引き続きハム男を応援していただけたら幸いです。それでは。

ヘルモード
～やり込み好きのゲーマーは廃設定の異世界で無双する～ 4

発行 ―――――――― 2021 年 9 月 15 日　初版第 1 刷発行

著者 ―――――――― ハム男

イラストレーター ―――― 藻

装丁デザイン ――――― 石田 隆（ムシカゴグラフィクス）

発行者 ――――――― 幕内和博

編集 ―――――――― 今井辰実、株式会社サイドランチ

発行所 ――――――― 株式会社アース・スター エンターテイメント
〒141-0021　東京都品川区上大崎 3-1-1
目黒セントラルスクエア　7 F
TEL ：03-5561-7630
FAX：03-5561-7632
https://www.es-novel.jp/

印刷・製本 ―――――― 中央精版印刷株式会社

ISBN 978-4-8030-1564-5